HEXENMUT

DIE HEXEN VON KEATING HOLLOW 3

DEANNA CHASE

Übersetzt von
SIMONE HELLER

Willkommen in Keating Hollow, dem verwunschenen Städtchen, in dem Liebe heilende Wirkung hat, Freundschaft ewig währt und Familie über allem steht.

Yvette Townsends Leben war perfekt ... bis sich ihr Mann in jemand anderen verliebte. Frisch geschieden und noch ganz aus dem Gleichgewicht wegen ihrer zerschmetterten Träume hat Yvette den Männern abgeschworen. Sie ist entschlossen, sich ganz ihrer Magie und ihrem geliebten Buchladen zu widmen. Es gibt da nur ein Problem – sie muss mit einem neuen Geschäftspartner zurechtkommen, der sie inner- und außerhalb der Arbeitszeiten in den Wahnsinn treibt.

Jacob Burton war schon immer ein exzellenter Geschäftsmann, aber in Sachen Beziehung ist seine Erfolgsgeschichte nahezu tragisch. Nachdem er seine Verlobte in den Armen seines besten Freundes fand, zieht er nach Keating Hollow und investiert in eine idyllische Buchhandlung, um sie vor dem Ruin zu bewahren. Mit der Zeit wird immer klarer, dass Yvette und das Städtchen womöglich seine Rettung sind. Und wenn er Glück hat, findet er heraus, was es bedeutet, wahren Hexenmut zu lieben.

KAPITEL 1

Yvette Townsend starrte den Mann an, der hinter ihrem Schreibtisch stand, und wünschte sich verzweifelt, sie wäre eine geborene Erdhexe. Dann hätte sie zumindest den Boden verzaubern können, um sich aufzutun und sie zu verschlucken. Stattdessen gab es für sie als Feuerhexe nur einen Weg, sich aus dieser Lage herauszuzaubern – indem sie ihre geliebte Buchhandlung niederbrannte. Und das war keine Option.

Sie hatte gerade ihr Büro betreten, nur um dort auf Jacob zu stoßen, den Mann, mit dem sie vor zwei Nächten einen One-Night-Stand gehabt hatte, wie er gerade die großen Veränderungen darlegte, die er in Yvettes Buchhandlung vornehmen wollte – oder vielmehr *ihrer gemeinsamen* Buchhandlung.

Er warf den Umschlag mit Unterlagen, den er hielt, auf den Schreibtisch und räusperte sich. „Können wir vielleicht einen Neuanfang machen? Vergessen, dass es Samstagnacht je gegeben hat?"

Yvettes Gesicht wurde so heiß, dass sie sich tatsächlich Luft zufächeln musste. War er wahnsinnig? Es war völlig ausgeschlossen, dass sie jemals vergessen würde, was er mit ihr angestellt hatte.

„Da muss man doch nicht gleich verlegen werden", sagte er mit einem leisen Lachen, während er hinter dem Schreibtisch hervorkam und zu ihr hinüberging.

Sie schaute zu ihm auf und gab ein überraschtes Schnauben von sich. Sie war nicht nur verlegen; sie war zutiefst beschämt. Wie hatte sie es so weit kommen lassen können? Vor drei Monaten war sie noch eine glücklich verheiratete Frau und die stolze Besitzerin von Keating Hollows einziger Buchhandlung gewesen. Nun wartete sie darauf, dass ihre Scheidung abgeschlossen wurde. Und weil sie ihren baldigen Ex-Mann auszahlen musste, hatte sie eine Abmachung mit Michael J. Burton getroffen, dem Neffen von Miss Maple, damit er ihr neuer Geschäftspartner wurde. Nur dass sie sich zu den Verhandlungen nicht wirklich persönlich getroffen hatten. Alles war per Telefon und E-Mail abgesprochen worden. Sonst hätte sie doch niemals Jacob, den gutaussehenden angeblichen Barkeeper, am Abend der Hochzeit ihrer Schwester zu sich nach Hause eingeladen.

Yvette starrte ihn aus zusammengekniffenen Augen an, ihr Zorn wurde von einem neuerlichen Wutanfall angefacht. „Ich konnte doch überhaupt nicht wissen, dass Jacob, der Barkeeper, in Wirklichkeit Michael Burton ist, der ehemalige Bereichsleiter von *Bayside Books* in Los Angeles. Wie kommt's, dass du nicht wusstest, wer *ich* bin? Ich habe ein Brautjungfernkleid getragen. Und dir war eindeutig klar, dass ich Abbys Schwester bin, als du mich nach Hause gebracht hast."

„Ich wusste nur, dass du eine der Townsend-Schwestern

bist", sagte er mit einem Schulterzucken. „Wie hätte ich ahnen sollen, dass dir dieser Laden gehört?"

Sie machte ein missbilligendes Geräusch und stemmte die Hände in die Hüften. „Na, von uns Townsend-Schwestern gibt es nur vier. Abby war die im weißen Kleid, die heiratete. Das bedeutete, du hattest eine 33-prozentige Chance, mit mir ins Bett zu hüpfen."

Jacob kniff die Augenbrauen zusammen, während er in seine Umhängetasche griff, nach einem großen Umschlag kramte und einen Stapel Dokumente hervorzog. Nachdem er sie schnell überflogen hatte, wandte er sich wieder ihr zu und deutete auf ihren Namen. „Hier steht, dass die Besitzerin von *Hollow Books* Yvette Santini ist. Nicht Townsend."

Was für ein Mist aber auch. Er hatte da durchaus recht. „Ähm, Santini war der Name meines Mannes, aber seit er weg ist, bin ich wieder bei Townsend."

Während er viel zu nah bei ihr stand, lächelte er Yvette entschuldigend an. „Es tut mir leid, dass uns das in eine unangenehme Situation befördert hat. Wenn ich gewusst hätte, dass ich meine neue Geschäftspartnerin nach Hause bringe, möchte ich glauben, dass ich professionell geblieben wäre."

„Du möchtest *glauben*, dass du professionell geblieben wärst?", stieß sie hervor, während sie einen Schritt rückwärtsging. „Ist das so eine Angewohnheit von dir, dass du mit Kolleginnen schläfst?" Sobald sie die Worte ausgesprochen hatte, fiel ihr siedend heiß ein, dass er sein letztes Geschäft zusammen mit seiner Ex-Verlobten geführt hatte. Ihre Trennung hatte eine Runde durch die Gerüchteküche des Städtchens gedreht, da Jacob der Neffe von Miss Maple war.

Jacob lehnte sich an den großen Mahagonischreibtisch, die Arme vor der Brust verschränkt. „Ich würde es nicht Angewohnheit nennen, aber du kannst mir doch nicht übelnehmen, dass ich mich zu einer großartigen Frau hingezogen fühle. Und dieses Kleid …"

Yvette verdrehte die Augen. „Es war ein Brautjungfernkleid. Diese Teile sind doch immer bescheuert."

„Nicht an dir." Dieses sexy Lächeln, das sie überhaupt erst angezogen hatte, war wieder da. „Es ist kein Geheimnis, dass ich es nicht erwarten konnte, dich da rauszuschälen."

Ihr Blick wanderte von seinen hinreißend dunklen Augen zu seinen Lippen, und sie taumelte mehr oder weniger in seine Richtung, als die Erinnerungen an Samstagnacht wieder auf sie einströmten. Die Uhr tickte in dem stillen Büro, denn einen Augenblick lang sagte keiner von ihnen etwas. Dann verwandelte sich sein Lächeln in ein selbstzufriedenes Grinsen.

Yvette hob die Hand und schüttelte den Kopf. „Das wird nicht nochmal vorkommen, und du musst damit aufhören. Wenn wir zusammenarbeiten sollen, kann hier nicht mehr geflirtet werden. Wir werden einfach so tun müssen, als wäre es nie vorgefallen."

„Ich habe nicht geflirtet", sagte er, während er den zum Scheitern verurteilten Versuch startete, unschuldig auszusehen und gleichzeitig den Blick über ihren Körper schweifen ließ.

„Ach, komm schon." Sie verdrehte die Augen. „Ich bin keine doofe Studentin, die du mit einem liebenswerten Lächeln und diesem nervtötenden Funkeln in den Augen rumkriegen kannst."

Er lachte. „Wenn das so ist." Dann wurde er ganz geschäftlich, stellte sich aufrecht hin, während er ihr die Rechte hinhielt. „Ms. Townsend, es ist mir ein Vergnügen, Sie persönlich zu treffen. Ich bin Jacob Burton, Ihr neuer Geschäftspartner. Und ich bin schon ganz gespannt darauf zu sehen, was wir in den nächsten Monaten mit *Hollow Books* anstellen werden."

Yvette zögerte. Meinte er das ernst? Er war in unter zwei Sekunden vom Verbindungsstudenten zu einem glattgebügelten Geschäftsmann geworden.

„Es ist ok, mir die Hand zu schütteln", sagte er mit einem angedeuteten Lächeln. „Ich beiße nicht."

Doch, das tust du, dachte Yvette, und sie spürte, wie ihr Gesicht sich wieder rötete, während sie nach seiner Hand griff.

„… fest", fügte er mit einem Zwinkern hinzu und drückte ihr die Hand.

„Ok, das war auf jeden Fall geflirtet", sagte sie, während sie die Hand zurückzog und sie zu Faust geballt in die Hüften stemmte.

„Du hast angefangen", erwiderte er mit einem Schulterzucken. „Diese roten Wangen haben mir genau verraten, was in deinem Kopf vorgeht."

Sie wandte den Blick ab und murmelte vor sich hin, dass seine Annahmen nicht weiter von der Wahrheit entfernt sein könnten. *Lügen haben kurze Beine,* meldete sich eine Stimme in ihrem Kopf zu Wort. Er hatte ihre Telefonnummer, aber sie wäre lieber gestorben, als das zuzugeben. Yvette stählte sich, starrte ihm direkt in die Augen und sagte: „Von hier an haben wir eine reine Geschäftsbeziehung."

Seine verdammten Augen funkelten, während er nickte und sagte: "Was immer Sie sagen, Ms. Townsend."

„Also gut", sagte sie und sehnte sich danach, sich die verschwitzten Handflächen an der Jeans abzuwischen. „Es ist schön, Sie kennenzulernen, Mr. Burton." Yvette bewegte sich rasch und nahm hinter dem Schreibtisch Platz. Nachdem sie sich auf den Ledersessel gesetzt hatte, den ihr Ex extra für sie bestellt hatte, nahm sie die Unterlagen auf, die Jacob mitten auf den Schreibtisch hatte fallen lassen, und wedelte damit in seine Richtung. „Also, wegen dieser Veränderungen, die Sie erwähnt haben."

„Yvette!", hörte sie ihre Schwester Noel rufen, während sich langsam die Tür zum Büro öffnete. „Oh. Mein. Gott. Schieß los! Was war nun mit diesem heißen Kerl, den du auf Abbys Hochzeit abgeschleppt hast?" Noel kam herein und blieb abrupt stehen, als sie Jacob sah. „Oh, ups. Äh, Hallöchen." Sie schob sich die langen blonden Haare aus dem Gesicht, während sie grinste und ihm die Hand hinhielt. „Ich bin Noel Townsend. Abbys andere Schwester."

Er trat zwei Schritte vor und schüttelte ihr die Hand. „Jacob Burton, Yvettes neuer Geschäftspartner."

„*Geschäftspartner?*" Sie warf einen Blick von ihm zu Yvette und dann wieder zurück zu Jacob. „Na, das ist etwas unangenehm, oder?"

„Nicht im Geringsten", erwiderte er geschmeidig, dann wandte er sich an Yvette. „Ich bin dann mal draußen im Laden und sehe mich um. Kommen Sie zu mir, sobald Sie bereit sind, über die weitere Strategie zu reden."

Yvette nickte einfach nur. Sie fühlte sich abermals völlig beschämt, und sie traute sich nicht zu, etwas zu sagen.

„Es war schön, Sie zu treffen, Noel", sagte er, dann schlüpfte er aus dem Büro.

In dem Augenblick, in dem sich die Tür schloss, drehte sich Noel zu Yvette und riss die Augen weit auf. „Du hast mit deinem neuen Geschäftspartner geschlafen?"

Yvette lehnte sich in ihrem Bürosessel zurück, immer noch die Papiere in der Hand, die Jacob auf dem Tisch gelassen hatte. Sie räusperte sich. „Wie kommst du auf den Gedanken, dass ich mit ihm geschlafen habe?"

Noel starrte ihre Schwester ausdruckslos an, während sie

ihr Haar zu einem unordentlichen Knoten zusammensteckte. „Vette, komm schon. Ich habe gesehen, wie ihr zusammen gegangen seid.“

„Und?“ Yvette zuckte mit einer Schulter. „Vielleicht hat er mich nur nach Hause gefahren.“

„Wir haben gesehen, dass dieser silberne Mercedes vor deinem Haus geparkt hat, als wir Samstagnacht auf dem Nachhauseweg waren. Bei dir brannte kein Licht. Bitte, mir musst du doch nichts vorspielen. Er ist H-E-I-S-S, und zwar in Großbuchstaben. Und nach allem, was mit Isaac passiert ist … Na, da hast du doch etwas Spaß verdient.“

„Da ist was dran, oder?“, sagte Yvette, die die Unterlagen aufschlug.

„Nur dass …“ Noel warf einen Blick auf die geschlossene Tür. „Ich dachte, er wäre einer von Clays Freunden, ein Barkeeper aus Südkalifornien. Hältst du es wirklich für eine gute Idee, dich mit deinem Geschäftspartner einzulassen?“

Yvette stieß ein trockenes Lachen aus. „Nein. Überhaupt nicht. Aber ich habe genau dasselbe gedacht wie du: dass er einfach nur einer von Clays Freunden ist. Heute Vormittag habe ich dann herausgefunden, dass er mein Teilhaber ist.“

Noel blinzelte zweimal und setzte sich auf den Sessel gegenüber ihrer Schwester. „Was? Wie konntest du das nicht wissen? Habt ihr überhaupt nicht miteinander geredet?“

Yvettes Gesicht wurde wieder heiß, während sie den Kopf schüttelte. „Kaum. Wir haben geflirtet, und dann … Naja, du kannst dir denken, was als nächstes passiert ist.“

Noel beugte sich vor, stützte die verschränkten Arme auf den Schreibtisch und lächelte ihre Schwester verschlagen an. „Könnte ich, aber es würde mir mehr Spaß machen, die Einzelheiten von dir zu hören.“

„Im Leben nicht! Frage ich dich danach, was du mit Drew

anstellst?", fragte Yvette die sich dabei auf den Freund ihrer Schwester bezog, den Hilfssheriff.

Noel lachte. „Nein, aber letzte Nacht sind wir unten am verzauberten Fluss nackt baden gegangen. Und ich sage es dir, du hast nicht gelebt, wenn du noch keinen Org…"

„Das reicht jetzt." Yvette hob eine Hand und lachte. „Ich kann es mir vorstellen."

Noel seufzte. „Dieser Fluss ist wirklich magisch."

„Du bist verdorben", sagte Yvette, die die Notizen in Jacobs Unterlagen überflog. Sie runzelte die Stirn und blätterte um.

„Was ist los?", fragte Noel.

Yvette biss die Zähne zusammen. „Als ich heute Morgen hier reinkam, war Jacob am Telefon und sprach über die Veränderungen, die er in meinem Laden vornehmen will. Ich habe etwas von einem Café gehört, und dass das hier der führende paranormale Buchladen an der Westküste werden soll."

„Das klingt doch gar nicht so schlecht", sagte Noel mit hochgezogenen Augenbrauen. „Was ist falsch daran?"

Yvette ließ die Papiere fallen und starrte ihre Schwester an. „Ich sage dir, was falsch daran ist … Mir gefällt der Laden so, wie er ist. Er ist still und idyllisch, und die Kunden lieben ihn. Außerdem hat Mr. Ändern-Wir-Doch-Alles überhaupt keine Rücksprache mit mir gehalten."

„Ok, dann sprecht euch doch ab", sagte Noel, die mit einer Schulter zuckte. „Es gibt immer die Möglichkeit zur Verbesserung, oder?"

„Darüber reden wäre für den Anfang gut gewesen." Yvette erhob sich, einen Zettel mit Bestellungen in der geballten Faust. Ihre gesamte Verlegenheit, weil sie herausgefunden hatte, dass sie mit ihrem Geschäftspartner geschlafen hatte, war wie weggeblasen, ersetzt durch reinen Zorn. Wie konnte er es wagen, einfach hier hereinzuspazieren und alles zu übernehmen, als wäre ihr Geschäft in Schwierigkeiten? Das hätte gar nicht weiter von der Wahrheit entfernt sein können. Es lief doch gut. Und wenn nicht ihre bevorstehende Scheidung und Isaacs Auszahlung gewesen wären, hätte sie keinen Cent von einem Investor gebraucht. „Es scheint, dass *Partner* für Mr. Burton ein Fremdwort ist. Denn offenbar hat er bereits eine Bestellung für eine schicke professionelle Espressomaschine, Schilder und alles andere aufgegeben, was man braucht, um Kaffee und Süßkram aufzutischen."

„Oh-oh", sagte Noel, die sich erhob. „Was wirst du nun machen?"

Yvette marschierte zur Tür, dann drehte sie sich um, um ihrer Schwester in die Augen zu schauen. „Mr. Fake-Sexy-Barkeeper sagen, dass er sein verdammtes Geld nehmen und die Biege zurück nach Südkalifornien machen soll. Dafür habe ich nicht unterschrieben."

KAPITEL 2

Jacob schlenderte durch die Sachbuchecke von *Hollow Books* und holte tief Luft, um sich wieder zu fangen. Als er heute Vormittag in den Laden gekommen war, war die Letzte, die er erwartet hatte, die sexy Braunhaarige gewesen, die er Samstagnacht heimgefahren hatte. Wie hätte er ahnen sollen, dass Yvette Santini eine von Abbys Schwestern war?

Es war ja nicht so, als hätte er viel Zeit in Keating Hollow verbracht, nur ein paar Sommer, als er noch klein gewesen war. Damals war er Clay Garrison begegnet. Sie hatten den Kontakt wieder aufgenommen, als Clay mit seiner ersten Frau nach Los Angeles gezogen war, und Jacob hatte Clay extra angerufen, als ihm klar geworden war, dass er nach Keating Hollow ziehen würde. Rein zufällig hatte Clay eine Hochzeit geplant, und er hatte Jacob gefragt, ob er in letzter Minute als Barkeeper einspringen wollte. Da Jacob auf dem College in einer Bar gearbeitet hatte, hatte er nur zu gerne geholfen.

Er hatte nicht damit gerechnet, eine der Brautjungfern nach Hause zu begleiten, aber Yvette war ihm richtiggehend unter die Haut gegangen. Sie war unvergesslich schön, ein wenig traurig und ein wenig rebellisch. Was als harmloser Flirt begonnen hatte, war sehr rasch zu etwas ganz anderem geworden.

Jacob strich sich mit der Hand durchs Haar und rügte sich für sein schlechtes Urteilsvermögen. In dem Augenblick, in dem ihm sein Fehler klargeworden war, hätte er professionell bleiben sollen. Stattdessen hatte er unnachgiebig geflirtet und sich wie ein Arsch verhalten. Er hatte es in ganzen achtundvierzig Stunden geschafft, seine neue Geschäftspartnerschaft gehörig zu torpedieren. Er hörte immer noch das harsche Urteil seines Vaters nach seiner letzten gescheiterten Romanze am Arbeitsplatz und dem unvermeidlichen Schlamassel, der darauf gefolgt war. Dieses Mal hätte es anders sein sollen. Dieses Mal *würde* es anders sein, wenn er ein Wörtchen mitzureden hatte. Er musste nur dafür sorgen, dass er sich von Yvette Townsends Bett fernhielt.

Zu blöd, dass er das Gefühl hatte, dass das leichter gesagt als getan war.

Er musste sich den Kopf geraderücken und sich in Erinnerung rufen, dass er zu einem Neuanfang nach Keating Hollow gekommen war, und um in seiner Arbeit aufzugehen. Das Gründen von Geschäften war seine Gabe, und das bewies auch seine Vergangenheit. Er drehte sich um, suchte automatisch seinen Namen auf den Buchrücken in den Regalen. Beinahe sofort fiel sein Blick auf das Buch, dass sein Verlag im Vorjahr herausgegeben hatte: *Loyalty Marketing: Geschäfte mit Herz gründen*. Wenn es eines gab, in dem Jacob Burton gut war, dann darin, Kundenbindung aufzubauen. Und genau das hatte er mit *Hollow Books* vor.

„Ernsthaft?", ließ sich Yvette hinter ihm vernehmen, ihre Stimme ungläubig.

Jacob drehte sich zu ihr um, immer noch das Buch in der Hand. „Wie bitte?"

„Was hatten Sie denn damit vor?" Sie deutete auf das Buch in seiner Hand. „Wenn Sie glauben, Sie könnten mich beeindrucken, nur weil Sie es auf die Liste der New York Times geschafft haben, dann …" Sie schüttelte den Kopf. „Ach, egal. Wenn Sie vorhatten, mich damit zu überzeugen, eine Espressobar zu eröffnen, dann können Sie das vergessen. Das wird nicht passieren. Und das" – sie hob die Bestellliste und wedelte ihm damit vor dem Gesicht herum –, „das werden Sie alles zurückschicken müssen."

Jacob schaute auf sie herab, sowohl leicht genervt als auch erheitert. „Was ist falsch an einem Café? Leser mögen Kaffee und Gebäck, während sie durch Buchläden schlendern."

Yvette seufzte. „Ich weiß, dass Sie aus einer großen Stadt kommen, Jacob, darum lassen Sie mich das erklären. Keating Hollow ist eine Kleinstadt. Wir kümmern uns hier umeinander. Wenn Sie glauben, dass ich plötzlich anfange, dem Incantation Café Konkurrenz zu machen ... Überlegen Sie sich das noch mal. Es gibt einfach nicht genug Platz für zwei Kaffeeläden in diesem Städtchen."

„Da ist was dran", sagte Jacob mit einem Nicken. „Aber ich wollte nicht vorschlagen, ein Café zu eröffnen, sondern nur eine Espressomaschine hinstellen, an der man sich bequem Kaffee oder Latte holen kann, ohne dass man kilometerweit zum Café laufen muss. Die Nespressomaschine macht genau eine Tasse und reicht nicht ganz, um Kaffeespezialitäten für mehrere Kunden bereitzustellen."

„Es ist keinen Kilometer bis zum Café der Pelshes", sagte Yvette verstimmt. „Und hören Sie mal, für wen halten Sie sich eigentlich, dass sie hier reinkommen und am ersten Tag selbstermächtigt Entscheidungen über die Zukunft des

Buchladens treffen? Falls es Ihnen nicht aufgefallen ist, Mr. Burton, geht es *Hollow Books* ganz hervorragend. Wir brauchen keine schicke Espressomaschine, um die Kunden bei Laune zu halten."

Ganz hervorragend?, dachte Jacob nur für sich. Wann hatte sie sich denn zum letzten Mal die Finanzen angeschaut? Er nahm das Buch in seinen Händen fester und räusperte sich. „Ich dachte, Sie würden gern Geschäfte mit jemandem machen, der Ihrem Laden beim Wachstum hilft."

„So war es auch!" Sie stemmte die Hände in die Hüften und fixierte ihn mit einem entschlossenen Funkeln. „Was ich nicht erwartet habe, war jemand, der hier reinschneit und mich einfach überfährt, nur weil er sich einen Namen damit gemacht hat, die Buchhandlungen seines Papis zu einem Multi-Millionen-Dollar-Franchiseunternehmen umzubauen." Sie gestikulierte in Richtung des Buches in seinen Händen. „Ich habe Ihnen bereits mitgeteilt, dass ich kein Interesse daran habe, meinen Laden in ein weiteres *Bayside Books* zu verwandeln."

„Das ist nicht …", wollte er dazwischen werfen, doch Yvette war in Fahrt.

„Sie haben mir gesagt, Sie würden einen Anteil an diesem Laden kaufen, weil Sie es langsamer angehen lassen wollen und daran interessiert sind, etwas Bedeutsames zu tun, eine Gemeinschaft aufzubauen. Nun, das haben wir hier bereits, Mr. Burton. Wir brauchen hier keine schicke Espressomaschine oder Ihr, ich zitiere, ‚preisgekröntes Lächeln, das jedem Vertreter zwischen Ost- und Westküste ganz charmant die Hosen auszieht'. Wir brauchen persönliche Beratung und gut gefüllte Regale, genau wie es Ihr Büchlein hier in Kapitel zwei behauptet."

Jacobs Lippen zuckten, während er versuchte, ein Lächeln

zu unterdrücken. Sie hatte sein Buch nicht nur gelesen, sie hatte sich auch noch eines der Zitate gemerkt, die weit hinten in einem der letzten Kapitel standen. Es gefiel ihm, dass sie ihm hinterherrecherchiert hatte. Das hieß, dass er keinen völligen Fehler gemacht hatte, mit ihr eine Partnerschaft einzugehen, selbst wenn sie zu stur war, um seinen Vorstellungen auch nur Gehör zu schenken.

„Sind Sie sprachlos, Mr. Höher-Schneller-Weiter?", stichelte sie.

„Nicht doch. Ich habe einiges zu sagen, aber ich habe abgewartet, um zu sehen, ob Sie schon fertig sind", sagte er mit einem Schulterzucken.

„Ich bin fertig", erwiderte sie schnaubend.

Jacob stellte das Buch zurück ins Regal und schob sich die Hände in die Taschen. „Sie haben recht. Ich hätte mit Ihnen reden sollen, bevor ich die Espressomaschine bestelle."

„Verdammt richtig", sagte sie, ihre Miene blieb undurchsichtig.

Er achtete nicht auf ihren Seitenhieb und fuhr fort, als hätte sie nichts gesagt. „Der Grund, warum ich direkt zur Tat geschritten bin, lag darin, dass ich die Zahlen aus dem letzten Jahr überprüft habe, und da war offensichtlich, dass der Laden zwar nicht in Schwierigkeiten steckt, es aber bald tun wird, wenn sich nichts ändert. Ich war vielleicht etwas übereifrig …"

„Was reden Sie da? Mein Laden ist nicht in Schwierigkeiten", sagte Yvette.

„Noch nicht", erwiderte er und wippte kurz auf den Fersen zurück, als seine Erheiterung nach ihrem Ausbruch Frust wich, der sich breitmachte. Hier ging es ums Geschäft, und wenn sie da nicht rational sein konnte, würde diese Partnerschaft nicht funktionieren. „Hören Sie, Yvette …"

„Hören *Sie*, Jacob. Ich glaube, ich habe heute Vormittag alles gehört, was ich hören musste. Danke, dass Sie in Erwägung ziehen, in meinen Laden zu investieren, aber ich glaube, es ist klar, dass wir auf zwei verschiedenen Seiten stehen. Es ist vermutlich besser, wenn wir die ganze Sache abblasen und Sie einfach zurück zu *Bayside Books* gehen, oder was immer Sie getan haben, ehe Sie hergekommen sind."

Jacob blinzelte. Meinte sie das ernst? Sie hatten noch nicht mal eine vollständige Unterhaltung über den Laden geführt. Und es bestand Teufel nochmal auch keine Chance, dass er sich zurück nach Los Angeles aufmachte. Nicht nach allem, was da unten vorgefallen war. Ob es ihr gefiel oder nicht, sie hatte ihn am Hals … vorerst. „Sie können nicht einfach eigenmächtig entscheiden, dass diese Partnerschaft nicht funktioniert, und mich hinauswerfen. Wir haben Verträge unterschrieben. Es wurde Geld bezahlt. Ich bin jetzt ein Teilhaber dieses Buchladens." Teilhaber mit einem Anteil von fünfzig Prozent. Darauf hatte er bestanden. Wenn es ums Geschäft ging, war er nie still. „Jetzt müssen wir herausarbeiten, wie wir das zum Funktionieren bringen."

Yvette verzog das Gesicht, ihre Stirn legte sich in tiefe Falten. „Verträge kann man kündigen, und ich werde einen neuen Investor finden. Einen, dessen Vision für den Laden mit meiner übereinstimmt. Vielen Dank für Ihre Zeit, Mr. Burton, aber es ist ja wohl eindeutig, dass wir beide einen Fehler gemacht haben."

Dann drehte sie sich ohne ein weiteres Wort um und marschierte aus dem Buchladen.

Er stand dort zwischen den Regalen und beobachtete, wie die Tür zugeknallt wurde.

Hinter ihm erklangen Schritte, und er bemerkte Noel, die auf ihn zukam. Ihr gewelltes blondes Haar quoll aus einem unordentlichen Knoten, und obwohl sie nur eine zerrissene

Jeans und ein T-Shirt trug, sah sie aus, als wäre sie geradewegs den Seiten eines Modemagazins entstiegen. *Im Townsend-Klan herrscht wohl kein Mangel an gutem Aussehen,* dachte er. Allerdings war Noel auf diese Mädchen-von-Nebenan-Art schön, während Yvettes Schönheit weniger offensichtlich war. Ihre Züge waren dunkler, eckiger, und sie war voller Feuer.

„Das ist gut gelaufen, wie ich sehe", sagte Noel, während sie zu ihm herüberkam, ein mitfühlendes Lächeln auf ihrem hübschen Mädchen-von-Nebenan-Gesicht.

Er stieß ein bellendes Lachen aus. „Sie haben da wohl eine andere Unterhaltung gehört." Mit einem Kopfschütteln fügte er hinzu: „In was für einen Irrsinn bin ich denn da hineingeraten?" Die Frau, mit der er am Telefon gesprochen hatte, hatte klug, intelligent und empfänglich für seine ersten Ideen gewirkt, wie man *Hollow Books* erweitern könnte. Diejenige, der er gerade begegnet war, nun ja, für sie fielen ihm die Adjektive *unvernünftig* und *defensiv* ein.

„Hören Sie", sagte Noel, die ihm sanft eine Hand auf den Arm legte. „Sie hat in den letzten Monaten viel durchgemacht. Dieser Buchladen war die einzige Konstante in ihrem Leben, das einzige, das noch wirklich ihr gehört."

Aber das tat er nicht mehr. Zumindest nicht mehr ganz. Jacob hatte einen ordentlichen Batzen Geld in dieses Geschäft investiert, und er würde nicht ruhig dasitzen und es verbrennen, nur weil seine neue Geschäftspartnerin Schwierigkeiten hatte, sich anzupassen.

„Geben Sie ihr ... einfach ein wenig Zeit", sagte Noel. „Vertrauen Sie mir. Früher oder später kriegt sie sich ein. "

Jacob schaute in Noels freundliche Augen und nickte. „Danke."

„Kein Ding. Und willkommen in Keating Hollow." Sie war

unterwegs zur Tür, doch als sie nach dem Knauf griff, warf sie einen Blick zurück. „Jacob?"

„Ja?"

„Seien Sie vorsichtig mit ihr. Sie tritt knallhart auf, aber wenn Sie genau hinschauen, wird Ihnen kaum entgehen, dass ihre Nerven und ihr Herz blankliegen."

Jacob antwortete nicht, während er Noel nachsah, die den Laden verließ und hinausging. Er sah ihr hinterher, bis sie in den Straßen von Keating Hollow verschwand.

$\mathcal{Y}$vette kochte, als sie die Brauerei ihres Vaters betrat und auf einen Hocker am Tresen sprang. „Rhys, gib mir das größte Glas von Clays Neujahrsbier."

Der breitschultrige, gutaussehende stellvertretende Geschäftsführer schaute von seinem Klemmbrett auf und warf einen Blick auf die Uhr. „Es ist halb zehn Uhr vormittags. Wir haben noch nicht geöffnet."

Sie funkelte ihn an. „Ist der Zapfhahn kaputt?"

„Nein." Mit einem leisen Lachen schnappte er sich ein Ein-Liter-Glas und füllte es am Zapfhahn. „Ich bin überrascht, dich zu sehen. Anstrengender Montag?"

„Das kannst du laut sagen." Sie erhob sich und verschwand in die Küche. Einen Augenblick später kehrte sie mit einem Stück Beerenkuchen zurück, auf dem ein Berg Schlagsahne war.

Rhys stellte das Bier vor ihr ab. „Willst du darüber reden?"

Sie schob sich eine Gabel voller Kuchen in den Mund und schüttelte den Kopf.

„Verstanden. Lass mich wissen, wenn du noch etwas brauchst." Er begab sich wieder an das andere Ende des Tresens und konzentrierte sich neu auf seine Papiere.

Eine Zeitmaschine ... dann könnte sie zurückgehen und den Schlamassel rückgängig machen, den sie in ihrem Leben angerichtet hatte. Der erste Punkt auf der Liste war, dass sie *keine* Geschäftspartnerschaft mit Mr. Franchise eingehen würde. Als zweites würde sie ihn *nicht* nach Abbys Hochzeit mit nach Hause nehmen. Das einzige Problem dabei war, dass man ihr nicht gerade die Tür eingerannt hatte, um in ihren Buchladen zu investieren. Tatsächlich war Jacob das Wunder gewesen, um das sie gebetet hatte. Wenn es ihr nicht möglich gewesen wäre, Isaac eine Ablösung zu zahlen, wäre sie dazu gezwungen gewesen, zu schließen und den ganzen Bestand zu Bargeld zu machen. Dann hätte sie ihre Ehe und ihr geliebtes Geschäft verloren.

Ihre Drohung, Jacobs Investitionen zurückzukaufen, war nicht mehr gewesen als das – eine Drohung. Sie hatte das Geld nicht. Sie hatte zu große Schulden auf ihr Haus, um es als Sicherheit einzusetzen, und sie hatte es bereits mit einem Geschäftskredit versucht. Keine Bank wollte ihr so viel leihen. So war sie überhaupt erst an Jacob als Partner geraten.

Sie nahm das Bier und schloss die Augen, nachdem sie einen langen, stärkenden Schluck genommen hatte.

„Yvette?" Die Stimme ihres Vaters überraschte sie, und sie verschluckte sich, wobei sie einen Teil des Bieres auf den Tresen spuckte.

„Dad? Was machst du denn hier?", fragte sie, während sie hinter den Tresen lief, um ein Geschirrtuch zu holen und die Sauerei aufzufrischen.

Ihr Vater stand im Eingang des Büros, das derzeit normalerweise Clay nutzte. „Ich wollte dir gerade dieselbe

Frage stellen. Ich vertrete Clay, während er und Abby Flitterwochen machen." Er warf einen Blick auf ihren Teller und hob eine Augenbraue. „Es ist ein bisschen früh am Tag für Bier und Kuchen, findest du nicht?"

„Es ist nie zu früh für Kuchen." Sie schob ihren Teller und das Bierglas zur Seite, sprühte den Tresen mit Reinigungsmittel ein und wischte ihre Bierpfützen auf. „Das hast du mir beigebracht, weißt du noch?"

Er kicherte. „Ich schätze schon, aber ich wüsste nicht, wann ich dir beigebracht habe, dass man ihn dann mit Bier runterspült."

„An manchen Tagen ist das nötig. Vertrau mir." Sie brachte das Geschirrtuch weg und nahm ihren Platz am Tresen wieder ein.

Ihr Dad kam herüber und stützte sich auf den Tresen. „Willst du darüber reden?"

Darüber reden? Bei den Göttern, nein. Wie hätte sie ihm erzählen können, dass sie mit Jacob geschlafen hatte? Es gab Dinge, die Väter niemals erfahren mussten. Sie musterte ihn, bemerkte, dass die dunklen Ringe unter seinen Augen ganz verschwunden waren, und dass sein Gesicht wieder richtig Farbe hatte, nicht nur grau war wegen der Chemotherapie. Er war immer noch zu dünn, aber alles in allem sah er gut aus. Sie hatte stets versucht, davon überzeugt zu bleiben, dass ihr Vater den Krebs besiegen würde, aber nun, da sie sah, wie er sich erholte, ließ etwas in ihr sie allmählich wirklich daran glauben.

Ein Teil der Anspannung wich aus ihren Schultern, und sie beschloss, dass er vielleicht derjenige war, mit dem sie reden musste … Zumindest solange sie Samstagnacht nicht erwähnte. „Ich glaube, ich habe den größten Fehler meines Lebens gemacht."

Lin Townsend schürzte die Lippen, während er sie

betrachtete. „Kein Wunder, dass du vor zehn Uhr vormittags trinkst."

Yvette stieß ein trauriges Kichern aus, das halb erheitert, halb schluchzend war. „Du hast ja keine Ahnung. Ich glaube, dieses Gespräch ruft nach einem weiteren Stück Kuchen."

Sie wollte schon von ihrem Hocker gleiten, aber ihr Dad richtete sich auf und hob eine Hand. „Ich hole es. Extra Sahne?"

„Ja, bitte", sagte sie und schob ihm ihren leeren Teller hin.

„Wird gemacht, Rusty", sagte er und nutzte den Spitznamen, den er ihr als Kind gegeben hatte. Von den vier Townsend-Mädchen war sie die einzige mit braunem Haar. Die anderen drei waren blond.

Während ihr Vater in der Küche war, nutzte Yvette die Gelegenheit, ihr Bierglas neu zu füllen. Dann schenkte sie für ihren Dad eine Tasse Kaffee ein, weil sie wusste, dass das das Getränk seiner Wahl sein würde.

Als Lin Townsend zurückkehrte, stellte er sorgsam die Teller ab, und da fiel ihr das leichte Zittern auf. Der Teller wackelte, als er ihn losließ, und er klapperte auf dem Tresen. Lin zuckte zusammen und schloss die Augen.

Ein Hauch Angst schnitt wie ein Rasiermesser durch Yvettes Herz, doch sie blieb stumm, während er den Hocker neben ihr besetzte.

Lin hob seine Tasse Kaffee, doch diesmal war seine Hand ruhig. Nachdem er einen Schluck getrunken hatte, stellte er die Tasse wieder ab und wandte sich an Yvette. „Los schon. Sag es."

„Ich wollte gar nichts sagen." Sie spießte ein Stück Kuchen auf und schob es sich in den Mund.

Ihr Vater schüttelte den Kopf. „Du warst niemals eine sonderlich gute Lügnerin."

Yvette schluckte ihren Kuchen und drehte sich um, um ihren Vater anzuschauen. „Wann hat der Tremor angefangen?“

„Es ist kein Tremor.“ Er hielt seine Hand hin, um seine Worte zu beweisen. „Es liegt daran, dass ich mehr Stunden als üblich gearbeitet habe, seit Clay in die Flitterwochen gefahren ist, und ich übertreibe es wohl ein wenig.“

„Oh. Ich schätze, ich dachte, deine Kraft wäre zurück“, sagte sie leise. „Du siehst ganz so aus wie früher.“ Sie tat ihr Bestes, um die Gefühle, die sie im Innern erfassten, nicht auf ihr Gesicht treten zu lassen.

Aber sie scheiterte offensichtlich, denn ihr Dad legte seine Hände auf ihre und drückte sie fest. „Ich muss mir einfach Zeit lassen. Mach dir keine Sorgen, Rusty. Dein alter Dad geht nirgendwohin. Ich habe noch ziemlich viel Leben zu leben.“

Tränen brannten in ihren Augen, und sie verfluchte sich im Stillen, weil sie so emotional war. Sie konnte nicht anders. Die Tränen liefen ihr still die Wangen hinab.

„Komm her.“ Er legte ihr einen Arm um die Schultern und zog sie zu einer seitlichen Umarmung an sich.

Sie schlang nur zu gern die Arme um ihn und legte ihm den Kopf an die Schulter. Obwohl er schmaler war, war er immer noch kräftig gebaut, und seine Umarmung gab ihr ein Gefühl von Sicherheit, so wie damals, als sie ein kleines Mädchen gewesen war. Sie schniefte die Tränen weg und sagte: „Ich weiß, dass Clay nicht in der Stadt ist und du die Brauerei liebst, aber …“

„Ich weiß, was du sagen willst“, erwiderte er, während er sie immer noch an seine Schulter gedrückt hielt. „Aber ich passe auf mich auf. Nur halbtags, um den Brauprozess im Auge zu behalten und die Büroarbeiten zu erledigen. Rhys hat sich angeboten, und er macht es großartig. In Wahrheit könnten wir ihm alles übergeben, wenn da nicht die Tatsache wäre, dass ich zu Hause durchdrehe."

Sie schaute zu ihm auf. „Ich schätze, deine Ärztin hat gesagt, dass es ok ist?"

Er lachte. „Ja, Yvette. Ich habe freie Bahn. Willst du es schriftlich von meiner Ärztin sehen?"

„Ja." Sie lächelte zu ihm auf und tupfte sich mit ihrer Serviette die Augen.

„Aber natürlich." Er küsste sie oben auf den Kopf und ließ sie los. „Zu dumm, dass der Hund das Attest gefressen hat."

„Welcher Hund? Buffy oder Xena?" Sie schätzte Xena, der Welpe ihrer Schwester Faith, auch bekannt als Teufel im Gewand eines Shih Tzu.

„Ich will keinen der beiden verraten." Seine Augenwinkel legten sich erheitert in Falten, als er vom Kuchen abbiss. Nachdem er ihn mit einem Schluck Kaffee hinuntergespült hatte, sagte er: „Genug von mir. Willst du mir jetzt verraten, was dich so früh am Morgen zum Trinken treibt?"

Sie seufzte. „Ich glaube, ich habe einen riesigen Fehler gemacht."

„Wie groß ist riesig?", fragte er, während er die Gabel ablegte und ihr seine ganze Aufmerksamkeit schenkte.

„Lebensverändernd." Ihr wurde ganz flau im Magen, während sie an Jacob Burton dachte, und die Tatsache, dass sie nun ihren Laden mit einem völlig Fremden teilen musste. *Naja, nicht mehr so fremd,* dachte sie. Sie unterdrückte ein Stöhnen und verfluchte im Stillen Isaac. Nichts von dem, was in den letzten paar Monaten passiert war, war fair. Isaac war bereits mit seinem Buchhalter in ein schickes Haus auf der anderen Seite der Stadt gezogen, und nun hatte er auch ein schönes Sümmchen Geld auf dem Konto. Und was hatte sie?

Ihr Haus mit den hohen Schulden und die Hälfte ihres Geschäftes.

„*Du* hast einen Fehler gemacht?", fragte er überrascht. „Das ist unmöglich. Die Yvette, die ich kenne, ist viel zu vorsichtig."

„Wenn ich das doch diesmal nur gewesen wäre, Dad", sagte sie verdrießlich in ihr Bier. „Mein neuer Geschäftspartner Jacob Burton wird nicht funktionieren. Er ist nicht … Nun, sagen wir einfach, er ist überhaupt nicht das, was ich erwartet habe."

Er runzelte die Stirn. „Was heißt das?"

„Er versucht, den Laden zu übernehmen und große Veränderungen zu machen, ohne mit mir darüber zu reden. Es ist *mein* Laden. Kannst du das glauben? Er benimmt sich, als wäre er CEO und ich nur eine Angestellte. Das werde ich nicht zulassen. Kein Mann wird mir je wieder den Teppich unter den Füßen wegziehen. Das nehme ich nicht hin."

Das Gesicht ihres Vaters verdüsterte sich, und aus seinem Stirnrunzeln wurde eine finstere Miene. „Er ist doch erst seit zehn Minuten da. Wie könnte er denn bitte wissen, was für Veränderungen dein Laden braucht?"

Sie lächelte ihn schwach an, ihr Herz schwoll an vor Liebe, weil sie wusste, dass ganz egal, was geschah, ihr Vater immer auf ihrer Seite stehen würde. „Das ist so ziemlich das, was ich auch gesagt habe." Yvette erzählte ihm von den Plänen mit dem Café, und dass Jacob bereits Bestellungen getätigt hatte. „Es gibt auch schon einen ganzen Aktionsplan mit einem Kalender, und über nichts davon hat er mit mir geredet."

Der Ärger auf dem Gesicht ihres Vaters war verschwunden. „Ein Café? Was würde dort angeboten?"

„Dad!" Yvette starrte ihn mit offenem Mund an. „Du bist doch nicht auf seiner Seite? Wir können nicht dem Incantation Café Konkurrenz machen. Das ist einfach nur falsch."

„Natürlich bin ich nicht auf seiner Seite, Liebling. Ich stärke meinen Mädchen immer den Rücken. Dein neuer Geschäftspartner hätte auf jeden Fall erst mit dir reden sollen. Daran besteht kein Zweifel, aber ich habe mir nur gedacht, dass ein Café in einem Buchladen keine schlechte Idee ist …“

„Ich werde den Pelshes ihr Geschäft nicht wegnehmen.“ Sie zog die Augenbrauen zusammen, während sie ihren Vater verwirrt anstarrte. „Dad, wie kannst du so etwas auch nur vorschlagen?“

„Was, wenn es keine Konkurrenz wäre?“ Er wedelte mit der Hand zu der Kaffeetasse, die vor ihm stand. „Bist du dir bewusst, dass wir unsere Kaffeebohnen vom Incantation Café beziehen?“

„Natürlich, aber ihr serviert keine Latte oder Gebäck.“

Er lachte. „Und für was hältst du diesen Kuchen hier? Und der einzige Grund, weshalb wir keine Latte und andere hippe Kaffeegetränke servieren, liegt darin, dass unsere Kunden nicht danach fragen. Aber wenn sie das täten, würde ich mit Mary irgendwas auf die Beine stellen.“

Mary Pelsh und ihrem Mann gehörte das Incantation Café. Sie waren gute Freunde der Townsend-Familie, was nur einer der Gründe war, weshalb Yvette so eisern dagegen war, ihnen Konkurrenz zu machen. Aber die Worte ihres Vaters ließen sie noch einmal nachdenken. „Also meinst du etwas wie eine Art Partnerschaft, anstatt um dieselben Kunden zu wetteifern.“

„Genau.“ Er zuckte mit einer Schulter. „Je mehr Tassen Kaffee wir hier in der Brauerei verkaufen, umso besser für den Reingewinn des Incantation Cafés.“

Sie nickte. Da hatte er durchaus recht. Tatsächlich gefiel ihr der Gedanke, und sie konnte es kaum erwarten, loszugehen und mit Mary die Möglichkeiten zu besprechen. Das einzige

Problem dabei war, dass sie nun Kreide fressen musste, wenn es um Jacob ging. *Verdammt.* Er würde glauben, er hätte diese Runde gewonnen. Wenn sie jedoch den Versuch mit dem Buchhandlungscafé wagen sollten, dann würden sie es zu ihren Bedingungen tun.

„Danke, Dad", sagte sie und schob ihren leeren Kuchenteller von sich. „Wie üblich bringt es dein Ratschlag auf den Punkt."

„Gern geschehen." Er warf ihr einen fragenden Blick zu. „Heißt das, dass du dich doch noch nicht von Jacob Burton trennen wirst?"

Nun, da sie eine Möglichkeit sah, ihren größten Einwand zu umgehen, musste sie zugeben, dass die Idee mit dem Café gar nicht so schrecklich war. Und er verstand definitiv etwas vom Geschäft mit Büchern. Aber wenn er versuchte, sie noch einmal geradewegs zu überfahren, würden die Dinge schnell hässlich werden. „Vielleicht noch nicht ganz. Aber wir werden auf jeden Fall ein paar Grundregeln ausarbeiten müssen."

„Das trifft auf jede gute Beziehung zu, meine Liebe", sagte er und tätschelte ihr die Hand.

Yvette stieß ein ironisches Lachen aus. „Ist das der Grund, weshalb du und Clair immer noch in verschiedenen Häusern lebt, obwohl ihr seit fünfzehn Jahre zusammen seid?" Clair war seine langjährige Freundin. In der längsten Zeit ihrer Beziehung hatten sie sich nur etwa zweimal pro Woche getroffen, aber seit ihr Vater die Krebsdiagnose erhalten hatte, war Clair öfter da.

„Ja." Er trank den Rest seines Kaffees aus und glitt dann vom Hocker. „Kommst du trotzdem noch heute Abend zum Essen vorbei? Faith und Noel werden da sein, und Clair macht Lasagne."

„Das will ich nicht verpassen", sagte Yvette, die hoffte, dass sie eines Tages, wenn sie wieder bereit war, mit jemandem auszugehen, nicht in einer Teilzeitbeziehung wie der ihres Vaters landen würde. Obwohl sie ihr Geschäft sehr schätzte, hatte sie es eigentlich genossen, verheiratet zu sein, und hatte gedacht, es könne sogar an der Zeit sein, eine Familie zu gründen. Zu blöd, dass ihr Mann sich letztlich in einen anderen Mann verliebt hatte.

Ihr Vater breitete die Arme aus. „Umarme deinen alten Vater, bevor ich wieder an die Arbeit gehe."

Yvette ließ sich von ihrem Dad in eine schützende Umarmung nehmen. Abermals wurde sie daran erinnert, wie dünn er geworden war, und als sie sich zurückzog, sagte sie: „Du brauchst mehr Kuchen."

Seine Lippen zuckten. „Wie viel mehr?"

„Zu jeder Mahlzeit. Das ist ein Befehl. Verstanden?"

„Verstanden." Er küsste sie auf den Kopf, und während er zurück in sein Büro marschierte, rief er hinüber zu Rhys: „Hast du das gehört? Von jetzt an Kuchen zu jeder Mahlzeit."

„Welchen Kuchen?", fragte Rhys, ohne zu zögern.

„Brombeer. Und wenn der aus ist, dann Apfel."

„Ich bin dran." Rhys machte sich eine Notiz auf seinem Klemmbrett, nickte Yvette zu und kam dann um den Tresen, um das Geöffnet-Schild umzudrehen. Die Brauerei hatte offiziell geöffnet, und das hieß, dass ihre Mitleidsparty vorbei war. Zeit, zurück in den Laden zu gehen.

Yvette, die sich tausendmal besser fühlte als zu dem Zeitpunkt, in dem sie in die Brauerei geflohen war, griff nach ihrer Tasche, um sich ihren Geldbeutel zu schnappen. Keines der Townsend-Mädchen bezahlte für Getränke oder Mahlzeiten in der Brauerei ihres Vaters, aber jede von ihnen ließ immer großzügig Trinkgeld für die Bedienung da. Als

Teenager hatten sie alle zum einen oder anderen Zeitpunkt hier gearbeitet und fühlten sich den Thekenkräften verbunden. Sie warf ein paar Scheine auf den Tresen und machte sich auf den Weg nach draußen.

KAPITEL 4

Yvette rauschte ins Incantation Café, bereit, es mit der Welt aufzunehmen. Je mehr sie darüber nachdachte, eine Partnerschaft mit Mary einzugehen, desto aufgeregter wurde sie. Sie stand direkt hinter dem Eingang, rieb sich die kalten Hände und wartete, dass die Wärme ihre gefrorene Nase auftaute. Es war Anfang Januar, und Keating Hollow befand sich etwa fünfzig Kilometer im Landesinneren abseits der nordkalifornischen Küste. Die Luft war feucht und hatte sie bis auf die Knochen ausgekühlt.

„Hey, Yvette!" Hanna, die Tochter der Pelshes, winkte ihr von ihrem Platz hinter dem Tresen aus zu. Ihre dunkle Haut schimmerte unter den Einbaulichtern an der Decke, und ihr breites, einladendes Lächeln brachte Yvette dazu, zu ihr zurückzugrinsen.

„Hey, Hanna." Yvette ging an den wild zusammengestellten Tischen und Stühlen vorbei, um zu Hanna an die Kasse zu gelangen. „Ist deine Mom heute da?"

„Klar. Sie ist hinten und erledigt Bürokram. Willst du, dass ich sie hole?"

„Ja, bitte, aber kann ich zuerst einen Kaffee kriegen? Einen großen." Nach zwei schlecht beratenen Bieren brauchte Yvette das Koffein, um sich wieder aufzurichten.

„Natürlich." Hanna füllte eine große Tasse mit Kaffee, reichte sie Yvette und winkte bei ihren Versuchen, dafür zu bezahlen, ab. „Nächstes Mal." Dann verschwand sie nach hinten.

Yvette motzte ihren Kaffee mit einer Extraportion Sahne auf und nahm einen großen Schluck. Sie stand immer noch neben dem Tresen und wartete auf Mary, als sie hörte, wie die Tür aufging, gefolgt vom Klang der Stimme ihres Mannes.

Ex-Mannes, rief sie sich in Erinnerung.

Er plauderte über seinen Workout im Fitnessstudio, und wie er sich ins Zeug gelegt hatte.

„Na, Baby, deinen Bauchmuskeln sieht man das definitiv an", sagte ein anderer Mann.

Yvette riss den Kopf herum und schaute den schönsten Mann an, den sie je gesehen hatte. Er hatte gebräunte Haut, leuchtend blaue Augen und einen Körper, der aussah, als wäre er für eine Calvin-Klein-Anzeige geschaffen. Glühend heißer Zorn fuhr durch sie hindurch, während sie Jake Jackson anstarrte, die Liebe von Isaacs Leben und den Mann, der letztlich ihre Ehe zerrüttet hatte. In einem Augenblick der Schwäche hatte sie beschlossen, sie könne, wenn Isaac schon einen Jake hatte, auch einen haben. Nicht viel später hatte sie die Hochzeitsgesellschaft mit Jacob verlassen.

Isaacs Gesicht hellte sich zu einem erfreuten Lächeln auf, während er die Hand in die von Jake gleiten ließ. Glück strahlte von ihnen aus, und zum zweiten Mal an diesem Tag wünschte sich Yvette mit allem, was sie hatte, die Erde möge sich auftun und sie verschlucken.

„Yvette?", fragte Isaac, dessen Tonfall Überraschung verriet.

Sie hatte keine Ahnung, warum er so überrascht war. War ja nicht so, dass sie nie ins Café kam. Es war weniger als einen Kilometer von ihrem Laden entfernt. „Isaac", erwiderte sie kühl. „Wie geht es dir?"

Er ließ Jakes Hand rasch fallen, und seine Wangen leuchteten rosig. „Gut." Er wandte sich an Jake und flüsterte ihm etwas zu, dann ging er hinüber zu Yvette, nahm sie am Arm und führte sie zu einem Tisch in der Nähe des Fensters. „Aber was machst du nur?"

Sie erstarrte und riss ihren Arm los. „Was meinst du damit, ‚was mache ich nur?' Ich hole mir Kaffee. Wonach sieht es denn sonst aus?"

Er runzelte die Stirn und schüttelte den Kopf. „Ich spreche von Samstagabend. Jeder hat gesehen, wie du mit dem Barkeeper weggegangen bist."

„Und? Es geht niemanden etwas an, was ich tue, ganz besonders nicht dich." Yvette warf einen Blick auf Jake, verzog das Gesicht und richtete dann ihre Aufmerksamkeit wieder auf Isaac. „Du hast mir die Scheidungspapiere vorgelegt, weißt du noch?"

„Dabei geht es nicht um mich", sagte er. Seine Wangen waren nun tiefrot. „Es geht um … naja, Yvette, du hast diesen Typen doch nicht mal gekannt. Und nach allem, was ich höre, hast du ihn mit zu dir nach Hause genommen. Was ist da los? Das bist doch nicht du. Du nimmst dir Zeit und bist vorsichtig mit Beziehungen."

„Das geht dich nichts an, Isaac", erwiderte sie kühl. „Oder hast du schon vergessen, dass du dieses Recht vor ein paar

Wochen aufgegeben hast, als du beschlossen hast, dich in jemand anderen zu verlieben?“

Er seufzte schwer. „Nur weil ich endlich aufgehört habe, mir etwas vorzumachen, heißt das nicht, dass ich dich nicht liebe, Vette. Du warst meine beste Freundin. Ich will nur, was für dich das Beste ist. Wir wissen beide, dass es nicht dein Stil ist, dich in irgendeine Art körperliche Beziehung zu stürzen. Du gibst zu viel von dir, und das hast du schon immer getan. Ich bitte dich nur darum, aufzupassen. Ich will nicht, dass du noch mehr leidest.“

Heftiger Zorn stieg wie Galle in ihrer Kehle auf, und Yvette fragte sich, ob sie Feuer speien würde, wenn sie den Mund öffnete. Eine halbe Sekunde lang zog sie in Erwägung, den Deckel von ihrem Kaffee abzureißen und ihn Isaac über den Kopf zu gießen. Wie konnte er es wagen, so besorgt zu tun und infrage zu stellen, was sie für Entscheidungen traf? „Deine Meinung zu diesem Thema ist unerwünscht, Isaac. Ich glaube, wir sind hier fertig.“

Sie drehte sich um und wollte zum Tresen zurückgehen, aber Isaac griff nach ihrem Handgelenk. „Yvette, warte.“

Alles in ihr spannte sich an, als sie einen Blick zu ihm zurückwarf. „Lass los. Jetzt.“

Sie beide starrten seine Hand an, die um ihren Arm geschlungen war. Erst als sich jemand räusperte, ließ er los.

„Ist hier alles in Ordnung?“, fragte der Neuankömmling.

Oh, bei der Göttin im Himmel, dachte Yvette, während sie den Kopf schief legte und an die Decke starrte. Das passierte doch jetzt nicht wirklich. Konnte es nicht. Warum hatte Jacob Burton genau diesen speziellen Moment gewählt, um das Café aufzusuchen?

„*Meiner* Frau und mir geht es bestens“, sagte Isaac.

„Frau?“, fragte Jacob im Plauderton, während er einen Blick

auf Isaacs Freund warf. „Ich hatte den Eindruck, dass sie geschieden war."

„Sie ist noch nicht geschieden", sagte Isaac mit blitzenden Augen.

Yvette starrte Isaac an, die Augen weit aufgerissen, während der Schock über sie wogte. Er war wütend und … eifersüchtig. Ihr Schock wurde zu reiner Befriedigung, und sie machte einen Schritt auf Jacob zu, einfach nur, um es Isaac zu zeigen. Sie warf ihm einen Blick zu. „Die Papiere sind bereits eingereicht. Wir warten nur noch auf den Abschluss."

Er nickte und legte ihr die Hand unten auf den Rücken, während er seine Aufmerksamkeit wieder auf Isaac richtete. „Sieht also aus, als könne sie sich einlassen, mit wem auch immer sie möchte."

Isaac warf einen Blick auf Jacob. „Und Sie glauben, dass Sie der richtige Kerl für diesen Job sind?"

„Das ist lächerlich." Der andere Jake stand abrupt auf, wobei er seinen Stuhl umwarf. „Isaac, was ist los mit dir?", fragte er mit angeekeltem Unterton. Dann rauschte er, ohne auf die Antwort zu warten, aus dem Café.

„Jake, warte!", rief Isaac, während er hinter seinem Partner herlief. Als er an der Tür ankam, warf er über die Schulter einen Blick auf Yvette. „Ich wollte einfach nur auf dich aufpassen."

„Vielleicht hätten Sie daran denken sollen, bevor Sie sie verlassen und dazu zwingen, Sie auszuzahlen", sagte Jacob ruhig.

„Das geht Sie nichts an", erwiderte Isaac.

„Eigentlich", sagte Yvette, „doch. Er ist mein neuer Geschäftspartner." Sie hob die Augenbrauen und nickte zu dem Spiegelglasfenster hin, wo alle Isaacs Freund sehen konnten, der auf dem Bürgersteig auf und ab lief. Er hatte die

Hände in sein Haar gekrallt und schien vor sich hinzureden. „Es scheint, als hättest du dringendere Probleme als mein Privatleben, um die du dich kümmern solltest."

Jacobs Körper bebte, während er lautlos kicherte, und sie lächelte zu ihm auf.

„Verdammt, Yvette", sagte Isaac. Dann riss er die Tür auf und eilte nach draußen.

Yvette und Jacob sahen zu, wie Isaac seinem Partner nachlief, während Jake die Straße entlang marschierte und dabei ständig den Kopf schüttelte.

„Das war unterhaltsam", sagte Yvette, die zu Jacob hinauf grinste. „Danke für … naja, Sie wissen schon. Mir den Rücken zu stärken."

Er lächelte auf sie hinab. „Jederzeit. Dieser Typ hat ja Nerven."

Sie schnaubte. „Hat er, oder?"

Jacob nickte einfach nur.

Die beide wurden still, und plötzlich wurde sich Yvette genauestens bewusst, dass seine Hand immer noch auf ihrem Rücken lag. Seine Berührung schien sich durch ihr Oberteil direkt in ihre Haut zu brennen. Sie machte rasch einen Seitenschritt von ihm weg und räusperte sich. „Tut mir leid. Ich war nur …"

„Ist schon gut, Yvette." Er streckte ihr die Hand hin. „Warum machen wir keinen Neuanfang? Hallo, ich bin Jacob Burton, dein neuer Geschäftspartner."

Die Anspannung wich aus ihren Schultern, und sie nickte, während sie seine Hand nahm und schüttelte. „Yvette Townsend. Es ist schön, dich zu treffen. Und nur fürs Protokoll, es tut mir leid, dass ich heute Morgen vor dir so in die Luft gegangen bin."

„Das muss es nicht", sagte er mit einem Kopfschütteln. „Du

warst im Recht . Ich hätte dich nicht so mit meinen Ideen überrollen sollen."

„Stimmt. Hättest du nicht. Aber … nachdem ich ein wenig darüber nachgedacht habe, glaube ich, dass du da vielleicht was auf der Spur bist. Den Kunden würde ein Kaffeeausschank gefallen. Und genau deshalb bin ich hier." Sie drehte sich um und sah Mary und Hanna, die sie hinter dem Tresen beobachteten. Yvette winkte ihnen zu.

Sie grinsten und winkten zurück.

„Ich schätze, wenn wir eine Partnerschaft mit dem Café in die Wege leiten, würden dabei beide Geschäfte gewinnen. Willst du mitkommen, während ich mich mal mit Mary darüber unterhalte?"

„Eine Partnerschaft", sagte er nickend. „Das gefällt mir. Nach Ihnen, Ms. Townsend. Nach Ihnen."

„Hier entlang." Yvette marschierte hinüber zum Tresen, wo Mary auf sie wartete. Sie umarmte die Frau. Als sie sie losließ, sagte sie: „Mary Pelsh, das ist Jacob Burton, der neue Mitbesitzer von Hollow Books."

„Hi." Die ältere Frau streckte ihm die Hand hin und lächelte ihn an. „Sie sind ja ein ganz Hübscher."

Jacob kicherte und schüttelte ihr die Hand. „Sie sind auch nicht ohne. Ihre Haare sind toll."

Mit der freien Hand tätschelte sie ganz leicht ihre dunklen Locken und schaute zur Seite, während sie sagte: „Sie sind zu freundlich."

„Es ist sehr schön, Sie kennenzulernen, Mary", sagte Jacob. „Ich hoffe, wir stören Sie nicht."

„O nein, nicht im Geringsten." Sie warf einen Blick hinab auf ihre nach wie vor verschränkten Hände und stieß ein kleines Schnauben aus. „Wow. Sie sind eine richtig begabte Lufthexe, nicht?"

„Eine Lufthexe, klar. Begabt?" Er zuckte mit einer Schulter. „Die Tatsache, dass Sie erraten können, was für eine Hexe ich bin, indem Sie mir einfach nur die Hand schütteln, sagt mir, dass Sie diejenige mit der Begabung sind."

Mary warf einen Blick auf Yvette, senkte die Stimme und sagte: „Er ist auch noch charmant."

„Ja, ist er", stimmte Yvette zu. „Die Kunden werden ihn lieben."

„Auf jeden Fall", ließ sich Hanna vernehmen, während sie mit den Augenbrauen wackelte. „Also … sind Sie Single?"

„Hanna!", sagte Yvette.

Jacob entzog Mary seine Hand und schob sie sich beide in die Hosentaschen. „Ich bin Single, aber …" Er warf einen raschen Blick auf Yvette, ehe er seinen Charme Hanna zuwandte und hinzufügte: „Ich bin gerade nicht auf dem Markt für Dates, also versuchen Sie nicht, mich mit all ihren Freundinnen zu verkuppeln." Er hielt inne, dann fügte er hinzu: „Zumindest noch nicht."

Seine Worte irritierten Yvette, und sie musste ein Stirnrunzeln unterdrücken. Er hatte gerade gesagt, dass er nicht auf dem Markt für Dates war, doch er hatte definitiv kein Problem damit gehabt, mit ihr ins Bett zu hüpfen. Aber da hatte sie ja auch nicht vorgehabt, ihn auf ein Date zu führen. Das war eine einmalige Sache gewesen.

Verdammt. Isaac hatte recht. Sie war kein Mensch für lockere Beziehungen. Ihre Reaktion auf Jacob war der Beweis. Sie schloss die Augen und holte stärkend Luft. Sie musste diese eine Nacht loslassen. Es war die einzige Art, auf die sie mit Jacob würde zusammenarbeiten können.

„Mary", sagte Yvette und stellte Augenkontakt zu ihr her. „Wir hatten gehofft, mit dir besprechen zu können, dass du die Buchhandlung mit deinem Kaffee und vielleicht einigen speziellen Backwaren versorgst. Hast du Zeit, dich mit uns zusammenzusetzen und ein paar Ideen zu besprechen?"

„Klar", sagte Mary. „Kommt mit nach hinten in mein Büro."

Marys Büro war klein, aber ordentlich. Ein Holzschreibtisch stand an einem Ende des Raumes, und ein weißer Plastiktisch voller aufgestapelter Waren am anderen. Mary zog zwei metallene Klappstühle aus einem Schrank und stellte sie für Yvette und Jacob auf, ehe sie hinter ihrem Schreibtisch Platz nahm.

Yvette setzte sich auf die Stuhlkante und beugte sich vor, während Jacob sich zurücklehnte, einen Knöchel über das andere Knie gelegt.

„Also", sagte Mary, die ein Notizbuch aufschlug. „Was stellt ihr euch vor? Kaffeebohnen? Gebäck? Kekse?"

„Ja, aber nicht das normale Zeug, das du hier auftischst", sagte Yvette.

Jacob drehte sich um und warf ihr einen fragenden Blick zu. Sie schenkte ihm ein selbstgefälliges Lächeln.

Mary legte den Kopf schief. „Spezialanfertigungen?"

„Ja." Yvette nickte. „Natürlich wird der Kaffee deine normale Mischung sein, außer du hast was anderes, das du empfehlen kannst, aber beim Gebäck denke ich, es wäre schön, wenn wir thematisch passende Cupcakes kriegen könnten, die auf beliebte Bücher anspielen, Kekse mit berühmten Literatur-Zitaten, und vielleicht Kuchenstücke, die am Rand wie Buchrücken aussehen." Sie wandte sich an Jacob. „Was meinst du?"

Seine Augenwinkel legten sich in Falten, als er sie anlächelte. „Das ist genial, Yvette. Sehr viel besser als alles, an das ich gedacht habe."

Yvettes Inneres wurde ganz warm, und sie fühlte sich allmählich, als wäre diese Partnerschaft doch etwas Gutes. Sie wandte sich wieder an Mary, die wie eine Irre in ihr Notizbuch schrieb. ,

„Es war eine dunkle und stürmische Nacht‘“, murmelte Mary vor sich hin. Sie schaute auf und fuhr fort, „Offen gesagt ist mir das gleichgültig.‘ ‚Der Junge, der überlebte.‘“

Yvette grinste, da sie alle drei Zitate sofort erkannte. „Schön. Paul Clifford, Vom Winde verweht, und Harry Potter. Wie wäre es mit ‚Du bist Blut von meinem Blut‘?“

„Diana Gabaldon! Ja“, rief Mary, die auf dem Platz auf und ab hüpfte. Sie notierte es sich, dann starrte sie betont zu Jacob. „Was ist mit Ihnen? Irgendwelche Zitate, die Sie gern auf Keksen sehen würden?“

Jacob rutschte auf dem Stuhl herum. „Äh …“

Nachdem er sich ein wenig gewunden hatte, lachte Yvette. „Ernsthaft? Mr. Bayside Books fällt kein Zitat ein?“

„Schon, es ist nur …“ Er biss die Zähne aufeinander.

„Keine Sorge, Mary. Ich schreib dir eine Liste“, sagte Yvette.

„Wartet. Ich habe eines“, sagte Jacob. „‚Nichts ist so schmerzhaft für den menschlichen Geist wie eine große und plötzliche Veränderung.‘“

Yvette warf ihm einen anerkennenden Blick zu und nickte. „Gutes Zitat.“

„Woraus ist das?“, fragte Mary.

„Frankenstein“, sagte Jacob und lehnte sich im Stuhl zurück.

„Perfekt.“ Mary machte sich noch ein paar Notizen. Als sie fertig war, sagte sie: „Ich liebe es. Ich nehme an, ihr wollt jeden Tag frisch beliefert werden?“

„Ja. Das ist der Plan. Wir werden anfangs eher konservativ bestellen, aber wenn es gut läuft, hoffen wir, dass das ein großer Posten wird“, sagte Yvette.

Mary wedelte unbeeindruckt mit der Hand. „Mach dir

darüber keine Sorgen. Was immer ihr bestellt, ihr tut es als Großhandelskunden. Ich bin immer begeistert von Partnerschaften mit anderen Geschäften in Keating Hollow."

Ihr Dad hatte mit seinem Rat genau richtig gelegen. Sie musste daran denken, ihm zu danken, am besten mit einem von Marys Kuchen.

„Gebt mir ein paar Tage", sagte Mary, „und ich werde euch Proben rüberschicken. Wenn euch dann gefällt, was ihr seht, können wir einen Vertrag ausarbeiten."

„Perfekt", sagte Yvette, während sie sich erhob.

Jacob kam auf die Beine und bot Mary wieder seine Hand an. „Ich freue mich darauf, zu probieren, was immer Sie sich einfallen lassen", sagte er, während er ihr die Hand schüttelte.

„Darauf können Sie Ihre süßen Bäckchen verwetten", sagte sie mit einem Zwinkern. „Meine Cupcakes werden dafür sorgen, dass Sie sich in mich verlieben."

Er lachte. „Da bin ich mir ganz sicher."

„Das reicht jetzt", sagte Yvette, die Jacob aus dem Büro zerrte, ehe Mary die Gelegenheit hatte, ihn anzusabbern. „Wir müssen einen Buchladen führen. Mary, ruf mich an, wenn du was für uns fertig hast."

„Oh, das tue ich", rief sie. „Eher früher als später!"

„Ist sie immer so aufgeregt?", fragte Jacob auf dem Weg zurück zum vorderen Bereich des Cafés.

Yvette schüttelte den Kopf. „Nein. Nur wenn der gutaussehende Neuzugang mit ihr flirtet."

„Ich habe nicht geflirtet", widersprach er.

„Klar." Sie tätschelte ihm den Arm. „Red dir das nur immer wieder ein."

KAPITEL 5

Jacob Burton folgte Yvette zurück in den Buchladen. Als er vor über einer Stunde losgegangen war, um sich eine Tasse Kaffee zu holen, war er von seiner neuen Situation frustriert gewesen. Nun war er erheitert. Er hatte es genossen, sich mit ihr zusammenzutun, um ihren Ex in die Schranken zu weisen. Der Typ hatte sich mächtig danebenbenommen, hatte sich aufgeführt, als könne er Yvette ihre Entscheidungen vorschreiben. Und Jacob war überglücklich gewesen, dabei mitzuhelfen, ihm die Leviten zu lesen.

Natürlich waren die Dinge etwas unbehaglich geworden, sobald der Idiot sich aus dem Café vom Acker gemacht hatte. Aber das lag nur daran, dass die Chemie zwischen ihm und Yvette jenseits von Gut und Böse war. Dass er sie berührt hatte, hatte dazu geführt, dass er sie schon wieder unbedingt wollte. Dann war da ihre Dreistigkeit. Es gab nichts, was ihm besser gefiel als eine Frau, die keine Angst hatte, ihre Meinung zu sagen.

Klug, sexy und unabhängig. Das waren Jacobs drei

Schwächen, und Yvette hatte sie alle tonnenweise. Das würde sein Ende sein. Er wurde langsamer, um mehr Abstand zwischen sie und sich zu bringen. Er musste sich abkühlen, aufhören, sie sich als die Frau vorzustellen, die ihn in jener Nacht mit nach Hause genommen hatte, und sie strikt im geschäftlichen Bereich sehen. Denn er wusste nur zu gut, dass eine Romanze am Arbeitsplatz eine Anleitung für eine Katastrophe war.

Sie hielt an der Bürotür inne. „Wir sollten uns vermutlich zusammensetzen und die anderen Ideen aus deinen Unterlagen besprechen."

Vor Überraschung war er einen Augenblick lang sprachlos. Klar, sie war auf die Café-Idee eingegangen, aber er hatte nicht erwartet, dass sie willens wäre, so früh schon weitere Veränderungen in Erwägung zu ziehen.

„Du musst nicht so überrascht tun. Ich bin nicht komplett unvernünftig", sagte sie mit einem neckenden Lächeln.

„Ich bin einfach nur …" Er schüttelte den Kopf. „Es war ein überraschender Tag."

„Das kann man laut sagen." Ihr langes, kastanienbraunes Haar schwang zur Seite, als sie sich umdrehte und in ihr Büro verschwand.

Er folgte ihr und machte einen zum Scheitern verurteilten Versuch, seinen Blick nicht auf ihre Rückansicht fallen zu lassen. Wenn sie nur nicht ganz so gut in ihre Jeans gepasst hätte, dann hätte er vielleicht nicht überhört, was sie gerade sagte.

„Wie wäre es genau hier?" Sie wedelte mit dem Arm zu einem Bereich unter dem Fenster hin.

„Wie bitte?", fragte er.

„Für deinen Schreibtisch", sagte sie. „Wir könnten ihn hierher stellen, bis wir den Lagerraum frei geräumt und ihn als richtiges Büro hergerichtet haben. Da drin gibt es derzeit kein Fenster, aber es sollte nicht allzu schwer sein, eins einzufügen."

„Oh, richtig." Sich ein Büro mit diesem herrlichen Wesen zu teilen, verhieß nichts Gutes für seine Produktivität. Er würde sich, sobald wie möglich, einen eigenen Platz suchen müssen.

Sie räusperte sich. „Es tut mir leid. Es gibt nicht groß eine andere Wahl, außer du willst dich einfach jeden Tag dort hinsetzen, wo das neue Café hinkommt."

Er runzelte die Stirn. „Warum sollte ich das tun wollen? Hier ist doch gut."

Sie stieß einen langen Atemzug aus und wirkte erleichtert. „Ok, gut. Einen Augenblick lang dachte ich, du wärst nicht so glücklich mit der Situation."

Er schüttelte den Kopf und ging hinüber, um ihr zu helfen, den Platz freizuräumen. „Hast du hier einen weiteren Schreibtisch, oder soll ich mir einen besorgen?"

Sie biss sich auf die Unterlippe. „Er ist irgendwo im Lagerraum verschwunden."

„Aber klar", sagte er mit einem leisen Lachen. „Na, wollen wir losziehen und ihn retten?"

Yvette warf einen Blick auf ihren Schreibtisch und den Stapel Rechnungen, der auf sie wartete. „Auf jeden Fall. Alles, um mich davor zu bewahren, mich um die ausstehenden Posten zu kümmern."

Jacob folgte ihrem Blick zu dem Stapel mit Rechnungen und unterdrückte ein Stöhnen. Er hatte sich die Buchhaltung bereits angesehen und erwartete bis zum Monatsende keine Ausgaben. Wenn sie jetzt weitere Rechnungen bezahlte, hieß das, dass ihre Hoffnungen auf schwarze Zahlen in diesem Monat gerade aus dem Fenster geflogen waren.

„Mach doch kein solches Gesicht", sagte sie und schlug ihm auf den Arm. „So schlimm ist das nicht. Das sind nur die

Rechnungen für die Dezember-Bestellungen auf den letzten Drücker. Wir hatten trotzdem ein tolles Weihnachtsgeschäft."

Gut ist das Problem, dachte er. Sie brauchten nämlich *großartig*. „Wie gut ist gut?"

Yvette verdrehte die Augen. „Du bist noch nicht mal einen Tag hier. Kannst du dich nicht erstmal einrichten, ehe wir einen Krieg über die Buchhaltung beginnen?"

Nein. Das Wort blitzte in seinen Gedanken auf wie ein Neonschild. Jeder Instinkt sagte ihm, er solle genau hier vor Ort bleiben und die Finanzen haargenau durchkämmen, aber er wusste, wenn er das in diesem Augenblick vorschlug, würde ihr brüchiger Waffenstillstand sich wieder in einen Krieg verwandeln. „Du hast recht. Lass uns alles einrichten. Wir können später über den Finanzplan und die Prognosen reden."

„Klar", sagte sie, aber mit einem nicht sonderlich begeisterten Unterton.

„Zahlen sind nicht so dein Ding?", fragte er.

„Ist es schrecklich, wenn ich Nein sage?", fragte sie mit verzogenem Gesicht. „Isaac hat für mich die Buchhaltung gemacht. Er hat mich immer auf dem Laufenden gehalten, damit ich immer wusste, was los war, aber ich muss zugeben, das ist nicht mein liebster Teil des Geschäfts."

„Dann scheinen wir ein Traumpaar zu sein, Ms. Townsend. Denn Zahlen sind zufällig eines der wenigen Dinge, in denen ich sehr gut bin. Es macht mir nichts aus, diese Rolle zu übernehmen", sagte er, während er ihr in den dunklen Raum am Ende des Ganges folgte.

Sie schaltete das Licht an und spannte sich plötzlich an, als sie sich umsah.

Jacobs Augen wurden groß, als er die Pyramide aus Kisten betrachtete. „Ist das *alles* Lagerbestand?"

„Äh … ja?", sagte sie, als wäre sie sich nicht ganz sicher.

„Heiliger Hexenb…“ Sein Telefon fing an, „Forget You“ zu spielen, die unzensierte Version. Er schnappte es sich, stellte es stumm und starrte Siennas Gesicht an, das auf dem Bildschirm aufblitzte. Sie war die Letzte, mit der er in diesem Augenblick reden wollte … die letzte Person, mit der er überhaupt jemals reden wollte, aber sie hatten trotzdem noch Dinge zu regeln. „Tut mir leid. Da muss ich rangehen.“

Yvette nickte.

Er drehte sich um, bereits auf dem Weg aus dem Lager, während er rasch den Anruf entgegennahm. „Hast du die Papiere für mich?“, fragte er zur Begrüßung.

„Was, kein schönes neues Jahr oder wie war’s bei dir an Weihnachten?“, fragte sie, ihre Stimme seidig und glatt.

„Ehrlich, Sienna, wir wissen beide, dass es dir egal ist, was ich über die Feiertage getan habe, und ich weiß, dass ich ganz bestimmt nichts von deinem Karibik-Urlaub hören will.“ Er griff nach der Eingangstür zum Laden und marschierte hinaus in die Kälte.

„Also *hat* dir dein Dad das erzählt“, sagte sie. „Bri und ich …“

Jacob räusperte sich, während reine Wut seine Stimme heiser werden ließ. Auf was für einem Planeten lebte sie denn, dass sie dachte, er hätte irgendein Interesse daran, von dem Urlaub zu erfahren, den seine Ex-Verlobte zusammen mit seinem Ex-besten-Freund unternommen hatte? „Komm einfach zur Sache, Sienna. Sag mir, warum du angerufen hast. Hat es was mit *Enchanted Bliss* zu tun?“

„Warum hast du es immer so eilig damit, übers Geschäftliche zu reden?“, fragte sie mit quengelndem Unterton.

Jacob ging auf dem Bürgersteig auf und ab. „Vielleicht, weil es sonst nichts zu besprechen gibt.“

„Du weißt, dass das nicht stimmt, Jacob. Wir hatten ein Geschäft zusammen. Wir hätten beinahe geheiratet. Und ...“

„Und du hast das Tagesgeschäft einem Teenager übertragen, der keine Ahnung hat, wie man den Laden betreibt, während du weg warst und mit meinem besten Freund geschlafen hast. In der Zwischenzeit bin ich zurück, um für meinen Vater zu arbeiten, nur damit wir dein Traumhaus am Strand kriegen konnten, das du unbedingt kaufen wolltest.“ Vertrauter Zorn strömte auf ihn ein, und er hatte das starke Bedürfnis, sein Telefon auf den Gehsteig zu schmettern.

Der Zorn, der ihn im letzten Jahr übermannt hatte, war der Hauptgrund, warum er aus Los Angeles überhaupt nach Keating Hollow geflohen war. Und es hatte die ganzen fünf Tage lang, die er hier war, größtenteils funktioniert. Seit er in das Städtchen gefahren war, hatte er kaum einen Gedanken an Sienna und Brian verschwendet, und überhaupt keinen, seit sein Blick auf Yvette gefallen war.

„Jacob“, sagte sie mit einem Seufzen. „Ich rufe nur an, weil der Makler noch Unterlagen hat, die du wegen des Hauses unterschreiben musst. Und wenn du schon mal da bist, könnten wir auch gleich die Übereinkunft wegen *Enchanted Bliss* abschließen.“

„Wir können alles per E-Mail erledigen“, sagte er kühl. „Mein Anwalt wird sich melden.“ Dann, noch bevor sie etwas hinzufügen konnte, beendete er den Anruf. Sein Telefon läutete sofort wieder, aber er schaltete es stumm. Er kannte sie zu gut. Sie wollte doch nur seine Aufmerksamkeit. Aber diesmal sollte er verdammt sein, wenn er sie ihr geben würde.

Jacob ignorierte den dritten Anruf von Sienna und meldete sich sofort bei Norm, dem Anwalt der Familie.

„Stanley, Stanley und Cooper", sagte Penny, Norms Assistentin, am Telefon.

„Hey, Pen. Hier ist Jacob. Ich muss mit Norm reden. Ist er da?"

„Aber klar, Schätzchen", sagte sie und klang wie eine alte Hollywood-Legende aus den 1950er Jahren. „Bleib mal eine Sekunde dran."

Dann klickte es in der Leitung, gefolgt von einem weiteren Klicken, dann sagte Norm: „Jacob, ich wollte mich gerade bei dir melden. Ms. Tellers Anwalt hat endlich die Unterlagen für *Enchanted Bliss* rübergeschickt. Da gab es eine Entwicklung."

Ihm wurde flau im Magen, und davon auch gleich übel. „Was für eine Entwicklung?"

„Ms. Teller weigert sich, die abschließenden Unterlagen zu unterzeichnen, außer du bist persönlich anwesend. Das betrifft auch den Verkauf des Strandhauses."

„Das ist ein Witz, oder?" Er konnte sich keinen stichhaltigen Grund vorstellen, weshalb Sienna ihn sehen müsste, außer, um ihr Ego zu streicheln, um irgendwie eine neue Geschichte in die Wege zu leiten, in der sie nicht als diejenige dastand, die fremdging und anderen nur das Geld aus der Tasche ziehen wollte, wie es sich erwiesen hatte.

„Ich fürchte, nein. Ihr Anwalt sagte, dass sie sich einfach nur weigert, bis sie dich persönlich gesehen hat."

Er unterdrückte einen Fluch. „Wann muss ich dort sein?"

„Am Samstag. Ms. Teller beharrt darauf, dass das der einzige Tag ist, an dem sie frei hat. Wenn du zustimmst, kann ich es so einrichten, dass ich Zeit habe. Und wenn wir Glück haben, kannst du gleich am Morgen reinfliegen. Ich werde die Termine hintereinanderlegen, und du kannst mit einem Flug am Abend wieder die Stadt verlassen."

Samstag, dachte Jacob und verdrehte die Augen. Warum

musste sie die Anwälte unbedingt am Wochenende arbeiten lassen? Sie machte jedem das Leben schwer.

So sehr er es auch zu schätzen wusste, dass sein Anwalt versuchte, ihm zu versichern, dass er nicht viel Zeit in Los Angeles würde verbringen müssen, er wusste es besser. Er hätte locker fünfzig Kröten darauf verwertet, dass er bis mindestens Montag nicht aus der Stadt kommen würde. Wenn Sienna darauf bestand, ihn zu treffen, dann wollte sie etwas. Und sie würde nichts unterzeichnen, bis sie es hatte. Trotzdem, wenn er von ihr befreit sein wollte, hatte er eigentlich keine andere Wahl, als dort aufzukreuzen. „Ich werde da sein. Schick mir einfach die Zeiten mit den Meetings, und ich kriege es irgendwie hin."

„In Ordnung. Ich lasse es von Penny einrichten. Wir sehen uns am Samstag."

Jacob beendete den Anruf. Es begann sofort wieder zu vibrieren. Sienna wollte sich immer noch bei ihm melden. Angeekelt ignorierte er sie und schob sich das Telefon wieder in die Tasche. Anstatt zurück in den Laden zu gehen, lief er die Straße entlang, sein Schritt war schnell. Er musste etwas Dampf ablassen, ehe er zurück in den Buchladen ging. Er wollte nicht unabsichtlich seinen Ärger an jemand anderem auslassen, besonders nicht an Yvette.

Yvette stand im Lagerraum und starrte die Schachteln an. Es gab hier sehr viel mehr zusätzliches Inventar als üblich. Etwas stimmte definitiv nicht. Sie marschierte rasch zurück in ihr Büro und wühlte sich durch die Rechnungen, die noch auf ihrem Schreibtisch lagen. Alle waren wie erwartet, bis auf die eine, die ganz unten lag. Sie ließ die anderen auf den Schreibtisch fallen, während ihr die Augen aus dem Kopf quollen.

„O nein." Sie schloss die Augen und schüttelte den Kopf, als hätte sie falsch gelesen und müsste noch einmal neu hinschauen. Aber als sie sie ein zweites Mal überflog, ließ sich ihr Fehler nicht leugnen. Anstatt je zehn Stück von einer vierbändigen Reihe zu bestellen, hatte sie unabsichtlich zehn *Kartons* eines jeden Bandes bestellt. Und weil sie alle bei einem kleinen, unabhängigen Verlag herauskamen, konnte sie sie nicht zurückgeben.

In ihren Eingeweiden tat sich ein Loch auf. Wie hatte sie es dazu kommen lassen können? In all den Jahren, seit sie die Buchhandlung führte, hatte sie noch nie einen so großen

Fehler gemacht. Isaac hatte die meisten Bestellungen übernommen, genauso wie die Buchhaltung. Es war nicht so, dass sie nicht wusste, wie es ging, nur hatten sie sich die Aufgaben, die zu erledigen waren, einfach auf eine bestimmte Weise geteilt. Sie warf einen Blick auf die Rechnung, in der Hoffnung, sie könne den Fehler Isaac in die Schuhe schieben. Aber als sie das Datum sah, an dem die Bestellung getätigt worden war, ging auch diese Vorstellung den Bach runter. Diese Bestellung war eine Woche rausgegangen, nachdem Isaac ausgezogen war und plötzlich aufgehört hatte, ihr mit dem Laden zu helfen.

Kein Wunder, dass sie es versaut hatte. Sie war nicht nur nicht ganz vertraut mit der Bestellsoftware gewesen, sondern auch noch emotional komplett im Eimer. Sie schlug aus reinem Zorn mit der Faust auf den Schreibtisch. Warum hatte sie einen solchen Fehler nicht letzten Monat entdecken können, bevor sie einen Partner hatte, dem sie Rede und Antwort stehen musste? Sie sank auf den Schreibtisch und vergrub das Gesicht in den Händen. Gute Göttin, Jacob würde denken, sie wäre vollkommen verblödet. Und er läge damit richtig.

Sie setzte sich auf ihren Bürostuhl, schaltete den Computer ein und ging sorgfältig jede einzelne Rechnung durch. Sobald alle eingegeben und bezahlt waren, schaute sie sich den Kontostand an und zuckte zusammen. Er war so niedrig, dass er ihr nicht mehr geheuer war. Kein Wunder, dass Jacob sich Sorgen gemacht hatte.

Yvette lehnte sich zurück, ihr Gesicht gerötet und heiß wegen der Erniedrigung. Sie musste etwas tun, um das wieder gutzumachen. Aber wie? Obwohl sie wusste, dass die Antwort Nein lauten würde, griff sie zum Telefonhörer, rief beim Großhändler an und fragte, ob es irgendeine Möglichkeit gäbe, eine Retoure zu machen. Die Antwort war ein glattes Nein, genau wie erwartet. Anstatt sich also aufzuregen, fing sie an, sich einen Plan B aus den Fingern zu saugen.

Eines nach dem anderen. Sie musste sich diese zusätzlichen Bücher anschauen. Es würde nichts passieren, wenn sie einfach nur im Lager herumstanden.

Nachdem sie den Rest des Tages damit verbracht hatte, Kartons auszupacken und dann an der Dekoration des Schaufensters zu arbeiten, war Yvette verschwitzt und halb verhungert, als sie vor dem Laden stand und das Fenster am Eingang betrachtete. Sie musste zugeben, es sah gut aus. Richtig gut. Aber verglichen mit den anderen Schaufenstern auf der Hauptstraße in einem magischen Städtchen reichte es nicht ganz aus, um die Touristen umzuhauen. Es bedurfte etwas … etwas Magie. Was sie brauchte, war eine Lufthexe. Doch bezweifelte sie, dass Brinn talentiert genug war, um es so raffiniert zu gestalten, wie Yvette es sich vorstellte, und sie war damit beschäftigt, den Laden zu schließen. Yvette beschloss, dass sie sich morgen Vormittag darum kümmern würde.

Sie holte ihr Telefon aus der Tasche und warf einen Blick auf die Uhrzeit. Es war fast sechs Uhr, und Jacob war immer noch nicht wieder aufgetaucht. Um der Wahrheit Genüge zu tun, seit ihr ihr Fehler klar geworden war, hatte sie sich nicht gerade auf seine Rückkehr gefreut. Sie wollte einen soliden Plan am Start haben, ehe sie ihren Fehler eingestehen musste. Und obwohl das Fenster ein guter Anfang war, musste sie sich noch irgendein Event einfallen lassen, das die Kunden herbringen würde.

Trotzdem machte sie sich Sorgen um ihn. Er war vor Stunden aufgebrochen, um seinen Anruf entgegenzunehmen, und war einfach verschwunden. Sie biss sich auf die Unterlippe, suchte seinen Kontakt in ihrem Telefon und drückte auf den Anruf-Button. Es klingelte dreimal, ehe sie direkt auf der Mailbox landete. „Jacob, hier ist Yvette. Ich rufe an, um … Naja, ich schätze, um einfach sicherzugehen, dass bei dir alles in Ordnung ist. Du bist heute ganz plötzlich gegangen, und ich wollte mich vergewissern, dass du dich nicht verirrt hast oder so. Wenn du diese Nachricht erhältst, tu mir einfach den Gefallen und melde dich kurz, um mich zu beruhigen. Danke.“

Sie beendete den Anruf und kam sich vor wie eine Idiotin. Jacob war erwachsen. Er hatte es ganz bestimmt nicht nötig, dass sie sich aufführte wie eine Glucke. Es war ja nicht so, als hätte er eine Arbeitszeit vereinbart, zu der er im Laden sein musste. Er war ein Teilhaber, kein Verkäufer. Sie marschierte zurück ins Geschäft und begab sich direkt in ihr Büro. Nachdem sie sich ihre Geldbörse und die Schlüssel geholt hatte, ging sie wieder nach vorne in den Laden.

„Brinn?“, rief sie laut.

Ihre Angestellte kam hinter der Kasse hervor. „Ja?“

„Ich breche für heute Abend auf. Brauchst du noch irgendwas, ehe ich gehe?“

Brinn schüttelte den Kopf, ihr blonder Pferdeschwanz schwang anmutig hinter ihr hin und her. „Ich kriege das hin. Hab einen schönen Abend.“

„Du auch.“

* * *

YVETTE LENKTE ihren Ford-Mustang die über einen Kilometer lange Zufahrt entlang, die zum Haus ihres Vaters führte. Die vertrauten Lichterketten in den Bäumen brachten sie zum Lächeln, und die Anspannung dieses Tages ließ allmählich nach. Sie fühlte sich immer geborgen, wenn sie ihre Familie um sich hatte, als wäre sie genau dort, wo sie sein sollte.

In der Auffahrt ihres Vaters standen bereits Autos aufgereiht. Sie parkte hinter Noels altem SUV und sprang heraus. Ehe sie es auch nur bis zur vorderen Veranda schaffte, flog die Tür auf, und ein kleiner, schlammfarbener Shih Tzu raste heraus, gefolgt von Yvettes sechsjähriger Nichte Daisy. Ihre dunklen Locken waren genauso wild wie sie, während sie dem Welpen über den Hof nachjagte und brüllte: „Buffy! Buffy, komm zurück!"

Yvettes Schwester Noel trat heraus auf die Veranda, warf einen Blick auf ihre Tochter und den Hund, die im Kreis rannten, und lächelte dann Yvette an. „Ich sehe, du hast es geschafft, den Tag zu überleben. Gilt dasselbe auch für deinen superheißen Geschäftspartner?"

„Heißen Geschäftspartner?", fragte Drew, als er aus dem Haus kam. „Hat mein Mädchen sich etwa einen neuen Typen in der Stadt ausgeguckt?"

Noel verdrehte die Augen und schlang ihm einen Arm um die Taille. „Als ob ich Zeit hätte, mit mehr als einem Mann in meinem Leben fertig zu werden." Beide wandten ihre Aufmerksamkeit Yvette zu. Noel hob fragend die Augenbrauen. „Na, wie lief denn der Rest deines Tages?"

„Wir haben uns wegen des Cafés geeinigt. Wir haben beschlossen, uns mit Mary und dem Incantation Café zusammen zu tun. Aber abseits davon?" Yvette zuckte mit den Schultern. „Keine Ahnung. Er hat einen Anruf bekommen und ist gegangen. Ich habe ihn seit kurz vor dem Mittagessen nicht mehr gesehen."

„Ich habe ihn in der Brauerei getroffen", meldete Drew sich zu Wort. „Er sagte Hallo, aber das war es auch schon."

„Immerhin ist er nicht im Fluss ertrunken", murmelte Yvette.

„Was?", fragte Noel kichernd. „Wie kommst du denn darauf?"

„Kein Grund. Kommt schon, gehen wir rein. Ich bin am Verhungern."

„Daisy", rief Noel. „Zeit zum Essen."

Das kleine Mädchen antwortete ihrer Mutter mit einem halbherzigen: „Ok." Aber sie jagte weiter Buffy nach, und Yvette wusste, dass Daisy ohne etwas Unterstützung den Anweisungen ihrer Mutter nicht folgen würde.

„Daisy, willst du deiner Tante denn keine Umarmung geben?", fragte Yvette, während sie zu ihr und dem Welpen hinüberging.

Ihre Nichte bog sofort geradewegs in Richtung ihrer Tante ab, die Arme weit ausgebreitet. Yvette ging in die Hocke und wurde fast umgestoßen, als Daisy in sie hinein prallte und sich fest an sie klammerte. Yvette hob sie hoch und schwang sie im Kreis. „Ich habe dich vermisst, mein Liebling", flüsterte Yvette ihr ins Ohr.

„Ich habe dich auch vermisst, Tante." Daisy gab Yvette einen schmatzenden Kuss auf die Wange und kicherte, während Yvette sie noch etwas herumwirbelte.

„Deine Tante hat Hunger", sagte Yvette, die bereits in Richtung Tür unterwegs war. „Willst du reinkommen, damit wir etwas zu essen kriegen?"

Daisy nickte begeistert, aber ehe sie ihren großen Auftritt durch die Tür hinlegen konnten, rief das kleine Mädchen: „Drew, hol Buffy!"

„Ja, Prinzessin", erwiderte er mit einem Lachen und marschierte hinüber, um den Hund aufzusammeln.

„Sie hat ihn um den kleinen Finger gewickelt“, sagte Noel, die sich nicht die Mühe machte, die Stimme zu senken.

„Und ich würde es nicht anders wollen“, erwiderte Drew, der ihr zuzwinkerte.

Noel betastete den Verlobungsring aus Saphir, der um ihren Hals hing, und bekam feuchte Augen.

Ein Hauch Neid ging über Yvette hinweg, aber sie achtete nicht darauf und lächelte zu ihrer Schwester hin, konzentrierte sich auf die Tatsache, dass es sie wahrhaft glücklich machte, dass Noel jemanden gefunden hatte, der sie und Daisy so sehr liebte. Es war einfach nur schwer, eine neue Beziehung aufblühen zu sehen, wenn die eigene gerade so spektakulär in die Brüche gegangen war.

Das Haus war warm und von Gelächter erfüllt, als sie das Wohnzimmer betraten. Olive, Clays Tochter und Abbys neue Stieftochter, saß mit Yvettes jüngster Schwester Faith vor einem knisternden Feuer. Olive wohnte bei Noel und Daisy, während Clay und Abby in den Flitterwochen waren. Die beiden spielten Karten, während Lin und Clair in der Küche herumwuselten und die letzten Handgriffe für das Abendessen erledigten.

Yvette warf einen Blick auf den Tisch, der bereits gedeckt war, und runzelte die Stirn. „Warum gibt es neun Gedecke?“ Sie zählte rasch die Anwesenden im Raum und stellte sicher, dass sie niemanden vergaß. Sechs Erwachsene und zwei Kinder. „Kommt noch jemand zum Essen zu uns?“

„Dad!“, rief Noel. „Hast du es ihr nicht erzählt? Ich dachte, du sagtest, du würdest sie anrufen und es sie wissen lassen.“

„Ich war beschäftigt“, rief er zurück, während er etwas aus dem Ofen holte, das nach einer Menge Knoblauchbrot aussah. Er stellte es auf den Herd und drehte sich um. „Spielt es denn eine Rolle? Das ist mein Abendessen.“

Entsetzen kroch Yvette die Kehle hinauf und drohte sie zu ersticken. Sie griff nach der Rückenlehne der Couch und zwang hervor: „Bitte sag mir, dass er nicht Isaac eingeladen hat. Denn ich bin heute bereits in ihn hineingerannt. Es ist *nicht* gut gelaufen."

„Echt?", fragte Noel, deren Augen vor Neugier groß wurden. „Was ist passiert?"

Ihr rechtschaffener Ärger kam brüllend in doppelter Stärke zurück. „Kannst du dir vorstellen, dass er den Nerv hatte, mir einen Vortrag darüber zu halten …" Sie senkte die Stimme und flüsterte: „Darüber, dass ich Abbys Hochzeit mit Jacob verlassen habe?"

„Du nimmst mich doch auf den Arm!", rief Noel, die Hände in die Hüften gestemmt. „Nachdem er sich aus eurer Ehe vom Acker gemacht hat, kann ich nicht glauben, dass er so weit ging. Was hatte er damit für ein Problem? Hat er geglaubt, du beschmutzt deinen Ruf oder sowas?" Ihre Miene verwandelte sich von überrascht in angeekelt. „Für einen schwulen Mann ist er erstaunlich altmodisch."

„Voreingenommen ist das Wort, nach dem du suchst", sagte Yvette, sobald sie auf einem Hocker am Tresen Platz genommen und Clair dankbar zugenickt hatte, als sie ihr ein Glas Rotwein gereicht hatte.

„Arschloch kommt vielleicht näher ran", warf Clair ein, was sowohl Yvette als auch Noel zum Lachen brachte.

„Das auch", stimmte Yvette zu. „Aber um deine Frage zu beantworten, nein. Er hat nicht nahegelegt, dass ich eine befleckte Frau bin oder sowas. Er hat einfach gesagt, dass ich zu emotional für lockere Beziehungen bin, und dass er sich Sorgen um mich macht."

„Ahh", sagte Noel nickend, sodass ihr eine Strähne ihrer

langen blonden Haare über ein Auge fiel. Sie schob sie zurück. „Das kann ich nachvollziehen."

„Was kannst du nachvollziehen?" Yvette nahm einen Schluck Wein. „Dass ich zu emotional bin, oder dass er sich um mich Sorgen machen könnte?"

„Beides." Noel setzte sich neben sie und legte eine Hand über die von Yvette. „Du hast jeden Grund, Isaac zu hassen. Er hat dein Leben über den Haufen geworfen. Du hast nicht nur deine Ehe verloren, du hast auch noch fast deinen Laden verloren. Darum verstehe ich es. Und wenn du Voodoopuppen basteln und Nadeln dort reinstecken willst, wo niemals die Sonne scheint, bin ich liebend gern dabei."

Yvette kicherte leise. „Du würdest die Puppen vermutlich selbst nähen."

„Ich bin ausgefuchst", sagte sie mit einem Nicken. „Auf jeden Fall hat Dad nicht Isaac zum Familienessen eingeladen. *So* ahnungslos ist er nun auch nicht."

„Wen dann?", fragte Yvette, als gerade die Türklingel läutete.

Daisy flitzte zum Eingang, und eine Sekunde später hörte Yvette, wie sich die Tür öffnete, gefolgt von einer sehr vertrauten männlichen Stimme.

Yvette wandte sich um und starrte Noel an. „*Jacob* ist hier?"

Sie hob die Hände und wedelte halbherzig mit den Fingern „Überraschung."

„Wer hat den denn eingeladen?" Ihr Herz schlug schneller, während sie allmählich nervös wurde. So viel also dazu, einen schönen, entspannenden Abend bei der Familie zu verbringen.

Noel deutete auf ihren Vater.

Yvette fuhr herum und funkelte Lin an. „*Dad*! Was tust du mir an?"

„Nichts, Rusty. Ich dachte einfach, es wäre eine gute Idee,

dass die Familie deinen neuen Geschäftspartner kennenlernt, das ist alles." Er tätschelte Yvettes Arm, während er an ihr vorbeiging und dem fraglichen Mann zur Begrüßung eine Hand reichte. „Jacob, ich freue mich, dass es geklappt hat."

„Das hätte ich auf keinen Fall verpassen wollen, Mr. Townsend. Vielen Dank, dass Sie mich eingeladen haben. Selbstgekochte Mahlzeiten sind für mich dieser Tage eine Seltenheit."

„Danken Sie Clair. Sie hat sich die Arbeit gemacht." Lin drehte sich um und lächelte den Rest seiner Familie an. „Das ist Jacob Burton, ihr alle, der neue Mitbesitzer von *Hollow Books*. Jacob, das sind alle." Er stellte rasch seine Familie fertig vor, und während Jacob Drew begrüßte, folgte Yvette ihrem Vater in die Küche.

„Dad, warum tust du mir das an?" Sie hatte sich nur ein nettes Familienessen gewünscht. Jetzt war sie dazu verdammt, sich vor Jacob möglichst normal zu geben. Das war ein ziemlicher Akt, den sie nach ihren Eskapaden am Samstagabend abziehen musste, von ihrem Fehler im Laden ganz zu schweigen, über den sie noch nicht mit ihm gesprochen hatte.

„Komm schon, Rusty. Ich habe dir gar nichts angetan. Ich bin nur ein guter Nachbar. Er kam zum Mittagessen in der Brauerei vorbei. Ich habe zufällig gerade Rhys am Tresen ausgeholfen, als er reinkam. Sobald mir klar wurde, wer er war, schien es mir selbstverständlich, ihn hierher einzuladen." Er hielt inne und schaute auf sie hinab. „Ich weiß, dass ihr beiden noch ein paar Probleme auszuarbeiten habt, aber gibt es einen Grund, weshalb ich ihm gegenüber feindlich eingestellt sein sollte? Er ist ein Neffe von Miss Maple, und er wirkt wie ein netter junger Mann."

„Nein", sagte sie, plötzlich beschämt über ihre Einstellung.

Verlegen starrte sie auf ihre Hände hinab, während sie hinzufügte: „Er ist ein netter Mann, und du hattest recht damit, ihn einzuladen. Ich hätte es selbst tun sollen, aber … Sagen wir einfach, ich hatte einen seltsamen Tag."

„Ich bin mir sicher, es ist hart, sich umzugewöhnen, und ein Stück Kontrolle über deinen Laden aufzugeben." Er lächelte sie milde an. „Nimm dir einfach Zeit. Du wirst schon bald einen neuen Rhythmus finden. Wenn nicht, dann findest du irgendeinen anderen Weg."

„Das sagt sich für dich so leicht", murmelte sie, während sie sich das Knoblauchbrot schnappte und es auf den Tisch stellte.

Jacob entschuldigte sich und kam herüber zu Yvette. „Ich hoffe, dass das in Ordnung ist."

„Klar. Warum sollte es das nicht sein?", fragte sie mit einem strahlenden Lächeln.

Er lachte leise. „Du weißt, warum. Aber ich mag deinen Dad wirklich und wollte die Leute vor Ort kennenlernen, darum … als er mich eingeladen hat …" Jacob hob die Hände zu einer hilflosen Geste. „Musste ich ja sagen."

„Ist schon gut, Jacob", erwiderte sie und schüttelte den Kopf. „Wir sind beide erwachsen. Es ist keine wirkliche Überraschung, dass mein Dad dich einlädt. Er möchte gern alle Geschäftsbesitzer der Stadt kennenlernen."

„Also gut." Er schob die Hände in seine Jeanstaschen und wippte auf den Absätzen zurück. „Dann muss ich mir keine Sorgen machen, dass es hier darum geht, dass er ein besonders beschützender Vater ist?"

Yvette schnaubte. „Bitte. Er weiß, dass ich mich um mich selbst kümmern kann."

„Das kann ich sehen." Er räusperte sich und senkte die Stimme, als er hinzufügte: „Es tut mir leid, dass ich heute einfach weg bin. Ich musste mich um ein paar unerledigte Dinge kümmern, und ich …"

„Jacob", sagte sie und hob die Hände, um ihn aufzuhalten. „Du musst mir nichts erklären. Du bist ein Teilhaber, kein Angestellter. Du machst dein Ding, und ich mache meines. Solange wir einander auf dem Laufenden halten, wird es gutgehen."

„Richtig." Er presste die Lippen zu einer dünnen Linie zusammen, als würde er über das nachdenken, was sie gesagt hatte, aber ehe er noch etwas anfügen konnte, stellte Clair die Lasagne mitten auf den Tisch.

„Das Essen ist fertig", sagte sie. „Nehmt alle Platz." Sie warf einen Blick auf Yvette und Jacob. „Ihr beiden sitzt am Ende neben Lin. Er will den neuesten Einwohner von Keating Hollow kennenlernen."

Natürlich wollte er das. Yvette nahm auf einer Seite des Tisches Platz, und Jacob setzte sich ihr gegenüber. Lin saß am Kopf. Der Rest der Familie schloss sich ihnen an, und Clair beschäftigte sich damit, die Lasagne zu verteilen.

Sofort begannen alle zu plaudern. Olive und Daisy waren am anderen Tischende und tauschten Welpengeschichten aus. Faith, die neben Jacob saß, brachte eine eigene Höllenhund-Horrorgeschichte ein, dann warf sie einen Blick über die Schulter, um ihren Shih Tzu anzufunkeln, der sich damit beschäftigte, eines der Sofakissen zu zerlegen. Sie sprang auf, warf beinahe ihr Weinglas um und verfrachtete den Hund in eine Box an der gegenüberliegenden Wand. Der Welpe gab ein armseliges Heulen von sich und widmete sich dann der Decke, auf der er herumkaute.

Faith nahm ihren Platz am Tisch wieder ein und stieß einen übertriebenen Seufzer aus. „Dieser Hund versucht, mich zu foltern."

„Vielleicht braucht er Unterricht an der Hundeschule", sagte Jacob.

„Ha! Hundeschule. Ich wünschte, daran hätte ich schon gedacht", erwiderte sie sarkastisch.

„Xena ist an drei verschiedenen Welpenkursen gescheitert", sagte Yvette, die Jacob auf den neusten Stand brachte. „Wir nennen sie inzwischen den Höllenhund."

„Drei?", fragte er.

„Drei", sagte Lin mit einem Nicken. „Sie hat auch zwei Sessel, eine Bettdecke, drei verschiedene Schuhe und ein Stromkabel angefressen, das immer noch eingesteckt war."

„Es ist ein Wunder, dass sie sich noch keinen Schock verpasst hat", erklärte Faith. „Man sieht also, dass die Box absolut notwendig ist. Ich weiß nicht, warum Noel einen Engel bekommen hat, und ich Satan." Sie deutete auf den süßen schlammfarbenen Hund, der neben Daisy zusammengerollt lag. „Mein Karma ist wohl im Eimer."

Noel schaute von ihrem Teller auf und schüttelte den Kopf. „Es liegt nicht an dir. Buffy hatte anfangs auch eine fiese Ader. Sie war einfach eine bessere Schülerin, schätze ich."

„Du bist vermutlich die bessere Lehrerin", sagte Faith. „Vielleicht solltest du Xena nehmen."

„O nein!" Noel hob die Hände in Zeitlupe. „Ich habe mit Daisy, dem Hund und Drew hier alle Hände voll zu tun. Xena gehört ganz dir."

Faith zuckte mit den Schultern. „Wir werden einfach weiter daran arbeiten."

„Und weiterhin neue Möbel kaufen", ergänzte Lin mit finsterem Gesicht.

„Du bist doch schuld, dass ich Xena überhaupt habe!", rief Faith und erklärte daraufhin, dass die Welpen eines Tages vor

Lins Haus aufgetaucht waren, und dass auf diese Weise sie und Noel jeweils einen erhalten hatten.

Den Rest des Abendessens über blieb die Unterhaltung lebhaft. Yvette hörte zu, wie Jacob ihren Vater über die Brauerei ausfragte. Er wollte alle Einzelheiten hören, wie sie angefangen hatte, wie sie weiterhin gewinnträchtig blieb, und was für Pläne für die Zukunft bestanden. Er schien ein ehrliches Interesse zu haben, und Lin war nur zu glücklich, über das Geschäft zu reden, das er im Laufe der Jahre aufgebaut hatte.

Dann war Jacob dran. Lin wollte alles über *Bayside Books* wissen, wie sein Vater angefangen hatte, über Jacobs Rolle bei der Erweiterung, und warum er kürzlich weggegangen war.

Jacob wurde einen Augenblick lang still, und sein Gesicht wurde ausdruckslos. Dann war es, als hätte man einen Schalter umgelegt, und er lächelte Lin reumütig an. „Meine Stelle bei *Bayside Books* war immer nur vorübergehend geplant, bis mein neues Geschäft solide dastand. Sobald das gut laufen würde, wollten wir ein Franchise draus machen. Aber ..." Er zuckte mit den Schultern. „Diese Partnerschaft hat nicht funktioniert, deshalb bin ich hier."

„Sie wollten nicht mit ihrem Vater im Geschäft bleiben?", fragte Lin. In seinem Tonfall lag keine Verurteilung, nur Neugier. Keines von Lins eigenen Kindern hatte großes Interesse daran gezeigt, ein Brauereigasthaus zu führen, darum hatte Lin Clay angestellt, einen talentierten Braumeister. Es war einfach nur Glück gewesen, dass er und Abby schließlich ihren Weg zueinander gefunden hatten. Nun gingen alle davon aus, dass Clay, wenn die Zeit kam, die Brauerei weiterführen würde, und Lins Kinder Teilhaber sein würden.

„Nicht wirklich. Ich habe nach einer Veränderung gesucht", sagte er.

„Na, *Hollow Books* könnte kaum weiter vom *Bayside Books* deines Vaters entfernt sein", sagte Yvette und hob ihr Weinglas, um ihm zuzuprosten. „Ich hoffe, du findest es hier nicht zu langweilig, Jacob."

Sein reumütiges Lächeln erheiterte sich. „Bisher wäre *langweilig* das letzte Wort, das ich benutzen würde, um meine neue Situation zu beschreiben."

Yvette räusperte sich und schaute weg, weil sie Angst hatte, sie würde leuchtend rot werden und vor Verlegenheit sterben, wenn sie ihn weiterhin anschaute. Und davon hatte sie für einen Tag bereits genug.

Faith kicherte, verdeckte dann aber rasch ihren Mund mit einer Faust und gab vor, sie müsse husten. Sie räusperte sich und wandte sich an Jacob, als hätte sie nicht eben eine kleine Szene verursacht. „Ich denke darüber nach, hier in der Stadt ein Wellness-Center zu eröffnen, und ich habe gehört, damit hätten Sie vielleicht Erfahrung."

Yvettes Finger legten sich fester um ihre Gabel, und sie hatte kurzzeitig das Bedürfnis, sie auf ihre jüngere Schwester zu werfen. Was tat sie da nur? Yvette wusste, dass das Geschäft, von dem er gesprochen hatte, dasjenige war, das er mit seiner Ex gegründet hatte. Yvette war sich zu hundert Prozent sicher, dass Jacob weder über seine ehemalige Verlobte sprechen wollte, noch über das Geschäft, aus dem er sich zurückgezogen hatte.

„Ein wenig", sagte Jacob steif. Dann verwandelte sich sein Tonfall in Verbitterung. „Meine Partnerin hat sich um alle Einzelheiten gekümmert. Ich war nur da, weil ich Geld in der Tasche hatte … Das hat man mir zumindest so gesagt."

„Himmel", warf Yvette ein, weil sie sich nicht zurückhalten konnte. „Das ist ja wirklich bescheiden. Es tut mir leid, Jacob. Niemand sollte so behandelt werden."

Er nahm einen großen Schluck Wein. „Es zeigte sich, dass ich besser hätte hinschauen sollen. Mein Anwalt hat versucht, mich davon abzuhalten, aber ich habe den geschäftlichen Dingen Gefühle in den Weg kommen lassen. Es war meine Schuld, und ich werde es nicht mehr soweit kommen lassen."

„Es kann hart sein, herauszufinden, wem man vertrauen kann, wenn man so viel Erfolg hatte", sagte Lin mit einem Nicken. „Es gibt Zeiten, in denen ein Mann seinen Ratgebern vertrauen muss, und dann gibt es Zeiten, da muss er auf sein Bauchgefühl hören. Was hat Ihr Bauchgefühl gesagt?"

Jacob starrte auf seinen Teller hinab. Als er zu Lin aufschaute, sagte er: „Ich glaube, mein Bauchgefühl wurde von anderen Faktoren überstimmt."

Lin stieß ein tiefes Lachen aus. „Das kenne ich. Das kenne ich auf jeden Fall. Fürs nächste Mal werden Sie es sich merken."

„Das sollte man meinen, oder?" Jacob begegnete Yvettes Blick. Die beiden starrten einander an, und Yvettes Magen zog sich zusammen. Wenn man das Bedauern betrachtete, dass ihr entgegensah, glaubte er wohl, dass er in der Nacht von Abbys Hochzeit einen großen Fehler gemacht hatte. Und obwohl sie sicher war, dass das vermutlich stimmte, verabscheute sie es, sich das einzugestehen. Sie verabscheute es, zu glauben, dass sie ein *Fehler* war.

„Jacob", sagte Faith, die sich ihm zuwandte. „Soweit ich weiß, war Ihr letztes Unternehmen ein Wellness-Center. Ist das richtig?"

„Faith", sagte Yvette mit einem gedämpften Flüstern.

Ihre Schwester ignorierte sie, während sie weiter drängte. „Ich könnte wirklich ein wenig Rat gebrauchen, wenn Sie möchten. Ich wollte schon immer ein hochwertiges Wellness-

Center eröffnen. Keating Hollow hatte noch nie eines, und das würde ich gern ändern."

Jacob räusperte sich. „Naja, Sienna war eigentlich diejenige, die …"

„Sienna war Ihre Verlobte und Ihre Partnerin, richtig?" Faith schlug sich die Hand vor den Mund. „Oh … es tut mir leid", stammelte sie. „Vergessen Sie, dass ich was gesagt habe."

Zorn blitzte in Jacobs Augen auf, aber dann blinzelte er, und der Zorn war aus seinem Blick verschwunden. Er zog die Schultern hoch, und als er wieder etwas sagte, war er der gefasste und gelassene Geschäftsmann, den Yvette früh am Morgen getroffen hatte. „Nein, es muss Ihnen nicht leidtun", erklärte er Faith. „Natürlich gehe ich gerne mit Ihnen Ihren Geschäftsplan durch. Kommen Sie einfach im Buchladen vorbei, wenn Sie bereit sind, und ich schaue ihn mir an."

„Wirklich?" Faiths Gesicht hellte sich auf, während sie ihn angrinste. Dann legte sie ihm eine Hand auf den Arm und drückte zu. „Sie sind ein wahres Juwel, wissen Sie das? Ist morgen zu früh?"

„Ja", ging Yvette dazwischen, die an seiner Stelle genervt war. „Gib dem Mann noch eine Woche oder so, um sich im Laden einzugewöhnen, dann kannst du ihn aushorchen, ok?"

„Oh, stimmt. Natürlich", sagte sie und drückte Jacob abermals den Arm. „Ich glaube, ich bin einfach ein bisschen aufgeregt. Tut mir leid, ich wollte nicht so drängen."

„Ist schon gut", sagte er, aber er warf Yvette einen Blick zu und seine Lippen formten ein tonloses *Danke*.

Sie zuckte nur mit den Schultern. Es war ja nicht so, als hätte sie ihn davon erlöst, sie hatte ihm nur etwas mehr Zeit erkauft.

„Ich werde verfeinern, was ich bereits auf Papier habe, und mich nächste Woche mit Ihnen treffen." Faith stieß ein nervöses Lachen aus. „Hoffentlich stehe ich nicht zu dumm da.“

Jacob ließ seinen Blick zwischen Faith und Yvette hin und her wandern, dann kicherte er leise in sich hinein. „Etwas sagt mir, dass die Townsend-Schwestern, wenn es ums Geschäft geht, nur sehr selten, wenn überhaupt je, dumm dastehen.“

„Na, da hast du vielleicht recht“, sagte Yvette. „Es gab zwei Dinge, von denen Dad sagte, dass wir alle wissen müssen, wie sie gehen: einen Ölwechsel im Auto vornehmen und die Brauerei betreiben. Er sagte, wenn wir das können, können wir alles tun.“

Lin lachte. „Es stimmt, oder nicht? Drei von euch haben ein erfolgreiches Geschäft, und ich bin mir sicher, Faiths Wellness-Center wird sich genauso entwickeln.“

„Das hoffe ich auf jeden Fall“, sagte Faith, die eine Serviette in beiden Händen drehte. „Denn ich denke ernsthaft darüber nach, diese Räumlichkeiten zu mieten.“

KAPITEL 7

Jacob saß mit Faith Townsend am Küchentresen und fragte sich, wie er ellbogentief im Entscheidungsprozess für ein hypothetisches Wellness-Center gelandet war. Es hätte ihm nicht egaler sein können, ob die Massagezimmer mit Holz oder Stein ausgekleidet waren. Um ehrlich zu sein, er wusste ganz genau, weshalb er Faith Townsend seine laienhafte Meinung zum Design zukommen ließ; es lag daran, dass er es nicht lassen konnte. Die Verlockung eines brandneuen Geschäftes, diese Frische, die Möglichkeiten waren alle zu verführerisch. Sie hatten bereits über Strategien, Hersteller und Marketing-Ideen gesprochen. Faith hatte sich als regelrechter Schwamm erwiesen. Sie wollte seine Gedanken zu allem hören, darum war es keine Überraschung, dass sie ihn auch zur Ästhetik befragte.

„Mir gefällt beides", sagte er. „Warum sollte man die Räume nicht unterschiedlich gestalten, um verschiedene Erfahrungen zu bieten?"

„Das kostet vermutlich mehr", wandte Yvette ein.

Sie stand in der Küche, ein Glas Wein in einer Hand, einen Kaffee in der anderen. Ihre dunklen Haare waren zurückgebunden, und plötzlich hatte Jacob ein Bild von ihr vor Augen, wie sie auf seinem Sofa vor den Kamin gekuschelt lag, während sie gemütlich über den besten Weg sprachen, ihr Geschäft zu erweitern. Zu seiner Überraschung gefiel ihm dieser Gedanke sehr. Er wusste, wäre er ein vernünftiger Mensch gewesen, hätte er direkt da aufstehen und sich für den Abend entschuldigen müssen, aber stattdessen schnappte er sich die Weinflasche.

„Mehr?", fragte er sowohl Faith als auch Yvette.

„Ja, bitte." Faith schob ihm ihr Weinglas hin.

Yvette beäugte das ihre, dann schüttelte sie mit gerunzelter Stirn den Kopf. „Ich bin bereits über meinem Limit von einem Glas, und ich muss noch nach Hause fahren."

„Ach, komm schon, Vette", sagte Faith kichernd. „Ich bin sicher, Jacob kann dich nach Hause bringen, wenn du ein wenig angeschickert bist. Er weiß doch bereits, wo du wohnst."

„Das hast du gerade eben nicht wirklich gesagt", erwiderte Yvette, die auf ihre Schwester hinab starrte.

Faith schlug sich eine Hand vor den Mund. „Ups, schätze, ich bin die Angeschickerte hier."

Jacob stellte die Weinflasche zurück auf den Tresen und sagte: „Vielleicht hatten wir alle schon genug für diesen Abend."

„Ich denke, du hast womöglich recht." Yvette räumte die Gläser vom Tresen und brachte sie zur Spüle.

„Es tut mir leid", sagte Faith, ihr Lächeln zu breit, um auch nur annähernd Aufrichtigkeit zu vermitteln. „Ist mir einfach so rausgerutscht."

„Schon gut", erwiderte Jacob. „Ich schätze, das ist mein Stichwort, um mich aufzumachen."

„O nein. Aber es ist noch so früh", sagte Faith.

„Nein, ist es nicht", entgegnete Yvette, die einen Blick auf die Uhr an der Wand warf. „Es ist schon nach neun Uhr, und Dad braucht seine Ruhe."

Nach neun? Ernsthaft?, dachte Jacob. Er hätte merken sollen, dass es spät wurde. Noel und Drew hatten die Mädchen aufgesammelt und waren schon vor über einer Stunde aufgebrochen, und Lin hatte sich mit Clair auf das Sofa zurückgezogen, wo die beiden einen alten John-Wayne-Film anschauten. Er stand auf und warf einen Blick auf Yvette. „Wir sehen uns morgen?"

Sie ging durch die Küche und kam um den Tresen, während sie sagte: „Ich bringe dich nach draußen."

„Gute Nacht, Jacob", rief Faith, die ihm zuwinkte. „Danke für den Rat. Das weiß ich wirklich zu schätzen."

„Klar, Faith. Es war mir ein Vergnügen", sagte er.

„Ermutige sie nicht auch noch", flüsterte Yvette, während sie ihren Arm durch seinen gleiten ließ und ihn zur Tür drängte.

„Warum? Glaubst du nicht, dass das Wellness-Center eine gute Idee ist?", fragte er.

„So meine ich das nicht. Überhaupt nicht. Es ist nur so, dass du sie jetzt nie wieder loswirst, und ehe du dich's versiehst, fragt sie dich um Rat, welche Düfte sie kaufen soll."

„Das habe ich gehört", rief Faith freundlich. „Und du irrst dich. Für die Düfte habe ich bereits eine Vorstellung."

„Das ist doch immerhin etwas", sagte Yvette über die Schulter, in ihren Augen glitzerte der Schalk.

Jacob beobachtete den schwesterlichen Austausch erheitert und ein wenig neidisch. Er hatte beim Aufwachsen keine Geschwister gehabt. Inzwischen hatte er zwei Stiefbrüder, aber sie sahen sich nur bei den seltenen Familienfesten, und er hatte niemals die Gelegenheit gehabt, die Bande auszubilden, wie sie die Townsend-Familie offensichtlich miteinander teilte. In seiner Brust zog es ein wenig, weil er offenbar so einiges vermisst hatte.

„Gute Nacht, Jacob. Ich bin froh, dass Sie heute Abend kommen konnten", sagte Lin, der sich vom Sofa hochschob. Der Ältere hielt ihm die Hand hin. „Es war mir ein Vergnügen, Sie besser kennenzulernen."

„Sie ebenso, Sir", sagte Jacob, der die Hand des anderen mit beiden Händen fasste. „Sie haben ein wunderbares Haus und eine wunderbare Familie." Er nickte zu Clair hin. „Tut mir leid, wenn ich ein bisschen zu lange geblieben bin."

„Auf keinen Fall, Junge", sagte Lin. „So alt bin ich noch nicht. Außerdem warte ich immer noch darauf, dass mein Schwiegersohn ein paar Unterlagen für den Obsthain vorbeibringt, die ich benötige."

Yvette versteifte sich. Ihr Tonfall wurde eiskalt, während sie sagte: „*Schwiegersohn?* Bitte sag mir, dass du nicht von Isaac sprichst."

Lin zuckte zusammen. „Tut mir leid, Yvette. Ex-Schwiegersohn. Isaac macht immer noch die Buchhaltung für die Farm. Ich brauchte ein paar Papiere für ein Meeting morgen. Er hätte nach dem Abendessen vorbeischauen sollen."

„Du brauchst einen neuen Buchhalter, Dad", sagte Faith. Ihre ganze vorherige Erheiterung war verschwunden, und sie warf ihrem Vater nun einen missbilligenden Blick zu. „Er kann doch nicht dauernd hier vorbeikommen. Das ist nicht fair Yvette gegenüber."

Lin wandte sich an Yvette, in seiner Miene stand Sorge. „Willst du, dass ich das tue, Rusty? Ich weiß, dass wir drüber gesprochen haben, und ..."

„Ist schon gut", sagte Yvette und schnitt ihm das Wort ab.

„Natürlich will ich nicht, dass du Isaac feuerst, nur weil unsere Beziehung nicht funktioniert hat. Nur … warne mich vielleicht vor, wenn ich ihm begegnen könnte.“

„Bist du dir sicher?“, wollte Lin von ihr wissen.

„Natürlich bin ich das“, sagte sie, aber ihre geballten Fäuste und ihr angespanntes Kinn machten offensichtlich, dass sie die Situation nicht mit der Zen-Gelassenheit anging, die sie ausstrahlen wollte. „Ich brauche einfach etwas Zeit, um mich daran zu gewöhnen, und es würde helfen, wenn du aufhören würdest, ihn Schwiegersohn zu nennen.“

„Wird nicht wieder vorkommen“, versprach Lin mit einem resoluten Nicken.

„Also gut. Gute Nacht“, sagte sie. „Dad, sorg dafür, dass du nicht zu schwer arbeitest.“

Lin murmelte eine halbherzige Zustimmung, während Yvette Jacob durch die Eingangstür zog. Ihre Bewegungen waren starr, und sie murmelte tonlos etwas über Idioten.

„Beziehst du dich auf deinen Ex oder Männer im Allgemeinen?“, fragte Jacob, der die Stimmung ein wenig heben wollte, während sich die Tür hinter ihnen schloss.

Sie stieß ein überraschtes, schnaubendes Lachen aus. „Weißt du, ich bin mir ehrlich gesagt nicht ganz sicher. In welcher Welt ist es denn gerecht, dass er den halben Wert meines Buchladens bekommen hat und auch noch meine Familie behalten darf? Und was habe ich gekriegt? Ein Haus, das ich einmal geliebt habe, aber nun ertrage ich es nicht mehr, darin zu wohnen, und einen neuen Geschäftspartner, der …“ Sie schaute zu ihm auf und verzog das Gesicht. „Tut mir leid. Ich wollte nicht über dich herziehen.“

„Klingt, als würde es schon ein bisschen um mich gehen, aber das ist in Ordnung. Ich verstehe es vollkommen.“

Sie blieb mitten auf der Veranda stehen und drehte sich um,

um ihn anzuschauen. Ihr Blick musterte seinen, während sie fragte: „Tust du das wirklich?"

Er nickte, spürte den vertrauten Zorn, den er unterdrückt hatte, tief in seinen Eingeweiden. Er sorgte dafür, dass er all jene in den Dreck zerren wollte, die ihn in den Schlamm getreten hatten, ihn zum eigenen Gewinn ausgenutzt hatten. „Ich war nicht verheiratet, aber ich war verlobt. Und sagen wir einfach, dass meine Verlobte mit allem rausgekommen ist, was sie wollte, darunter auch meinem Trauzeugen."

Yvettes Mund klappte auf, während sie entsetzt zu ihm aufschaute.

Sein Mund wurde trocken, als er hörte, wie seine Worte in seinen Ohren klingelten. Warum hatte er das gerade gesagt? Er hatte niemandem von Sienna und Brian erzählt. Nicht einmal seinem Anwalt, der an der Auflösung des Geschäfts arbeitete, das sie zusammen gegründet hatten, außerdem am Verflüssigen des Strandhauses, das Jacob für sie gekauft hatte. Es war ihm schlicht nicht möglich gewesen, die Worte vorher auszusprechen.

„Das ist schrecklich", sagte Yvette, die ihm leicht eine Hand auf den Arm legte. „Es tut mir leid. Das ist wirklich erbärmlich."

„Ja, nun ja, genauso, wie die Frau zu heiraten, von der man behauptet, dass sie die beste Freundin ist, und dann mit einem anderen Mann abzuhauen und zu glauben, es hätte sich nichts geändert bis auf die Tatsache, mit wem man zusammenlebt." Eine Strähne ihrer Haare war aus ihrer rasch zusammengesteckten Frisur gefallen. Er schob sie aus ihrer Wange zurück und steckte sie ihr hinters Ohr. „Ich möchte wetten, Isaac ist so mit sich selbst beschäftigt, dass er keine Ahnung hat, wie sehr es dir weh tut, ihn überhaupt zu sehen, ganz zu schweigen von seinem neuen Partner, oder wenn er so tut, als wäre er noch ein Teil deiner Familie."

Silbernes Mondlicht strahlte durch die Wolken an der Küste und beleuchtete ihr hübsches Gesicht. Ein schwaches, nachdenkliches Stirnrunzeln legte sich über ihre Züge, während sie zu ihm aufschaute. „Weißt du, ich glaube, du hast recht. Ich meine, ihm ist klar, dass es mir weh tut. Er hat sich öfter entschuldigt, als ich zählen kann. Aber er will – und um ehrlich zu sein, wollen das auch alle anderen –, dass ich einfach darüber hinwegkomme. Jeder sagt mir, ich soll weiterziehen und ihm sein Glück im Leben lassen. Und das will ich. Das will ich wirklich. Wir waren wirklich beste Freunde. Ich verstehe, dass er mir nicht absichtlich wehtun wollte, aber die Wahrheit ist, es tut eben immer noch weh. Ich kann die Heilung nicht beschleunigen, ganz gleich, wie sehr ich es möchte."

„Ich weiß", sagte er und strich ihr sanft über die Wange.

Das Geräusch einer zuschlagenden Autotür überraschte sie beide. Yvette sprang zurück, dann spähte sie in die Dunkelheit. „Isaac, bist du das?"

„Ich bin's", blaffte er, während er aus dem Schatten trat. „Ich bin nur hier, um Lin zu treffen."

„Wie lang genau hast du dort gesessen und uns beobachtet?", fragte Yvette, die Hände in die Hüften gestemmt, die Augen fest zusammengekniffen. Er musste schon angekommen sein, bevor sie das Haus verlassen hatten, sonst hätten sie gehört, wie sein Auto den Weg entlangfuhr.

„Ich habe euch nicht beobachtet", sagte er. „Ich habe die Papiere eingesammelt, die sich auf dem Boden meines Autos verteilt hatten. Aber hätte ich das getan, würde ich dir sagen, dass du einen großen Fehler begehst, indem du dich in das stürzt, was immer das da mit einem *Geschäftspartner* ist.

Ernsthaft, Yvette. Du kannst doch nicht wirklich glauben, dass das eine gute Idee ist."

Yvette starrte ihn mit offenem Mund an und schüttelte ungläubig den Kopf.

Jacob machte einen Schritt vor, drang absichtlich in Isaacs persönlichen Raum ein. „Ich bin mir ziemlich sicher, dass es Sie nicht länger etwas angeht, was Yvette macht. Vielleicht sollten Sie Ihre Meinung für sich behalten, hm, Kumpel?"

„Natürlich geht es mich etwas an. Ich bin ihr Mann", sagte Isaac, der rückwärts ging und zur Seite trat, um etwas Abstand zwischen sich und den größeren Mann zu bringen.

„Ex-Mann!", rief Yvette. „Ex-Mann, Isaac. Wir haben beide die Papiere unterschrieben. Sie sind abgeschickt. Du darfst dich nicht aufführen, als würde ich dir gehören, nur weil der gerichtliche Bescheid dir noch nicht zugestellt wurde. Hör auf, dich zu benehmen, als hättest du noch zu sagen, was und mit wem ich *es tue*."

„Es tust?", rief Isaac zurück, in seinen Augen blitzte Zorn. „Komm schon, Yvette. Sei nicht so vulgär. Du weißt ganz genau, dass ich mich nur um dich kümmere."

Was für ein herablassender Schnösel, dachte Jacob. Meinte dieser Typ das ernst? Jacob spannte unwillkürlich die Muskeln an, und er konnte sich gerade noch davon abhalten, dem Kerl eine zu verpassen. Wenn Jacob jünger gewesen wäre, hätte er es vielleicht getan. Aber mit dem Alter kam zumindest ein wenig Weisheit. Gewalt würde nichts ändern, außer die Lage zu verschärfen. Außerdem hatte Yvette die Dinge bereits ziemlich gut im Griff.

Yvette ging über den Hof und hielt genau vor Isaac an. Ihr Körper bebte; wie Jacob annahm, vor Zorn, während sie sich vorbeugte und sagte: „Sag mir nie wieder, was ich zu tun habe. Du hast dich nicht um mich zu kümmern, und ich weiß deinen herablassenden Tonfall nicht zu schätzen. Du hast jegliches Recht aufgegeben, eine Meinung darüber zu haben, was ich tue, an dem Tag, an dem du mir die Scheidungspapiere vorgelegt hast."

„Yvette", sagte Isaac, um nach vorne zu greifen und ihre Schulter zu berühren.

Sie entzog sich ihm ruckartig. „Fass mich nicht an. Ich bin hier durch." Yvette wandte sich an Jacob. „Fertig?"

„Absolut", sagte er leicht überrascht, als sie hinüber zu seinem Truck lief. Ohne ein Wort öffnete er ihr die Beifahrertür, und dann konnte er nicht anders, als Isaac ein selbstzufriedenes Lächeln zu schenken, während er hinüber zur Fahrerseite ging.

„Tut mir leid", sagte sie und schüttelte den Kopf, sobald er hinter dem Lenkrad Platz nahm. „Ich bin jetzt so wütend, ich glaube, ich sollte nicht fahren."

„Kein Problem." Er startete den Motor und ließ den Truck langsam über die lange Zufahrt rollen, die zur Hauptstraße führte.

Yvette zog die Sonnenblende herunter und stieß ein genervtes Schnauben aus. „Er steht einfach dort auf der Veranda herum und sieht uns nach."

„Natürlich tut er das." Jacob lächelte sie an. „Er ist eifersüchtig."

Sie verdrehte die Augen. „Ja, das habe ich anfangs auch gedacht, aber inzwischen glaube ich, dass sein Ego angeschlagen ist. Ich meine, komm schon, er ist eindeutig in einen anderen Mann verliebt."

„Es ist nicht nur das Ego. Ich sage es dir, er ist definitiv eifersüchtig. Das ist offensichtlich."

Sie drehte sich auf dem Sitz um, schenkte Jacob ihre volle Aufmerksamkeit. „Glaubst du das wirklich?"

„Yvette, er hat dich offensichtlich geliebt, als er dich geheiratet hat. Das hat sich vermutlich nicht geändert, nur weil ihm klar geworden ist, dass er schwul ist. Dieser Mann ist auf jeden Fall eifersüchtig. Ob er es zugibt oder nicht, er verabscheut es, dich bei einem anderen Mann zu sehen."

„Hmm." Sie tippte sich mit einem rot lackierten Fingernagel an die Lippen. Dann lächelte sie und sagte: „Gut. Soll er ein wenig leiden."

Er lachte. „Genauso muss das."

KAPITEL 8

Wenn man ihre Auseinandersetzung mit Isaac am vorigen Abend bedachte, schlief Yvette überraschend gut. Jacob hatte es geschafft, sie zu beruhigen, und er hatte sich sogar als makelloser Gentleman erwiesen, als er sie zu Hause abgesetzt hatte. Er hatte ihr angeboten, sie abzuholen und zur Arbeit zu fahren, aber sie hatte abgelehnt, weil es ihr lieber war, ihm nicht auf irgendeine Art zur Last zu fallen.

Stattdessen kleidete sie sich warm in Jeans und ein Sweatshirt und nahm ihre Fellstiefel. Eine rote Wolljacke, graue Handschuhe und ein passender Schal rundeten ihr Outfit ab, und sie holte ihr Fahrrad aus der Garage. Der Morgen war bedeckt und kalt mit einem leichten Nieselregen, aber nichts, mit dem sie nicht fertig wurde. Die kalte Luft brannte auf ihren Wangen, während sie durch die Straßen von Keating Hollow fuhr, und obwohl es grau und regnerisch war, konnte sie nicht anders, als ihr idyllisches Städtchen anzuhimmeln.

Lichterketten beleuchteten die Laternenpfosten, und in den

meisten Schaufenstern gab es noch künstlichen Schnee und Weihnachtsgrüße als Deko. Sie wusste, dass am Ende der Woche alles weg sein würde, ersetzt durch Dekorationen fürs Neujahrsfestival. Bald danach würde alles mit roten und pinken Herzen und Gedichtzeilen verziert werden, die zum Valentinstag passten. Diese Erkenntnis ließ Yvette aufstöhnen.

Die Einwohner von Keating Hollow liebten den Valentinstag. Daran führte kein Weg vorbei. Er würde allgegenwärtig sein. Miss Maple würde bald herzförmige Cupcakes mit Liebeszauber-Schokoherzen auftischen, die Brauerei würde Clays kultiges Liebestrank-Bier ins Sortiment nehmen, und die Restaurants würden beginnen, besondere Valentinstag-Abendkarten zu bewerben und bald schon Reservierungen entgegennehmen. In der Zwischenzeit würde Yvette ihre Ladenfenster mit Liebesromanen füllen, im Laden etliche Rosen vorrätig haben, einen Bottich Karamell-Schoko-Pralinen futtern und die Tage bis zum fünfzehnten Februar zählen.

Es war immer noch früh, und mit Ausnahme des Incantation Café hatten die meisten Geschäfte an der Hauptstraße noch nicht geöffnet. Yvette erwartete nicht, dass schon jemand am Laden war, aber als sie ihr Fahrrad draußen abstellte, fielen ihr zwei Dinge auf: Jacobs Truck war bereits da, und das Schaufenster war animiert.

Sie stieß ein leises Keuchen aus, als sie ihre Aufmerksamkeit dem Fenster zuwandte. Die Bücher, die sie am Tag zuvor aufgestellt hatte, schwebten alle und schaukelten sanft vor und zurück, als würden sie auf einer leichten Brise treiben. Darunter, auf dem rotbraunen Fensterbrett, auf dem sie ein kleines Dorf gestaltet und süße gefilzte Hexen, Werwölfe und Vampire dazu gesetzt hatte, tanzten die Wesen in Paaren durch die Straßen.

„Es braucht nur noch ein paar Lichter und einen Herbstmond, und das Schaufenster ist fertig", sagte Jacob hinter ihr.

Sie erschrak, überrascht von seiner Stimme. „Wie lang bist du denn schon hier?"

„Nur einen Augenblick." Er hob eine Tüte hoch, auf deren Vorderseite *Incantation Café* stand. „Ich habe uns Scones geholt, die zum Kaffee passen."

Sie beäugte die Tüte. „Du hast doch da nicht etwa Kaffeebecher drin?"

Er grinste. „Nein, aber das Espressopulver, das zu der schicken neuen Maschine passt, die gestern eingetrudelt ist, nachdem du schon weg warst. Brinn hat eine Nachricht mit dem Paket auf dem Tresen für uns dagelassen, und ich habe sie heute Morgen gefunden."

„Das ging schnell", sagte sie, sowohl beeindruckt als auch abermals genervt, dass er die Maschine bestellt hatte, ohne sie zu fragen. Aber sie holte tief Luft und schob den Ärger beiseite. Sie hatte sich bereits mit dem Buchladen-Café abgefunden. Es war Zeit, loszulassen. „Hast du das gemacht?", fragte sie und deutete auf das Schaufenster.

„Ja", sagte er und beobachtete sie genau. Er schätzte offenbar ihre Reaktion ab, während er hinzufügte: „Ich habe das heute Morgen gesehen und dachte, da fehlt noch was. Was meinst du?"

„Es ist perfekt!" Sie grinste zu ihm empor. „Gestern dachte ich noch, dass ich eine Lufthexe brauche, um ihm das gewisse Etwas zu verleihen, aber du warst schon gegangen, und … naja, es war keine Zeit, meine Schwester herzurufen, und Brinns Talente sind nicht elegant genug für das, was ich mir vorgestellt habe. Was hast du da eben über den Mond und Lichter gesagt?" Sie spähte wieder in das Fenster.

„Das Schaufenster ist tagsüber toll, aber wenn man etwas Kerzenlicht dazugibt, und es draußen finster wird, wird es richtig fantastisch. Du bist doch eine Feuerhexe, oder? Bist du bereit dazu?"

„Sag kein Wort mehr." Yvette betrat den Laden. Nachdem sie ihre Schaufensterdekoration durchsucht hatte, fand sie eine Packung kleine, weiße Geburtstagskerzen und eine runde Holzscheibe, die sie einmal als Basis für einen Mini-Yul-Baum benutzt hatte. Sie kehrte zum Fenster zurück und reichte sie Jacob. „Lass die Holzscheibe in der linken Ecke über der Stadt hängen, und platziere die Kerzen so, dass sie in den Fenstern der Gebäude schweben."

„Alles klar." Jacob warf die Sachen in die Luft. Die Kerzen reihten sich vor ihm auf, als würden sie auf Anweisungen warten, während die Holzscheibe seitlich wegtrudelte. Er schnippte mit den Fingern, und jede Kerze ging genau dorthin, wohin sie sollte, während der falsche Mond emporschwebte, als hätte er Yvettes Gedanken gelesen, nicht Jacobs.

Yvette konzentrierte sich als erstes auf den Mond. Sie stellte sich Funken vor, die aus dem Inneren glühten, und einfach so leuchtete das Stück Holz orange. „Perfekt."

„Ist das Feuer darin eingeschlossen?", fragte Jacob, während er ihr Werk bewunderte.

„Ja, aber es ist eine magische Flamme, darum breitet sie sich nicht aus. Es ist ausgeschlossen, dass das Holz in Flammen aufgeht." Sie wandte ihre ganze Aufmerksamkeit den Kerzen zu. Sie hob die Hand locker zur Faust geballt an den Mund, dann blies sie etwas Luft in das Fenster. Ein winziges Licht flog von ihren Lippen und zischte zu jeder Kerze, um den Docht zu entzünden, als hätte ein Glühwürmchen die ganze Arbeit erledigt. Sie wandte sich an Jacob. „Was meinst du?"

Er lachte leise. „Du hast wirklich Feuer in dir."

„Das kommt davon, wenn man mit einer Feuerhexe herumhängt." Sie zwinkerte, dann nahm sie die Tasche vom Incantation Café, die er auf einem Regal abgestellt hatte. „Sag mir, dass da Plunder drin sind."

„Macht Magie dich hungrig?"

„Immer", erwiderte sie und spähte in die Tüte. „Oh, du meine Güte!" Sie zog einen Keks heraus, der genau wie die Ladenfront der Buchhandlung geformt war. Die Worte *Hollow Books* waren oben aufgespritzt, und eine rote Tür, die genau wie der Eingang zum Laden aussah. „Ich kann nicht glauben, dass sie bereits an unseren Sachen arbeiten. Hat das Hanna gemacht?"

„Ja. Los, probier schon", sagte er, während er auf die andere Seite des Tresens ging, wo er bereits die Espressomaschine aufgestellt hatte.

Yvette nahm einen kleinen Bissen, und sobald der Lebkuchengeschmack in ihrem Mund ankam, explodierten die Gewürze auf ihrer Zunge, sodass sie vor Vergnügen stöhnte.

„So habe ich auch reagiert", sagte Jacob, der wie ein Experte die Espressomaschine bediente.

„Ich kann nicht fassen, wie gut die sind", erwiderte Yvette und nahm einen weiteren großen Bissen. Sie war so in den Keks vertieft, dass sie kaum bemerkte, dass Jacob einen Latte vor ihr abstellte. Sie nickte ihm zu und spülte den restlichen Keks mit einem großzügigen Schluck Kaffee hinunter. Sie musste zugeben, er war gut. Sogar hervorragend. „Du hattest recht", gab sie zu. „Ein Buchladen-Café ist genau das, was wir brauchen. Mit diesen Keksen, und was sie sich sonst noch einfallen lassen, und frischem Kaffee, werden wir bei den Bücherliebhabern der letzte Schrei."

Er hob anerkennend seinen Latte und sagte: „Du bist diejenige, der die spezialangefertigten Gebäcke eingefallen sind. Du verdienst alles Lob dafür. Absolut inspiriert, meine neue Freundin."

Aber Yvette schüttelte den Kopf. „Das war alles Hanna. Ich habe nur etwas Witziges für den Laden bestellt." Sie stellte ihren Latte auf dem Tresen ab und biss sich auf die Unterlippe. „Es gibt da etwas, das ich dir sagen muss."

Er führte sie zu einer extra plüschigen Couch in der Nähe und bedeutete ihr, Platz zu nehmen. Als sie saß, ließ er sich neben ihr nieder. Er roch leicht nach Holz, und sie fragte sich, ob er draußen zwischen den Mammutbäumen eine Bleibe gefunden hatte. „Los. Ich bin ganz Ohr."

„Na, ich habe Murks gemacht. Ziemlichen sogar. Und ich hätte es dir eher gesagt, aber ich habe es gestern erst entdeckt, nachdem du weggegangen warst, und das Abendessen schien mir kein geeigneter Zeitpunkt, um es zu erwähnen."

„Ok", sagte er, während er die Stirn in Falten legte und sich auf sie konzentrierte. „Wie groß ist denn der Murks, über den wir hier sprechen?"

„Das hängt von deiner Definition von groß ab", sagte sie.

„Aha. Warum sagst du mir nicht einfach, was immer es ist, und wir machen von da aus weiter?" Er hatte die Arme vor der Brust verschränkt und war nun ganz geschäftlich, während er sie mit starrem Gesicht beobachtete.

Sie spürte den Drang, wegzuhuschen oder sich zu räuspern, aber sie tat weder das eine noch das andere. Stattdessen schluckte sie ihre Nervosität hinunter und stieß hervor: „Ich habe massiv zu viele Bücher bestellt, und man kann sie nicht zurückgeben ... und nachdem ich gestern die Rechnungen bezahlt habe, ist unser verfügbares Geld auf einem gefährlich niedrigen Stand."

Er blinzelte. Dann wurden seine Wangen rot – wie sie annehmen musste, vor Zorn. „Nicht umtauschbar?"

Sie nickte. „Kleine und Mini-Verlage machen keine Auflagen, sie drucken nur bei Bedarf. Ich … äh … verdammt aber auch! Isaac hat immer die Bestellungen gemacht, und ich war mit der Bestellsoftware nicht vertraut und habe es einfach versaut. Wird nicht wieder vorkommen. Vertrau mir. Ich lerne schnell."

„Ich bin vertraut mit kleinen und Mini-Verlagen", sagte er.

„Ok. Na, auf jeden Fall habe ich versucht, etwas zurückzuschicken, aber wie erwartet, geht das gar nicht. Darum habe ich einen Plan gemacht, wie wir diese Bücher loswerden." Sie beugte sich vor, strahlte jedes Quäntchen Zuversicht aus, das sie aufbringen konnte. „Willst du ihn hören?"

„Ich kann es kaum erwarten", sagte er und schüttelte den Kopf, wahrscheinlich ungläubig.

„Eines nach dem anderen. Das Schaufenster ist fertig. Danke für deine Hilfe. Ich glaube, es wird auffallen."

„Das ist auch meine Hoffnung", sagte er und lehnte sich im Sessel zurück, während er Yvette musterte. „Aber du weißt, dass der Hauptzweck eines Schaufensters ist, Leute in den Laden zu kriegen. Das spiegelt sich nicht immer in den Verkäufen wider, die wir bewerben."

„Stimmt. Dessen bin ich mir sehr bewusst", sagte Yvette. „Darum ist das Fenster nur der erste Schritt." Sie zog einen Flyer heraus, der Werbung für Keating Hollows Neujahrs-Hexenfestival machte. „Das ist dieses Wochenende, und die Stadt wird voller Touristen sein. Noel sagt, ihre Pension ist komplett ausgebucht, und das *Book and Stone* ebenfalls, das große viktorianische Haus, das vor ein paar Jahren zum Bed & Breakfast wurde. Und ich weiß zufällig, dass Miranda Moon irgendwo in Nordkalifornien lebt. Ich dachte, wir könnten sie vielleicht einladen, damit sie signiert, und das in der Stadt bewerben. Vielleicht kann Hanna uns ein paar Kekse machen, die zum Emblem auf ihren Büchern passen."

„Es ist schon Dienstag", sagte Jacob.

Sie blinzelte ihn an. „Das ist deine Antwort? Es ist schon Dienstag?"

Er warf einen Blick auf seine Uhr und nickte. „Das lässt uns etwa vier Tage, um die Autorin aufzutreiben, die Papiere zu unterzeichnen, ihr ein Zimmer zu suchen …"

„Sie kann bei mir im Haus wohnen", sagte Yvette. „Ich habe den Platz. Und es ist umsonst."

„Das ist ja schon mal was." Er zog sein Telefon heraus, rief rasch jemanden namens Fran an, und am Ende des Gespräches hatte er Miranda Moons private Telefonnummer.

„Wie hast du das gemacht?" Sie legte den Kopf schief und musterte ihn. „Bist du Miranda schon begegnet?"

Er nickte. „Klar. Bei einer Konferenz ein- oder zweimal. Und sie war mit meiner Ex befreundet. Ich habe ihre Nummer von unserer ehemaligen Hochzeitsplanerin besorgt. Miranda hätte Brautjungfer sein sollen."

Yvette stöhnte. „Das meinst du doch nicht ernst."

Er stieß ein humorloses Lachen aus. „Oh, ich meine das völlig ernst. Lass mich sie anrufen und sehen, was sich machen lässt."

Fünf Minuten später beendete Jacob den Anruf mit einem triumphierenden Grinsen. „Miranda wird am Freitagnachmittag hier sein. Sie wird zum Festival übers Wochenende hierbleiben und Fans treffen, und so viele Bücher signieren, wie ihr vor die Nase kommen."

„Wie hast du das gemacht?", fragte Yvette mit einem schiefen Grinsen. „Sie konnte dich nicht sehen, also konnte es nicht dein charmantes Lächeln sein, oder dein ganz annehmbares Aussehen."

„Ganz annehmbares Aussehen?“ Er stieß ein lautes Lachen aus. „Du hältst niemanden zum Narren, Townsend. Ich erinnere mich noch an Samstagnacht.“

Sie wurde rot. „Egal. Ich habe zu arbeiten. Ich werde Postkarten und Flyer für alle Geschäfte vor Ort machen, und ich muss die Nachricht auch online verbreiten.“ Sie machte sich auf den Weg zurück in ihr Büro, aber nach ein paar Schritten blieb sie stehen und schaute sich um. „Es tut mir leid, das mit dem Murks. Es wird nicht wieder vorkommen. Ich verspreche es.“

Er legte den Kopf schief und musterte sie. „Yvette, hast du den Eindruck, dass ich wütend bin?“

„Ja, ich schätze schon. Warum auch nicht? Ich habe einen Riesenfehler gemacht, und jetzt kämpfen wir um einen Plan, wie wir diese ganzen zusätzlichen Bücher verkaufen, anstatt uns einzugewöhnen und an neuen Ideen für den Laden zu arbeiten.“

„Das *ist* eine neue Idee“, sagte er. „Lesungen, besonders mit Schriftstellern aus der Gegend, tun uns und ihnen gut. Ich würde gern mindestens eine im Monat in der näheren Zukunft planen. Und fürs Protokoll, ich bin nicht wütend. Kein bisschen. Besorgt, dass wir flüssig bleiben? Ja. Aber wir werden es schon hinkriegen. Ich bin nicht perfekt, und das erwarte ich auch nicht von dir. Jeder macht Fehler. Dass man dafür einsteht, das ist das Wichtige. Und es ist fair zu sagen, dass du mehr als das getan hast, also danke.“ Er streckte die Hand aus, wartete darauf, dass sie sie nahm, aber stattdessen warf sie die Arme um ihn und hielt ihn fest.

„Hui“, sagte er, weil er damit nicht gerechnet hatte, aber er schlang schnell seine Arme um sie und hielt sie ebenfalls fest.

„Danke“, sagte sie in seine Schulter. „Wenn du die Dinge so angehst, dann glaube ich, dass wir toll zusammenpassen.“

„Bedeutet das, dass unsere Partnerschaft auch mehr oder weniger regelmäßige Umarmungen beinhaltet? Denn damit könnte ich tatsächlich leben", neckte er sie.

„Klar." Sie kicherte. „So lange du mich mit Keksen und Latte versorgst, wäre es mir ein Vergnügen."

„Nein, Yvette, das Vergnügen wäre ganz auf meiner Seite", hauchte er ihr ins Ohr, sodass sie bebte bis in die Zehenspitzen.

KAPITEL 9

Jacob verbrachte den Vormittag damit, die Regale mit den Büchern aufzustocken, die sich in seinem zukünftigen Büro stapelten. Sein erster offizieller Auftrag war es, ein paar Auslagen auf Tischen für den Berg von Miranda-Moon-Büchern zu bauen, die Yvette geordert hatte.

Er musste zugeben, er war erst etwas besorgt gewesen, als sie ihm von ihrem Fehler berichtet hatte. Buchhandlungen waren berüchtigt für ihren engen finanziellen Spielraum, und *Hollow Books* war da keine Ausnahme. Er glaubte, dass es Schritte gab, über die sie das Geschäft erheblich ausweiten konnten, aber wenn sie nicht aufpassten, würden sie nicht lange genug im Geschäft bleiben, um es auch nur zu probieren.

Die Tatsache, dass sie es ihm sofort gesagt und einen Plan in Bewegung gesetzt hatte, um die zusätzlichen Bücher abzuverkaufen, hatte ihm bestätigt, warum er überhaupt erst mit ihr Geschäfte getätigt hatte. Als er am Telefon vor ein paar Wochen mit ihr gesprochen hatte, hatte er festgestellt, dass sie klug und leidenschaftlich und vollkommen bei der Sache war

– die drei Dinge, von denen er glaubte, dass Geschäftsinhaber sie brauchten, um Erfolg zu haben. Aber das waren nicht die einzigen Gründe gewesen, weswegen er das Risiko mit *Hollow Books* eingegangen war. Seine Tante war eine treibende Kraft gewesen, und auch sein Bedürfnis, Südkalifornien schnellstmöglich zu verlassen. Es hatte viele Gründe gegeben, Ja zu sagen, und nur einen, Nein zu sagen. Die Jas hatten gewonnen.

Wäre sein Leben mit Sienna nicht in die Brüche gegangen, hätte er sich nicht vorstellen können, in einen Laden wie *Hollow Books* zu investieren. Es würde niemals mehr sein als eine Kleinstadt-Buchhandlung, und das machte den Laden mehr als alles andere zu etwas, das schlecht zu ihm passte ... oder vielmehr schlecht gepasst hatte, bis alles den Bach runtergegangen war. Dann hatte er plötzlich festgestellt, dass er sich nach etwas Einfacherem sehnte. Etwas, das *mehr* bedeutete ... etwas anderem als Profit.

Er fragte sich nur, wie lange er in einer Kleinstadt zufrieden sein würde, damit, nur einen einzelnen Laden zu betreiben, und damit, keine Spuren in der Geschäftswelt zu hinterlassen. Das würde sich sicher mit der Zeit erweisen, aber im Augenblick genoss er es ernsthaft, Zeit mit seiner neuen, feurigen Geschäftspartnerin zu verbringen.

„Yvette", rief er. „Hör auf, die Kekse zu futtern. Wir müssen Bücher stapeln."

Sie hielt einen Keks in einer Hand und eine Serviette in der anderen. „Ich muss sie essen, sonst sind keine mehr übrig. *Irgendwer* schnappt sie sich einfach ständig auf dem Weg nach hinten ins Lager."

Er lachte. Sie hatte recht. Er konnte nicht anders; *so* gut waren sie. „Leg ihn einfach ab. Ich könnte hier etwas Hilfe gebrauchen. Ich verspreche, ich futtere deinen Anteil nicht weg."

Sie warf ihm einen skeptischen Blick zu, legte den Keks aber auf ihre Serviette und drehte sich um, um sich die Hände in der kleinen Wandspüle zu waschen, wo das neue Café hinkommen würde. Jacob starrte den fast vollständigen Keks an und zog ernsthaft in Betracht, ihn sich zu schnappen, ehe sie sich wieder umdrehte, aber seine Hände waren voller Bücher, und er brauchte wirklich Hilfe.

„Ok", sagte sie. „Was brauchst du?"

„Siehst du diese Bücher hier?" Er nickte zu einem Stapel vor sich hin. „Du musst sie gleich mitten auf dem Tisch stapeln."

„Ok. Und jetzt?", fragte sie, als sie fertig war.

Er ließ einen großen Stapel Bücher, die er gehalten hatte, auf den frisch geräumten Platz fallen, und erklärte, wie er den Tisch für maximale Sichtbarkeit gestalten wollte.

„Ich bin schon dran." Sie machte sich an die Arbeit, stellte die Bücher in verschiedensten Positionen auf, damit die Besucher die Cover aus vielen verschiedenen Blickwinkeln sehen würden. Als sie mit ihrem Abschnitt fertig war, ging sie zurück zur Tür und musterte den Tisch mit kritischem Blick. „Das sind zu viele Schilder. Wir sollten eine der Banderolen abnehmen … die linke. Und die ganzen Bücher rechts müssen um die fünf Zentimeter verrutscht werden. Ja, das ist es", sagte sie, als Jacob tat, wie geheißen. „Perfekt."

Er nahm sich einen Augenblick, um den Tisch aus ihrer Sicht zu mustern, und sobald er das tat, war er abermals beeindruckt von ihrem Blick fürs Detail. Er fühlte sich fast, als wären sie füreinander bestimmt. Er fragte sich allmählich auch, warum sie so wütend darüber gewesen war, dass sie zu viele

Bücher bestellt hatte. Soweit er beurteilen konnte, war sie alles, was er sich unter ihr vorgestellt hatte: klug, leidenschaftlich und komplett bei der Sache. Sie musste sich keine Sorgen darum machen, was er dachte. Sie war verdammt gut in ihrem Beruf.

Aber dann, am Nachmittag kurz nach eins, fand Jacob die Antwort auf die Frage, weshalb Yvette sich von seiner Reaktion so hatte beeinträchtigen lassen. Er war dazu übergegangen, ihre letzten Lieferungen in die Regale einzuräumen, als – wer hätte das gedacht – Isaac Santini hereinkam und sofort die aufwendige Tischdeko mit den Miranda-Moon-Romanen entdeckte.

„Was ist das?", rief er, während er in Yvettes Richtung starrte.

„Ein Büchertisch", sagte sie ruhig. „Du solltest sie dir mal ansehen. Moons Bücher sind witzig, romantisch und was fürs Herz."

„Yvette, du weißt, dass der Laden nicht so viel Ware verträgt. Das ist unverantwortlich. Was hast du hier vor? Willst du dich aus dem Geschäft katapultieren?" Er hob eines auf und musterte den Buchrücken. Stöhnend fügte er an: „Du kannst sie nicht mal für eine Gutschrift zurückgeben."

Sie verschränkte die Arme vor der Brust und funkelte ihn an. „Wolltest du mir etwas sagen, außer, dass ich eine furchtbare Geschäftsfrau bin?"

„Das habe ich doch nicht …", setzte er an.

Yvette schnappte ihm das Buch aus der Hand und stellte es zurück auf den Tisch. „Du solltest gehen. Wir haben einander nichts zu sagen."

Jacob machte ein paar Schritte, um sich hinter Yvette zu stellen, bereit, sie zu unterstützen, falls sie entschied, dass man ihren Ex aus dem Laden befördern musste.

„Ich will hier ein Geschenk kaufen", sagte er mit einem

tiefen Seufzer. „Himmel, Yvette. Schieß doch nicht den Laden ab, nur weil du wütend auf mich bist."

„Wir brauchen dein Geld nicht", sagte sie und deutete zur Tür.

„Das braucht ihr ganz bestimmt", erwiderte er und beäugte den großen Büchertisch.

Yvette öffnete den Mund, um ihm zu widersprechen, doch Jacob kam ihr zuvor, ehe sie nur ein Wort sagen konnte.

„Eigentlich, Isaac", sagte Jacob, „brauchen wir es nicht. Und der große Warenbestand gehört zu unserem neuen Geschäftsplan, mit dem wir schnellstens loslegen wollen. Tut mir leid, dass wir ihn nicht erst Ihnen vorgelegt haben, aber da Sie kein Teilhaber mehr sind, kamen wir zu dem Schluss, dass das unnötig ist. Dennoch Danke, dass Sie sich Sorgen machen." Er legte Yvette die Hände auf die Schultern, vor allem, weil es ein Reflex war, um sie in Schutz zu nehmen. Aber als in Isaacs Augen Zorn aufblitzte, lächelte Jacob, zufrieden damit, den Typen genervt zu haben. „Nun, was wollten Sie denn? Ich bin mir sicher, Brinn hilft Ihnen gerne, es zu finden, was es auch ist."

Isaac ignorierte Jacobs Frage und richtete sich an Yvette. „Ich weiß nicht, was da zwischen euch vorgeht, aber ich weiß, wenn es nicht funktioniert, wirst du es bedauern. Und ich werde dann nicht vorbeikommen und die Scherben auflesen."

Jacob spürte, wie Yvettes Haut direkt durch ihren dicken Pulli hindurch in Flammen stand. Er war sich sicher, dass Isaacs Herablassung ihr inneres Feuer entfacht hatte. Aber anstatt ihren Ex anzufahren, drehte sie sich zu Jacob um und legte ihm eine Hand auf die Brust.

„Ach, ist das nicht süß? Jetzt macht er sich Sorgen um mich. Was sagst du, Jacob? Sollte ich mir Sorgen machen, dass du mir das Herz brichst?"

Wenn man bedachte, dass sie beide beschlossen hatten, ihre Beziehung rein beruflich zu belassen, bestand dazu wenig Anlass. Er schüttelte den Kopf. „Nein. Überhaupt nicht."

„Siehst du?", sagte sie zu Isaac. „Hier ist alles in Ordnung." Dann wandte sie sich ohne Vorwarnung wieder an Jacob, stellte sich auf die Zehenspitzen und drückte ihre Lippen auf seine.

Er stand nur eine Sekunde lang völlig starr und versuchte, sein Gehirn wieder zum Laufen zu bringen. Er wollte sie doch nicht nochmal küssen. Dann wurde ihm schnell klar, dass das nur eine Show war, um ihren Ex noch mehr auf die Palme zu bringen, und da war er doch gern dabei. Er schlang ihr beide Arme um die Taille, öffnete die Lippen und vertiefte den Kuss mit offensichtlich funkender Leidenschaft. Sie schmeckte nach süßem Lebkuchen, als ihre Zunge auf seine stieß, und ihr Feuer flackerte wie eine sanfte Flamme durch ihn hindurch, wärmte ihn von innen heraus.

Isaac und der Buchladen schienen im Hintergrund zu verblassen, während seine ganze Konzentration sich auf die weiche, geschmeidige Frau richtete, die ihn umschlungen hielt. Der Kuss wurde sanft, und er fühlte sich, als hätte er ewig in diesem Augenblick verweilen können. Das hätte er auch getan, wäre da nicht ihr Ex gewesen, der sich räusperte.

Yvette zog sich zurück, doch ihre zu Fäusten geballten Hände blieben auf seinem Hemd, während sie zu ihm aufschaute. Ihre Miene war weich und ein wenig ehrfürchtig. Es ließ sich nicht leugnen, dass ihn der Kuss aus dem Gleichgewicht gebracht hatte.

„Ich glaube, ihr habt beide eure Aussage getätigt", sagte Isaac. „Yvette, ich hoffe, du weißt, was du tust." Er wirbelte auf dem Absatz herum und stürmte aus dem Laden.

„Ich glaube, wir haben gerade einen Kunden verloren", sagte Yvette, in ihren Augen funkelte der Schalk.

„Das war es wert", erwiderte er und starrte auf ihre geröteten Lippen.

Die Uhr tickte laut in dem stillen Raum, und es war, als würde das Geräusch den Bann brechen, der über sie gekommen war. Sie traten beide gleichzeitig zurück.

Yvette bedeckte ihre Lippen leicht mit den Fingerspitzen, während sie zur Seite schaute. „Bücher in Flammen", murmelte sie. „Das hätte ich nicht tun sollen."

„Was davon denn?", fragte er und bedauerte es schon, sie losgelassen zu haben. „Absichtlich deinen Ex aufstacheln, oder deinen Geschäftspartner küssen?"

Sie zuckte zusammen, als sie ihm erneut in die Augen schaute. „Das mit dem Küssen. Wir … das sollten wir nicht tun. Es tut mir leid. Wird nicht wieder vorkommen."

Enttäuschung brach über ihn herein, und er wollte sagen, dass es *ihm* nicht leidtat. Nicht das kleinste bisschen. Und dass er, sollte er die Gelegenheit dazu erhalten, es noch einmal so tun würde. Aber das sagte er nicht. Sie hatten sich darauf geeinigt, dass eine romantische Beziehung keine gute Idee war. Sie hatte ihren Laden bereits einmal fast verloren, da ihre Ehe in die Brüche gegangen war. Und er hatte *Enchanted Bliss* auf dieselbe Weise verloren. Wenn sie zusammenkamen, würden sie, sobald die Beziehung den Bach runterging, im selben Schlamassel stecken. Und sie würde den Bach runtergehen. Das taten Beziehungen doch immer.

„Keine Entschuldigung nötig", sagte er mit einem frechen Lächeln und versuchte, so zu tun, als hätte sie nicht gerade seine Welt aus den Angeln gehoben. „Ich habe gern geholfen."

„Darauf möchte ich wetten", erwiderte sie und verdrehte die Augen, um ihn aufzuziehen. „Gewöhn dich nur nicht daran. Glaub es oder nicht, ich küsse normalerweise nicht einfach so dahergelaufene Typen. Normalerweise warte ich, bis wir zumindest ein erstes Date hatten."

„Wir hatten ein erstes Date … naja, sowas in der Art", sagte er mit einem Schulterzucken.

Sie blinzelte ihn an. Dann schüttelte sie den Kopf, während sie leise lachte. „Ich sage dir das nur ungern, Jacob, aber wenn man nach einer Hochzeit einen Unbekannten abschleppt, ist das definitiv kein Date."

„Nicht?" Er griff sich ans Herz und tat so, als wäre er unglaublich betroffen. „Aber so lerne ich doch all meine Freundinnen kennen."

„Kein Wunder, dass du Single bist", sagte sie lachend.

„Das ist eiskalt, Townsend." Er schüttelte den Kopf. „Was ist mit dem Abendessen im Haus deines Vaters? Das war schon fast ein Blind Date."

Sie schnaubte und tätschelte ihm die Brust. „Oh, du armes, irregeführtes Wesen. Eines Tages, wenn du ein nettes Mädchen triffst, das du gern länger um dich hättest, erinnere mich dran, dir ein paar Dating-Ratschläge zu geben. Bis dahin gehen wir einfach zurück an die Arbeit, ok?"

„Was immer du sagst, Boss", erklärte er, während er nach dem Keks griff, den sie auf dem Tisch gelassen hatte, und ihn klaute.

KAPITEL 10

Die Sonne war bereits untergegangen, als Yvette kurz nach fünf in den Buchladen zurückkam und überrascht feststellte, dass er voller Kunden war. Sie hatte sich den Nachmittag freigenommen, um raus nach Eureka zu fahren und die Flyer und Postkarten abzuholen, die sie für die Signierstunde bestellt hatte, die Miranda Moon netterweise an diesem Wochenende zugesagt hatte. Als sie losgefahren war, war nur eine Kundin im Laden gewesen – Shannon Ansell. Die Frau arbeitete einen halben Block entfernt in *Ein Löffelchen Magie* für Miss Maple, Jacobs Tante. Und Yvette hatte gleich gewusst, dass die kurvige Rothaarige nicht wegen der Bücher da war. Sie war gekommen, um Keating Hollows neuesten verfügbaren Junggesellen in Augenschein zu nehmen.

Shannon hatte gute zwanzig Minuten damit verbracht, Jacob anzuschmachten, ihn für das Buch zu loben, das er geschrieben hatte, und ihn am Arm zu nehmen, während sie darauf bestand, sich von ihm alles zeigen zu lassen, als wäre sie nicht dazu fähig, den Weg zum Krimiregal zu finden. Nachdem sie beobachtet hatte, wie Shannon ihm zum dritten

Mal über die Brust strich, war Yvette geflüchtet. Das war besser, als der Frau die Augen wegen eines Mannes auszukratzen, von dem sie sich gesagt hatte, er stünde auf keinen Fall für sie zur Debatte.

Yvette ging zum Tresen, wo Brinn einen Verkauf abschloss. Sie lächelte die alte Dame vor dem Tresen an. „Hallo, Ms. Betty, was führt Sie denn heute in den Laden? Suchen Sie nach weiteren Botanik-Büchern?"

„O nein. Von denen habe ich mehr als genug, und mein Wintergarten macht sich ausgesprochen gut. Der Salat übernimmt alles." Sie beugte sich vor und senkte die Stimme. „Dieses freche Mädchen, das bei Miss Maple arbeitet, kam in den Bingosaal und hat einen schnuckligen neuen Nachbarn erwähnt, sodass wir alle reinkamen, um nachzusehen, was wir verpassen." Sie warf einen Blick hinüber zu Jacob, der von einem halben Dutzend Seniorinnen umringt war. Nachdem sie sich Luft zugefächelt hatte, fuhr sie fort: „Der ist schon was Besonderes, oder?"

„Er ist auf jeden Fall besonders", erwiderte Brinn, die ihr Bestes gab, diplomatisch zu bleiben, was ihren Chef betraf.

Yvette kicherte und beäugte die Büchertasche, die Brinn der Frau reichte. „Haben Sie sich von ihm helfen lassen, etwas auszuwählen?"

„Absolut. Er hat mir gesagt, ich muss unbedingt die neueste Reihe von Miranda Moon lesen, und dann habe ich mir natürlich auch noch ein paar von Noras Neuerscheinungen geholt. Mit einem guten Liebesroman liegt man ja nie falsch, besonders nicht, wenn jemand wie dieser hübsche junge Mann beim Aussuchen hilft."

„Hervorragend. Schön, dass Sie da waren. Ich hoffe, es hat sich gelohnt", sagte Yvette.

„Oh, meine Liebe, das können Sie sich nicht annähernd

vorstellen." Sie ließ ein leicht verschlagenes Lächeln aufblitzen, ehe sie zurück zu Jacob und ihrer Freundinnen-Bande schlurfte, die ihn alle anschmachteten.

Yvette wandte sich an Brinn, die Augen ungläubig aufgerissen. „Kannst du das glauben?"

Brinn lachte. „Durchaus. Warst du denn überhaupt *nie* unten im Bingosaal? Die Damen verbringen sehr viel Zeit damit, über die heißen Typen der Stadt zu plaudern."

„Nein, ich denke, da war ich noch nie. Wenn ich aber gewusst hätte, dass sie alle wegen Jacob ausflippen, hätte ich aus diesem Meet-and-Greet eine Party mit Catering gemacht."

„Das ist mal eine Idee", sagte Brinn, die eine weitere Dame aus dem Bingosaal anlächelte.

Die Arme der Frau quollen über vor Büchern, und während Yvette half, sie auf dem Tresen zu stapeln, war sie nicht überrascht, alle vier Miranda-Moon-Romane in dem Stapel zu entdecken. Jacob legte sich wirklich ins Zeug, um die Ware loszuwerden.

Es dauerte eine weitere halbe Stunde, bis Yvette Mitleid mit Jacob bekam und beschloss, ihn vor seinen neuesten Fans zu retten. Und sie kam auch genau zur richtigen Zeit. Während sie hinüber zu der Gruppe ging, sah sie, wie Ms. Betty den Arm um Jacobs Taille gleiten ließ. Er lächelte sie geduldig an, aber dann lehnte sie sich an ihn, umarmte ihn von der Seite und ließ verstohlen die Hand nach unten auf seinen Hintern rutschen und drückte zu.

Er stieß einen Schrei aus und sprang zurück, wobei er fast die frisch gefärbte Rothaarige umwarf, die links von ihm stand.

„Betty, um Himmels willen, was hast du denn vor, willst du den jungen Mann völlig aus dem Gleichgewicht bringen?", sagte die Rothaarige. „Du weißt doch, dass du sie nicht einfach so in aller Öffentlichkeit angrapschen kannst. Das erregt sie zu sehr. Erinnerst du dich nicht, wie das mit Billy Blue war, als du es vor ein paar Jahren bei ihm gemacht hast? Sein Pillermann ging direkt nach oben, und er war auf ewig als Billy Blue Balls bekannt, bis er nach Eureka zog." Sie tätschelte Jacob den Arm und lächelte ihn mitleidig an. „Du würdest doch nicht wollen, dass Jacob am Ende als Jack-in-the-Pants dasteht, nur weil du deine magischen Hände nicht bei dir behalten konntest, oder?"

Jacob stieß ein vernehmliches Stöhnen aus.

„Siehst du, jetzt ist ihm ganz unwohl", sagte die Rothaarige, die ihm auf den Schritt starrte. „Obwohl ich keinen großen Hinweis sehe, dass sich da was tu…"

„Ok, die Damen", sagte Yvette, die sich zwischen Jacob und Ms. Betty drängte. „Ich löse die Party nur ungern auf, aber die Öffnungszeiten sind schon rum, und Jacob und ich haben noch Dinge zu erledigen, bevor wir heute Abend Schluss machen. Gibt es noch irgendwelche Bücher, die in letzter Minute benötigt werden, ehe wir schließen?"

„Oh, Mensch. Die Zeit verfliegt geradezu, wenn man mit dem neuen Lieblingsbuchhändler flirtet", sagte Ms. Betty. „Mädels, wir gehen besser, sonst schreibt George drüben im Bingosaal uns noch zur Fahndung aus."

Die Damen wuselten herum und riefen Jacob ihre Abschiedsgrüße zu, während sie sich langsam aus dem Laden entfernten. Als die letzte endlich hinausging, winkte Yvette zum Abschied, dankte ihnen, dass sie vorbeigekommen waren, schloss und verriegelte dann die Tür. Nachdem sie das Türschild auf *geschlossen* gedreht hatte, wandte sie sich um und beäugte Jacob, der in einem der Plüschsessel saß, den Unterarm über die Augen gelegt.

Sie warf einen Blick hinüber zu Brinn, die die Kasse machte, und sie fingen beide an zu lachen.

„Ich kann euch hören“, sagte er.

Seine Bemerkung brachte sie nur noch mehr zum Lachen.

„Ihr beiden seid schrecklich“, sagte er, doch Yvette konnte die Erheiterung in seiner Stimme hören.

Sie ging durch den Raum und nahm neben ihm Platz. „Es tut mir leid. Wir hätten nicht lachen sollen.“

Er senkte den Arm und schaute sie an. „Warum nicht? Es war verdammt komisch.“

„Du wurdest von einer Siebzigjährigen sexuell belästigt, und wir haben nichts dagegen getan.“

„Doch, hast du. Du hast sie hinausbefördert.“ Er schob sich aus dem Sessel und stand auf. „Mach dir keine Sorgen deswegen. Ich komme damit klar.“ Er wollte schon zurück zu den Büros gehen, aber sie nahm ihn sanft am Arm und hielt ihn auf.

„Lass es mich zumindest wiedergutmachen. Abendessen? Wie können rüber ins Woodlines gehen und Fisch essen, uns vielleicht eine Flasche Wein teilen?“

Sein Blick fiel auf ihre Hand, die auf seinem Arm lag. Dann schaute er auf und sagte: „Ist das eines dieser Dates, von denen wir sagten, dass wir darauf verzichten würden?“

Sie ließ die Hand rasch fallen und schüttelte den Kopf. „Stell es dir als Geschäftsessen vor. Wir können uns über Möglichkeiten unterhalten, mehr Leute vom Ort reinzubringen, bei denen du nicht wie beim Zuhälter an die älteren Mitbürger verschachert wirst.“

Er lachte leise. „Das ist ein überzeugendes Argument. Also gut, ich bin dabei.“

„Hervorragend. Lass mich nur schnell meine Sachen holen, und wir können los.“

Sie zogen sich beide in ihre Büros zurück und trafen sich an der Eingangstür wieder, die Jacken in der Hand. Yvette warf einen Blick hinüber zu Brinn. „Alles klar? Brauchst du noch etwas, bevor wir gehen?"

Sie winkte ab. „Für mich passt alles. Genießt das Abendessen. Ich sperre zu, wie üblich."

„Danke", sagte Yvette. „Gute Nacht."

„Nacht, Brinn. Danke für alles, was du heute getan hast", fügte Jacob hinzu.

„Kein Ding. Wir sehen uns morgen."

Sobald sie draußen auf der Straße waren, warf Jacob einen Blick auf das Fahrrad, das Yvette im Ständer links vom Eingang abgestellt hatte. „Damit fährst du heute Nacht nicht nach Hause."

„Warum nicht?", fragte sie. „Zu mir ist es nicht so weit."

„Es ist zu neblig. Schließ es auf, und ich lege es hinten in meinen Truck. Ich setz dich dann nach dem Abendessen ab."

Sie sah sich im dichter werdenden Nebel um und wusste, dass es vermutlich nur noch schlimmer werden würde. „Ja, ok."

Nachdem sie das Fahrrad sicher im Truck verstaut hatten, öffnete Jacob die Beifahrertür für sie.

Sie konnte nicht verhindern, dass in ihrer Brust ein warmes, wohliges Gefühl aufkam. Es war lange her, dass sie mit jemandem ausgegangen war, der sich so gentlemanlike verhielt. „Danke", sagte sie beim Einsteigen.

Er eilte zur anderen Seite herum, und ein paar Augenblicke später waren sie zum anderen Ende der Hauptstraße unterwegs. „Also, bei diesem Nicht-Date … haben wir da Grundregeln?", fragte er, während er dafür sorgte, dass die Heizung in ihre Richtung blies.

„Nur, dass ich bezahle. Das ist nur gerecht, denn du musstest die Bingo-Damen ertragen."

„Das ist die einzige Grundregel?", fragte er und hob neugierig eine Augenbraue.

„Naja, abgesehen vom Offensichtlichen. Kein Betatschen, Angaffen oder unangebrachte sexuelle Anspielungen“, sagte sie.

„Was ist mit Flirten?“, fragte er, während er den Truck auf einen Parkplatz gleich vor dem Woodlines fuhr.

„Ein bisschen Flirten ist in Ordnung“, erwiderte sie lachend. Es gab keinen Grund, aus dem Ganzen ein steriles Geschäftstreffen zu machen.“ Ihre Wortwechsel machten ihr immerhin ungemein Spaß.

„Wie denkst du über ein geteiltes Dessert? Dürfen sich unsere Gabeln überkreuzen?“

Sie schnaubte erheitert. „Jetzt bist du einfach nur albern. Natürlich muss deine Gabel auf deiner Seite des Tellers bleiben, aber ich teile doch gern mein süßes Teilchen mit dir.“

„Süßes Teilchen. Interessant“, sagte er mit einem leicht süffisanten Grinsen.

„He!“ Sie drohte ihm mit dem Finger. „Keine unangebrachten sexuellen Anspielungen.“

„Du hast angefangen.“ Er sprang aus dem Truck, lief herum auf ihre Seite und öffnete die Tür, ehe sie auch nur den Sicherheitsgurt löste.

Sie nahm die Hand, die er anbot, und ließ sich von ihm aus dem Truck helfen. Als ihre Füße fest auf dem Boden standen, verfestigte sich der Griff seiner Finger um ihre, während er die Tür schloss und sie dann zum Restaurant führte. Yvette schaute hinab auf ihre verschränkten Finger und wusste, sie hätte die Hand wegziehen sollen, aber sie brachte es nicht übers Herz. Seine Berührung spendete ihr Trost, einen Trost, von dem sie bis zu diesem Augenblick nicht gewusst hatte, dass sie ihn vermisst hatte.

Es dauerte nicht lange, bis sie einen Platz bekamen. An Wochentagen im frühen Januar war in Keating Hollow kaum etwas los, und dieser Abend war keine Ausnahme. Sie saßen einander gegenüber, tranken Wein und aßen Krabben-Küchlein, während sie über die Bingo-Babes lachten, die ihn beinahe eine Stunde lang angeschmachtet hatten.

„Das muss deinem Ego ja richtig gutgetan haben", sagte Yvette und nahm einen Schluck Wein.

„Auf jeden Fall. Und zwar genau zu dem Zeitpunkt, in dem du dich in eine Furie verwandelt und deine ganzen Wettbewerberinnen hinaus in die Kälte gedrängt hast."

Yvette warf den Kopf in den Nacken und lachte. Sie konnte sich nicht erinnern, wann sie zum letzten Mal so entspannt gewesen war und einfach nur Spaß gehabt hatte, während sie mit einem Mann ausging. Obwohl sie und Isaac erst in den letzten paar Monaten Probleme bekommen hatten, hatten sie schon sehr lange keinen Abend mehr gehabt, an dem sie einfach nur zum Spaß ausgegangen waren. Einen Abend, bei dem es um Freundschaft, Gelächter und reinen Genuss ging.

Haben wir überhaupt jemals so viel Spaß miteinander gehabt? Sie wusste, irgendwann war das wohl so gewesen, aber in der jüngeren Vergangenheit konnte sie sich definitiv an nichts erinnern.

„Du weißt aber schon, dass es echt Spaß macht, mit dir herumzuhängen", sagte Jacob, der mit der Gabel ein Stück von ihrem Heidelbeerkuchen nahm.

„Mit dir ist es auch nicht so schlecht." Yvette legte die Hände um ihren Latte. „Meinst du, wir sollten über den Laden reden? Darüber, wie wir mehr Leute vom Ort reinkriegen?"

„Klar." Er schnappte sich seine Kaffeetasse und lehnte sich im Stuhl zurück. „Was hältst du von Bingo-Club-Donnerstagen? Wir könnten uns von Hanna Bingokarten-Cupcakes machen lassen."

Yvette grinste. „Und du bist der Hauptgewinn? Denn du

weißt, sie würden vor allem wiederkommen, um zu sehen, wie du zusammenfährst, wenn Ms. Betty sich wieder danebenbenimmt."

Jacob verzog das Gesicht, und ein unfreiwilliges Beben ging durch ihn hindurch. „Nein, auf keinen Fall. Aber ich werde dabei sein und sie bezaubern, solange *du* mich vor jeglichen Händen auf Abwegen beschützt."

„Abgemacht." Sie hob ihre Tasse, um ihm zuzuprosten.

„Also, für wen bist du dann die Unterhaltung?", fragte er.

Sie zuckte mit den Schultern. „Niemand will mich angaffen. Aber wenn ich Buchclub-Dienstage zusammen mit Weinverkostungen anbiete, wette ich, dass wir einer Schar überarbeiteten, übernächtigten Erwachsenen ein paar Stunden lang die Zeit versüßen können. Außerdem gibt es immer noch die Vorlesezeit am Samstagnachmittag. Damit bekommt man die Eltern, die ihre Kinder vorbeibringen."

„Klingt perfekt. Wir werden diese drei Dinge zusammen mit mindestens einer Signierstunde im Monat in einen Terminkalender schreiben, und ich schätze, dass wir in den nächsten sechs Monaten zwanzig bis dreißig Prozent Wachstum sehen."

„Du bist sehr optimistisch", sagte sie und machte sich nicht die Mühe, ihre Skepsis zu verbergen. Sie zweifelte nicht daran, dass regelmäßige Treffen im Laden und Lesungen helfen würden, aber sie glaubte nicht, dass es auch nur annähernd so viel Einfluss haben würde, wie er erwartete.

„Findest du?", fragte er, als würde er es noch einmal überdenken. Dann sagte er: „Nö. Wir haben dann ja auch das Café eingerichtet."

„Wir brauchen wohl eine Teilzeitkraft, insbesondere, da der Mutterschaftsurlaub meiner Assistentin Dannika diese Woche angefangen hat", sagte sie und rechnete bereits aus, was das mit dem Gehaltsbudget anrichten würde.

„Sparen wir uns doch vorerst diese Ausgabe. Ich werde mich um das Café kümmern, während du den Ausfall im Verkauf übernimmst. Und wenn wir es wirklich brauchen, können wir Brinn bitten, dass sie ein paar zusätzliche Stunden übernimmt, bis Dannika zurück in die Arbeit kommt."

„Abgemacht!" Sie reichte ihm eine Hand zum Schütteln.

Jacob legte seine Finger um ihre, aber anstelle eines traditionellen Handschlags hielt er sie leicht fest und strich mit dem Daumen über ihren Handrücken.

Eine Gänsehaut prickelte ihren Arm hinauf, und sie schloss die Augen, während sie seine sanfte Berührung genoss. Als sie sie schließlich wieder öffnete, stellte sie fest, dass er sie musterte, seine Lippen zum Hauch eines Lächelns verzogen.

„Was?", fragte sie.

„Ich habe mir nur gerade gedacht, dass ich mir wünschte, ich wäre dir begegnet, bevor wir miteinander Geschäfte machen, denn ich bin mir nicht ganz sicher, ob ich es schaffe, heute Abend zu gehen, wenn ich dich nach Hause bringe."

Ihr wurde ganz heiß, und sie war sich sicher, dass ihr ganzer Körper leuchtend rot geworden war. Sie öffnete den Mund, schloss ihn wieder, dann schüttelte sie nur den Kopf.

„Weißt du was, Yvette?", fragte er, seine Stimme plötzlich heiser. „Deine Reaktion verrät mir, dass du nicht willst, dass ich dich heute Abend allein lasse."

Sie räusperte sich und schüttelte den Kopf. „Du sollst doch nicht mit mir flirten, Jacob."

Er lachte ganz leise, ohne sie auch nur einen Moment aus dem Blick zu lassen. „Ich flirte nicht, Yvette. Ich möchte dich verführen."

Oh, verdammt, dachte sie, während ihr Körper von

Erregung erfasst wurde, und jeder Quadratzentimeter sich abermals nach seiner Berührung sehnte. Widerstrebend entzog sie ihm ihre Hand und sagte: „Du übertreibst es, Jacob. Erinnerst du dich an die Grundregeln?"

Er stützte die Ellbogen auf den Tisch und beugte sich dichter ran. „Ich kann bereits jetzt sagen, dass diese Regeln gebrochen werden. Es ist keine Frage des Ob, nur eine Frage des Wann."

Yvette stand auf und starrte auf ihn hinab. „Ich bin nicht gerade eine Regelbrecherin."

Er lachte. „Das bezweifle ich sehr."

„Du wirst schon sehen." Sie ging vom Tisch weg, nur um ein wenig Abstand zu bekommen. Jacob hatte so eine Art, sie in seinen Bannkreis zu ziehen, und sie war sich bereits sicher, wenn sie nicht aufpasste, würde sie ihre ganzen Regeln vergessen und mitten in einen Schlamassel geraten.

„Ist alles in Ordnung, Yvette?", fragte Wyatt, ihr Kellner, nachdem sie fast in den gelaufen war.

„Ja." Sie lächelte. „Das Essen war wunderbar. Ich habe nur etwas Luft gebraucht. Aber da ich dich schon hier habe, lass mich doch gleich auch die Rechnung bezahlen."

„Das ist bereits erledigt", sagte er.

„Was?" Sie warf einen Blick über die Schulter zu Jacob, der sie von seinem Platz am Tisch aus beobachtete. Er ließ ein triumphierendes Lächeln aufblitzen, und sie biss die Zähne zusammen, während sie den Kopf in seine Richtung schüttelte. Dann wandte sie sich zurück an Wyatt. „Dann egal. Es war toll. Danke."

„Das hören wir gerne. Ihr beiden Turteltauben kommt aber bitte bald wieder, ok?" Er eilte weiter, um sich um Gäste an einem anderen Tisch zu kümmern, ehe sie ihn berichtigen konnte. Natürlich war er zu dem Schluss gekommen, dass sie zusammen waren. Sie hatten Händchen gehalten und einander den ganzen Abend verträumt in die Augen geschaut.

Verdammt. Es stand gar nicht zur Debatte – sie war verloren.

Jacob erschien neben ihr und flüsterte: „Bist du bereit, dich nach Hause bringen zu lassen?"

„Ja", hauchte sie, wohlwissend, dass es klang, als könne sie es gar nicht erwarten, dass er ihr die Kleider vom Leib riss. Sie schnappte nach Luft und zwang sich dazu, es noch einmal neu zu formulieren: „Aber komm bloß nicht auf Ideen. Der Abend endet an meiner Haustür."

„Was auch immer du sagst, Yvette." Er nahm sich ihre Hand und führte sie wieder nach draußen zu seinem Truck. Die Luft war richtig kalt geworden, und sie zitterte, als der feuchte Nebel direkt durch ihre Kleidung zu dringen schien. „Du frierst ja." Jacob verfrachtete sie schnellstens in den Truck und lief herum auf seine Seite. Innerhalb weniger Augenblicke hatte er die Heizung voll aufgedreht, und sie waren unterwegs in die andere Richtung zu ihrem Haus.

„Das Essen war hervorragend", sagte sie. „Danke."

„Gern geschehen." Er lächelte sie an. „Das Essen war toll, und der Wein war noch besser, aber am besten hat mir gefallen, dass ich dich zum Lachen gebracht habe. Du leuchtest von innen heraus, und ich sage dir das nur zu gerne, du bist hinreißend."

Hatte er sie wirklich gerade hinreißend genannt? Was für ein unfassbares Kompliment. Ihr erster Instinkt war, es abzuwehren, ihm zu sagen, dass er aufhören sollte, ihr Honig ums Maul zu schmieren, aber sie unterdrückte den Impuls. In seiner Miene stand nichts als Aufrichtigkeit, und als sie ihn ansah, flatterten Schmetterlinge in ihrem Bauch. Sie legte sich eine Hand auf den Magen und sagte: „Danke. Ich glaube, das ist das schönste Kompliment, das ich je bekommen habe."

„Ich sage nur die Wahrheit."

Eine behagliche Stille senkte sich während der restlichen Fahrt auf sie hinab. Sobald Jacob den Truck in ihrer Auffahrt halten ließ, sprang er herauf, holte ihr Fahrrad heraus und half, es in der Garage zu verstauen. Dann brachte er sie an die Tür.

„Ich sage es nur ungern, aber heute Abend lade ich dich nicht in mein Haus ein", erklärte Yvette.

Auf seine Lippen trat ein angedeutetes Lächeln. „*Heute* Abend? Damit sagst du, wenn ich dem Ganzen etwas Zeit gebe, habe ich immer noch eine Chance."

Sie lachte. „Du bist unnachgiebig."

„Normalerweise nicht, aber manche Menschen sind die Mühe wert."

Yvettes Inneres schmolz komplett dahin, und sie fragte sich, wie sie ihm weiterhin widerstehen sollte, wenn er so liebenswert war.

„Keine Sorge, Yvette", sagte er, während er ihr einen Arm um die Taille legte und sie an sich zog. „Ich höre dich klar und deutlich."

„Fühlt sich aber überhaupt nicht so an", erwiderte sie, atemlos und mehr als nur ein wenig bezaubert.

„Vertrau mir, das tue ich." Er beugte sich langsam nach unten, sodass seine Lippen nur wenige Zentimeter von ihren entfernt waren. „Bist du einverstanden, wenn ich dich heute Abend küsse?"

Ihr Blick heftete sich an seine vollen Lippen, und der letzte Rest Entschlossenheit ging dahin. Anstatt ihm zu antworten, überbrückte sie die kurze Entfernung und küsste ihn.

Sein Arm spannte sich um sie an, zog sie dichter an sich, und er öffnete einladend die Lippen. Der Kuss war langsam und innig und er sorgte für ein Prickeln von Kopf bis Fuß. Und als er sie schließlich losließ, atmete sie schwer und war mehr als nur bereit, ihn in ihr Haus zu bitten, obwohl sie vorhin noch Einwände gehabt hatte.

„Gute Nacht, Yvette", flüsterte er ihr ins Ohr. „Ich sehe dich dann morgen."

Sie sah ihm sprachlos nach, wie er zu seinem Truck zurückging, einstieg und davonfuhr. Zitternd in der kalten Luft stand sie auf ihrer Veranda, starrte auf seine Schlussleuchten und wusste ohne Zweifel, dass ihr Jacob Burton auf die eine oder andere Art das Herz brechen würde.

KAPITEL 11

„Ich glaube, wir sind bereit", sagte Brinn, die den Signierbereich beäugte, den Yvette für Miranda Moon aufgebaut hatte. „Wir brauchen nur noch die Autorin und eine Schlange Leserinnen, und wir sind fertig."

Yvette lehnte sich an den Kassentresen und nippte an dem Latte, den Jacob ihr gemacht hatte, während sie versuchte, ihre Nervosität wegen des kommenden Wochenendes zu ignorieren. „Meint ihr, dass jemand kommt?"

Brinn schenkte Yvette ihr typisches Verarschst-du-mich-Gesicht mit verdrehten Augen. „Du hast Postkarten in jedem Geschäft im Umkreis von 75 Kilometern auswegen, hast zwei Newsletter an die Kontaktliste des Ladens geschickt, auf den sozialen Medien getrommelt und es geschafft, den größten Radiosender drüben in Eureka das Event mehrmals anpreisen zu lassen. Wenn diese Medienattacke und das Festival niemanden herbringen, dann hilft gar nichts."

„Oh, mein Herz!", sagte Ms. Betty, die gerade aus der Romantikecke kam, die Arme voll mit einem Stapel paranormaler Liebesromane von Kristen Painter. „Das sieht wunderbar aus. Ich liebe es, wie ihr die Cover von ähnlichen Autorinnen aufgereiht habt. Ich bin heute hergekommen, weil ich diese Miranda-Moon-Romane toll fand, die Jacob empfohlen hat. Ich konnte es gar nicht erwarten, mir noch mehr in der Art zu holen."

„Das hören wir gerne", sagte Yvette lächelnd, während sie der Frau ihre Beute abnahm.

Brinn schlüpfte hinter den Tresen und begann, Ms. Bettys Einkäufe zusammenzurechnen, während Yvette sie in einen Jutebeutel mit dem Logo von Hollow Books packte.

„Macht euch keine Sorgen wegen der Besucher morgen", sagte Ms. Betty. Sie legte Yvette eine faltige Hand auf den Arm, beugte sich vor und flüsterte: „Ich habe die Nachricht über euren gut aussehenden Partner in der Stadt verbreitet, und die Damen brennen darauf, ihn sich anzuschauen. Unser ganzer Buchclub in Eureka plant, herzukommen. Sie konnten nicht widerstehen, nachdem ich ihnen erzählt hatte, was für einen griffigen Hintern er hat."

„Also, Ms. Betty, Sie wissen aber schon, dass Sie ihn nicht noch einmal antatschen können, ja?", sagte Yvette, die versuchte, dieses unangemessene Verhalten im Keim zu ersticken.

„Doch, kann ich schon, wenn ich seine Zustimmung bekomme", erwiderte sie und wedelte mit der Hand, als wisse sie, dass Jacob ihre Avancen begrüßen würde. „Meine Freundin, die draußen am College Yoga unterrichtet, hat mich über die neuen Regeln aufgeklärt. Sie sagt, inzwischen dreht sich alles um Kommunikation." Sie schüttelte den Kopf und kicherte leise. „Sie sagt, ich bin jetzt ganz ‚woke'. Ich weiß nicht, was das bedeutet, aber sie schien das für etwas Gutes zu halten."

„Es ist etwas Gutes", bestätigte Yvette lachend. Dann wurde

sie nüchtern, als ihr einfiel, dass Ms. Betty all ihre Freundinnen zu dem Event eingeladen hatte, nur um Jacob zu sehen. Yvette legte Ms. Betty eine Hand auf die Schulter. „Hören Sie, Sie sollten Ihre Freundinnen vielleicht davon unterrichten, dass Jacob nicht da sein wird. Er fährt morgen übers Wochenende zu einem Geschäftstreffen weg."

„O nein." Ms. Betty schlug sich eine Hand vor den Mund. „Das ist nicht gut. Gar nicht gut. Ich komme natürlich trotzdem, aber eine Menge Frauen kommen morgen nur wegen eines Selfies mit Mr. Gutaussehend." Sie zahlte, dann schnappte sie sich die Taschen und sagte: „Danke. Ich muss los. Sieht so aus, als müsse ich eine halbe Million Anrufe tätigen, damit meine Mädels nicht enttäuscht sind."

„Viel Glück", erwiderte Yvette. „Aber vergessen Sie nicht, ihnen zu sagen, dass sie trotzdem kommen und sich ihr signiertes Buch holen sollen."

„Oh, das werde ich", erklärte sie mit einem entschlossenen Nicken. „Es war nur leichter, als auch gebongt war, dass männlicher Süßstoff anwesend sein würde." Sie grinste und schnappte sich ein Buch mit einem Mann mit entblößter Brust auf dem Cover. „Nun muss ich ihnen süße Teilchen und sexy Werwolf-Gestaltwandler schmackhaft machen."

„Ms. Betty", sagte Yvette mit einem Seufzen. „Sie sind schon … eine Nummer."

„Das höre ich oft", erwiderte sie mit einem Zwinkern, während sie das Buch wieder zurück in das Regal stellte. „Das macht meinen Charme aus. Bis morgen dann." Sie rauschte aus dem Laden, wobei sie sich schneller bewegte, als Yvette es für möglich gehalten hätte.

„Die hat ja Wespen im Hintern", sagte Brinn.

„Das kannst du laut sagen."

Jacob streckte den Kopf hinter dem Regal mit Ratgebern hervor. „Ist die Luft rein?"

„Ja", sagten Brinn und Yvette gleichzeitig, während sie lachten. Er hatte in dem Augenblick, in dem sie Ms. Betty entdeckt hatten, die durch das Schaufenster herein spähte, die Biege in den hintersten Bereich des Ladens gemacht. Jacob hatte behauptet, er müsse Unterlagen abschließen, ehe er übers Wochenende die Stadt verließ, aber Yvette wusste es besser.

Sie waren zusammen vor zwei Tagen die Bücher durchgegangen und hatten die nächste Bestellung fertig gemacht. Es gab nichts mehr zu tun, wenn er nicht einen neuen Geschäftsplan erstellt hatte, von dem er ihr noch nichts gesagt hatte. Er war einfach nur zu feige gewesen, um zu riskieren, dass er sich mit Ms. Betty herumschlagen musste. Yvette konnte es ihm jedoch nicht übelnehmen. Sie würde selbst ja auch nicht so offen objektiviert werden wollen.

„Bist du bereit zum Aufbruch?", fragte sie ihn.

„Ja."

Yvette wandte sich an Brinn. „Wir sind unterwegs zum Abendessen. Wenn Miranda aus irgendeinem Grund anruft oder heute Abend früher kommt, schick mir eine Nachricht. Ich kann innerhalb von fünf Minuten hier sein."

„Verstanden. Bis morgen dann." Sie wandte ihre Aufmerksamkeit Jacob zu. „Schöne Reise. Und versuchen Sie nicht, zu sehr mit dem tollen Wetter in L.A. zu prahlen."

„Ich mache keine Versprechungen", sagte er, während er Yvette aus dem Laden und in seinen Truck drängte. Aber anstatt sich ans andere Ende der Hauptstraße zum Woodlines aufzumachen, lenkte er sein Fahrzeug in eine Wohnsiedlung, die an einer der vielen Bergstraßen lag, die das Tal von Keating Hollow umgaben.

„Bitte sag mir, dass du dich jetzt nicht als Axtmörder

entpuppst", meinte sie, während sie über den Bergkamm auf die Stadt hinab spähte.

„Axtmörder? Nein. Das wäre nicht die Waffe meiner Wahl", erwiderte er grinsend.

„Witzig."

Die Straße wurde schmaler und kurviger, je weiter sie fuhren, und gerade, als sie sicher war, dass er sie ganz den Berg hinauffahren würde, bog er in eine versteckte Zufahrt ein und hielt vor einem schönen, modernen Haus mit großen, bis zum Boden reichenden Fenstern an.

„Hui", sagte sie. „*Wohnst* du hier?"

„So sagt man zumindest." Er sprang aus dem Truck, der nicht annähernd so schön war wie das Haus, das sich an die Flanke des Berges schmiegte, und gesellte sich auf den Stufen, die zur Eingangstür führten, zu ihr. „Ich dachte, es wäre schön, etwas Selbstgemachtes zu essen."

Seit ihrem Abend im Woodlines am Dienstag war es zur Gewohnheit geworden, dass sie sich zusammen nach der Arbeit etwas zu essen holten. An den Nachmittagen waren sie damit beschäftigt gewesen, den ganzen Umkreis mit Flyern für die Lesung zu pflastern, und während sie unterwegs waren, holten sich etwas zu essen. Deshalb bedeutete die Tatsache, dass er sie zu seinem Haus brachte, dass er tatsächlich etwas geplant hatte.

Es bedeutete außerdem, dass das Ganze sehr nach einem Date aussah. Sie hätte etwas sagen sollen, hätte ihn darauf hinweisen sollen, aber sie tat es nicht. Sie wollte es nicht einmal. Sie mochte ihn so sehr und wünschte sich einen Abend mit ihm, ehe er die Stadt verließ.

Sobald sie im Haus waren, drehte sich Yvette um und schnappte nach Luft, während sie hinaus über das von Mammutbäumen übersäte Tal blickte. Die Sonne war bereits untergegangen, aber die Nacht war klar genug, dass die Lichter von Keating Hollow weit unten sichtbar waren, außerdem das silberne Mondlicht, das vom Fluss reflektiert wurde. „Das ist … etwas ganz Besonderes, Jacob."

„Jetzt, da du hier bist, ist es besser."

Sie drehte sich um und grinste ihn an. „Schöner Aufmacher."

„Es ist die Wahrheit." Er schnappte sich ihre Hand und zog sie hinüber in eine strahlend weiße Küche. Alles war modern und brandneu, und dieses Haus passte perfekt zu ihm. Er schenkte ihnen beiden ein Glas Wein ein und fügte hinzu: „Aber du solltest es wirklich am Morgen sehen. An besonderen Tagen kann man bis zum Pazifik schauen."

„Willst du mir da irgendeinen Vorschlag unterbreiten, Jacob Burton?", fragte sie, während sie um die Mücheninsel ging, um sich vor ihn zu stellen.

In seinen dunklen Augen blitzte Verlangen auf, als er sie musterte. „Wenn ich das täte, würde die Antwort dann Ja lauten?"

Ja. Das Wort lag ihr auf der Zunge. Stattdessen sagte sie: „Nicht heute Abend. Ich muss einen Gast versorgen."

„Stimmt. Das müssen wir uns für nächste Woche aufheben." Er nickte zum Tisch hin. „Setz dich. Ich bin gleich wieder da."

Sie zog neugierig die Augenbrauen hoch. „Hast du es geschafft, irgendwo was zum Mitnehmen zu ergattern?"

Er lachte. „Hast du im Truck irgendwelche Tüten gesehen?"

„Nein."

„Na, dann ist das deine Antwort." Jacob öffnete seinen riesigen Edelstahl-Kühlschrank und holte zwei Thunfischsalate heraus. „Ich hoffe, du magst Fisch."

„Ich liebe Fisch."

„Gut." Er reichte ihr eine Gabel. „Hau rein."

* * *

Das Abendessen bestand aus einem Thunfischsalat, Krabben-Küchlein und als Dessert einem Brombeerkuchen mit viel Schlagsahne. Yvette musste es ihm zugestehen. In der Woche, die sie einander kannten, hatte der Mann auf jeden Fall aufgepasst. Nach dem Essen setzten sie sich neben Jacobs gasbetriebenen Kamin und sprachen über das kommende Wochenende. Eigentlich sprach Yvette über das Wochenende, Jacob hörte zum Großteil zu.

„Was ist mit dir? Ich weiß, du hast gesagt, du müsstest nach Hause und einige geschäftliche Dinge regeln. Bedeutet das, dass du Sienna treffen musst?", fragte Yvette.

Jacobs gute Laune verdüsterte sich sofort, und er runzelte die Stirn. „Ja. Sie besteht darauf, mich zu treffen, bevor wir alles zum Abschluss bringen."

„Warum?"

Er zuckte mit den Schultern. „Keine Ahnung. Es ist über ein Jahr her, dass ich sie zum letzten Mal gesehen habe. Ich schätze, sie will sich von ihren Sünden freisprechen lassen, um es so zu formulieren – versuchen, mich dazu zu bringen, ihr zu vergeben, damit sie sich nicht schuldig fühlen muss."

Yvette nahm einen weiteren Schluck Wein, und das Ziehen der Eifersucht, das plötzlich aus dem Nichts kam, war ihr zuwider. „Vergibst du ihr?"

„Nein."

„Oh." Sie konnte nicht anders, als auf diese Trennung neugierig zu sein. Der grobe Ablauf war ihr bekannt. Sienna hatte sich mit seinem besten Freund von den Socken gemacht, nur ein paar Monate, bevor sie und Jacob heiraten wollten, aber darüber hinaus kannte sie keine Einzelheiten. Waren sie glücklich gewesen? Hatte er sie wirklich geliebt? Yvette konnte sich nicht vorstellen, dass er versprach, jemanden zu heiraten, den er nicht von ganzem Herzen liebte. Ein solcher Typ war er nicht. Die Dinge, die ihm wichtig waren, tat er von ganzem Herzen.

„Hör mal, können wir über was anderes sprechen?", fragte er. „Ich will hier nichts verstecken, aber es ist schlimm genug, dass ich mich morgen mit ihr herumschlagen muss. Ich will mir den heutigen Abend nicht auch noch verderben."

„Auf jeden Fall." Yvette wollte auch nicht, dass der Geist aus seiner Vergangenheit ihren Abend ruinierte. Sie griff nach seiner Hand und verschränkte ihre Finger darin. „Sag mir, wie du dieses Haus gefunden hast. Es ist … naja, es passt perfekt zu dir."

Er kicherte. „Sollte es auch. Ich habe es bauen lassen."

Sie richtete sich auf und ließ ihm ihre ungeteilte Aufmerksamkeit zuteilwerden. „Was? Wann?"

„Letztes Jahr." Er trank den Rest des Weins aus und stellte das Glas auf einem Beistelltisch ab. „Du weißt doch, dass meine Tante hier wohnt, oder?"

„Natürlich. Jeder kennt Miss Maple", sagte sie.

„Ja, ich habe bei ihr ein paar Sommer verbracht, als ich klein war. Und diese Sommer waren immer meine besten Kindheitserinnerungen. Als also alles in die Brüche ging, war Keating Hollow tatsächlich der einzige Ort, an dem ich sein wollte. Nachdem ich mir die wenigen Kaufangebote angesehen hatte, habe ich letztlich dieses Grundstück erstanden und einen Bauträger organisiert. Ich bin während des Baus ein paar Mal hier raufgekommen, um alles in Augenschein zu nehmen, aber zum Großteil haben wir alles übers Telefon oder E-Mail erledigt." Er wedelte mit der freien Hand im Zimmer herum. „Wie findest du es?"

„Es ist atemberaubend. Das Haus, die Aussicht, die Details

…“, sie schenkte ihm ein kokettes Lächeln, „und der Mann, dem es gehört.“

„Atemberaubend, was? Das ist eine große Verbesserung im Vergleich zu ‚ganz annehmbar‘.“ Seine dunklen Augen funkelten, während er sich vorbeugte, eindeutig auf der Jagd nach einem Kuss. Aber bevor seine Lippen auf ihre trafen, blinkte auf Yvettes Telefon eine Textnachricht auf.

Sie hob den Finger, um ihn aufzuhalten, und holte das Telefon heraus. „Es ist Miranda. Sie ist etwa zehn Minuten von der Stadt entfernt. Es ist Zeit, in die Wirklichkeit zurückzukehren.“

„Die Wirklichkeit nervt“, sagte er, aber er blinzelte ihr zu, während er die Weingläser aufsammelte und sie in die Küche brachte.

„Das sehe ich genauso.“ Sie wartete an der Tür auf ihn, dann folgte sie ihm hinaus in die eiskalte Nacht.

In dem Augenblick, in dem sie wieder im Truck waren, legten sich Jacobs Finger um ihre, und er hob ihre Hand an seine Lippen und küsste sanft ihre Fingerknöchel. „Ich werde unsere Abendessen am Wochenende vermissen.“

Ihr Herz flatterte ein wenig, so sanft war sein Tonfall. „Ich auch. Aber du bist am Montag zurück, oder?“

Er nickte und startete den Motor.

„Gut. Komm rüber zu mir, und ich werde dieses Mal kochen.“

„Diese Aussicht gefällt mir“, sagte er. „Bist du offen für Bestellungen?“

„Haben deine Bestellungen irgendwas mit Essen zu tun?“, fragte sie.

Er stieß ein herzliches Lachen aus. „Nein.“

„Habe ich auch nicht erwartet. Die Antwort lautet Nein. Auf diese Art ist es für uns beide eine Überraschung.“

Er warf einen Blick zu ihr hinüber, sein Lächeln war breit. „Es ist, als würdest du mich bereits seit Monaten kennen, und nicht erst seit Tagen. Das gefällt mir. Das gefällt mir sogar sehr."

„Mir auch." Aber sie war sich nur zu bewusst, dass es ihr zu sehr gefiel. Und sie war sich nicht sicher, was sie damit anfangen sollte. Bisher hatten sie nur Händchen gehalten, sich geküsst und sehr viel geflirtet. Unter diesen Umständen konnte man eine gescheiterte romantische Beziehung vermutlich immer noch retten, aber wenn sie noch weiter gingen … Sie wusste es einfach nicht.

Es dauerte nicht lang, da fuhr Jacob in ihre Zufahrt neben ihren Mustang. Sie hatte ihn Anfang der Woche am Haus ihres Vaters abgeholt, aber da Jacob sie herumgefahren hatte, hatte sie ihn nicht einmal benutzt. Am Samstag würde es anders sein, und sie wusste, dass sie es vermissen würde, als erstes am Morgen auf ihn zu treffen.

Sie sprang aus dem Truck, und Jacob folgte ihr zur Tür, aber anstatt hineinzugehen, drehte sie sich zu ihm um. „Was unternehmen wir deswegen?"

„Weswegen?", fragte er zögernd.

„Das." Sie wedelte zwischen ihnen mit der Hand. „Dir und mir und dieser Beziehung, die wir da in die Wege leiten."

„Äh, wir lassen sie so und sehen, wohin sie sich entwickelt?", fragte er, wobei er aussah wie ein Reh im Scheinwerferlicht, ohne Zweifel, weil sie das Wort Beziehung benutzt hatte.

„Entspann dich", sagte sie lachend. „Ich will dich nicht festnageln oder nach irgendeiner Art Verpflichtung fragen. Es ist nur … wir spielen hier mit dem Feuer, und wir beide wissen das."

Da war sein sexy Grinsen wieder. „Du weißt doch, dass ich gern ein wenig mit dem Feuer spiele."

„Siehst du." Sie drückte ihm eine Hand auf die Brust. „Genau davon habe ich gesprochen. Wie lange glaubst du, wird es dauern, bis wir letztlich diese Beziehungsgrenze überschreiten, die wir festgelegt haben?"

Sein Lächeln verschwand, und seine Miene wurde ernst. „Weißt du, Yvette, ich glaube nicht, dass ich das beantworten kann, und du genauso wenig. Wir können beide sagen, dass wir uns rein ans Geschäftliche halten, aber ich glaube, es ist klar, dass das nicht wirklich der Fall ist. Die einzig echte Frage ist, ob wir den Mut haben, es zuzulassen."

„Na, das war aufrichtig", sagte sie und fühlte sich ein wenig überwältigt.

„Anders kann ich gar nicht sein", erwiderte er und schob ihr eine Haarsträhne von der Schulter. „Ich weiß nicht, wie es dir geht, aber was immer das ist, was da gerade passiert, es ist das Einfachste, das Natürlichste, was ich je gespürt habe. Und obwohl ich deine Sorgen wegen der Tatsache, dass wir Geschäftspartner sind, zu schätzen weiß und sogar teile, bin ich mir nicht sicher, dass ich dem Ganzen einfach den Rücken zukehren könnte, außer, du hast kein Interesse. Sag mir, dass du keines hast, Yvette, und ich lasse dich in Frieden."

Ihre Kehle wurde eng, während sie den Kopf schüttelte. Sie schluckte schwer und sagte dann: „Das kann ich dir nicht sagen. Denn es würde nicht stimmen."

„Na also. Wir haben beide die Wahrheit gesagt. Wie wäre es, wenn wir einfach vereinbaren, dass wir beide weiterhin ehrlich zueinander sind. Ich will damit weitermachen, und ich glaube, du auch. Können wir abmachen, dass wir in dem Augenblick, in dem einer von uns das Interesse verliert, es einfach sagen? Ich glaube, solange wir miteinander kommunizieren, ist alles möglich.“

Er lebte in einer Märchenwelt. Dessen war sie sich sicher. Keine ihrer romantischen Beziehungen war auf eine Freundschaft hinausgelaufen. Aber trotzdem nickte sie. Im Alter von zweiunddreißig Jahren war es an der Zeit, ein wenig erwachsen zu werden. Wenn er damit klarkam, konnte sie das auch. „Ok, ich bin dabei.“ Sie reichte ihm die Hand, damit er sie zur Abmachung schütteln konnte, doch er schüttelte den Kopf und küsste sie stattdessen – ein erschütternder *Vergiss-mich-bloß-nicht-wenn-ich-übers-Wochenende-weg-bin-*Kuss.

Als er sie schließlich losließ, waren ihre Knie zu Gummi geworden, und sie war völlig atemlos.

Jemand fing an zu klatschen und schrie: „Woohoo! Das war eine tolle Vorstellung. Ich gebe ganze zehn Punkte!“

Yvette und Jacob drehten sich um und sahen eine Frau in einem Korsettkleid aus schwarzem Samt, kniehohen Schnürstiefeln und silbernen Armreifen, die ihren ganzen linken Unterarm bedeckten.

„Ich habe dieser hohlköpfigen Sienna gleich gesagt, dass sie einen Riesenfehler macht“, erklärte sie, während sie an Jacob herantrat. „Kannst du dir vorstellen, dass Brian jemanden so küsst?“, fragte sie ihn.

Jacob stieß ein überrrschtes Lachen aus und sagte: „Ehrlich, Miranda, über so etwas muss ich nicht nachdenken, und das Bild brauche ich auch nicht in meinem Kopf. Aber danke für das Kompliment.“

„Gern geschehen.“ Dann wandte sie sich an Yvette. „Hi, ich bin Miranda. Sie sind bestimmt Yvette.“

Yvette sammelte sich so weit, dass sie der Autorin die Hand reichen konnte, aber Miranda schob sie beiseite und schlang die Arme um Yvette.

„Von mir gibt's Umarmungen“, sagte Miranda in Yvettes Ohr. „Wie schön, Sie kennenzulernen.“

„Sie auch“, sagte Yvette.

Miranda ließ los, schnappte sich ihre kleine Reisetasche und schob ihren Arm in den von Jacob. „Bring mich rein. Ich erfriere hier draußen.“

„Verstanden“, sagte er. „Brauchst du Hilfe mit weiterem Gepäck?“

„Ja. Es ist im Kofferraum.“ Sie warf einen Blick über die Schulter auf Yvette. „Wären Sie so lieb, es für mich auszuladen?“

„Klar.“ Yvette sperrte Jacob und Miranda ihre Tür auf, dann zog sie sich zum schnittigen schwarzen Mercedes der Frau zurück. Der Kofferraum war bereits geöffnet, und als Yvette ihn weiter aufzog, stöhnte sie. Er war vollgepackt, es war kein bisschen Platz frei. Sicher hatte sie das ganze Zeug nicht für ihre zwei Nächte in Keating Hollow mitgebracht, oder?

Yvette lief ins Haus und fand sie im Wohnzimmer. Miranda saß auf Jacobs Schoß, unterbreitete ihm bereits eine Geschichte von ihrer letzten Reise nach Paris.

„Da war dieser hinreißende Kellner im Café nebenan, und du kennst mich ja“, sagte sie, während sie ihm die Wange tätschelte. „Einem hübschen Gesicht kann ich nie widerstehen.“

Yvettes räusperte sich. „Äh, entschuldigen Sie, Miranda, aber brauchen Sie alles aus dem Kofferraum? Oder ist da etwas Konkretes, das Sie wollen?“

„Oh, richtig.“ Sie rümpfte die Nase, während sie nachdachte. „Es ist ein bisschen viel, oder?“ Sie fuhr sich mit der Hand durch die langen schwarzen Haare und seufzte. „Wissen Sie was? Bringen Sie es lieber alles rein. Ich bin mir niemals sicher, nach wem ich mich am Morgen am meisten fühle."

„Nach wem du dich am meisten fühlst?", fragte Jacob.

Sie zuckte mit den Schultern. „Ich mag Optionen."

Er tätschelte ihr das Bein. „Dann lass mich aufstehen. Ich werde Yvette helfen."

„Du bist so ein Gentleman", sagte sie, ihre Augen blitzten. „Warum haben wir denn überhaupt nie eine Nacht miteinander verbracht?"

„Weil du die Brautjungfer meiner Verlobten warst", erwiderte er, während er sie an der Taille fasste und von seinem Schoß schob. „Das wäre kein guter Stil gewesen."

„Stimmt." Sie nickte. „Und nun bist du mit Yvette hier zusammen?", fragte sie.

„Nicht direkt", sagte er zur selben Zeit, in der Yvette hervorstieß: „Ja, ist er."

„Oh, na das ist ja mal interessant", rief Miranda, die in die Hände klatschte. „Ich kann gar nicht erwarten, zu sehen, wie das ausgeht."

Yvette wusste, dass Miranda auf eine große Auseinandersetzung wartete, darauf, dass Yvette wütend auf Jacob wurde, oder dass er flüchtete, so schnell er konnte. Stattdessen ging Jacob zu ihr und sagte: „Also sind wir offiziell zusammen."

„Ja. Gewöhn dich daran."

Er lächelte. „Hab ich schon."

KAPITEL 12

„Yvette?" Miranda rauschte in einem schwarzen Satin-Samt-Negligé, einem passenden Hausmantel und pelzbesetzten hochhackigen Hausschuhen in die Küche. Der einzige Farbklecks war der rote Nagellack auf ihren Zehen.

„Ja?" Yvette nippte an ihrem Cranberry-Gewürz-Tee und staunte darüber, wie sehr sich die Frau ihren modischen Entscheidungen verschrieben hatte.

„Haben Sie womöglich einen Wimperntuscheentferner? Ich habe meinen offenbar vergessen."

Yvette erstickte beinahe an ihrem Tee, während sie ein Lachen unterdrückte. Die Frau hatte tatsächlich etwas vergessen? Sie hatte vier Koffer, eine Reisetasche und zwei Stoffbeutel eingepackt. Yvette räusperte sich. „Ich glaube schon. Ich bringe ihn gleich."

„Danke." Miranda schwebte hinüber zum Teekessel und sagte: „Gibt's davon mehr?"

Sie nickte. „Bedienen Sie sich." Als Yvette zurückkehrte, stellte sie fest, dass Miranda am Tisch saß, die Füße oben auf einem der Stühle, eine Tasse Tee vor sich. Sie reichte der Autorin den Make-up-Entferner. „Bitteschön.“

„Danke.“ Die Frau klimperte mit den dick geschminkten Wimpern und wedelte mit der Hand vor dem Gesicht. „Das wäre sonst ein Riesenschlamassel geworden.“

Yvette setzte sich ihr gegenüber hin. „Ich sehe schon, dass das ein Problem geworden wäre.“

Miranda nahm einen großen Schluck Tee, während sie Yvette beäugte. Dann stellte sie ihre Tasse ab und beugte sich vor, während sie Yvette eindringlich musterte. „Er ist fragil, wissen Sie.“

„Wer?“, fragte Yvette überrascht. „Jacob?“

„Ja. Hat er Ihnen erzählt, was passiert ist?“

„Ein wenig“, sagte Yvette, und die Unterhaltung wurde zunehmend unangenehm für sie. Sie kannte diese Frau nicht. Genauso wenig wusste sie, wie nahe sie Jacob stand. Er war mühelos an ihre Nummer gekommen, aber es war nicht so, als hätte er sie in seinen Kontakten gehabt. Außerdem, was für eine Beziehung Yvette und Jacob da auch anfingen, sie war sich sicher, dass er es nicht zu schätzen gewusst hätte, wenn jemand sich über ihn ausließ, schon gar nicht eine Freundin seiner Ex, die ihr so nahestand, dass sie ihre Brautjungfer gewesen war. „Also wissen Sie, dass ihm das Herz gebrochen wurde“, sagte sie und lehnte sich zurück. „Und er betrogen wurde.“

Betrogen, ja. Das hatte sie gewusst. Das gebrochene Herz? Diesen Eindruck hatte Yvette nicht bekommen. Nicht konkret auf jeden Fall. Wütend, verletzt und verbittert, ja, aber sie hatte nicht gedacht, dass ihn Siennas Verrat in die Verzweiflung getrieben hatte. „Ich glaube nicht, dass Jacob wollen würde, dass wir darüber sprechen.“

Miranda stieß ein humorloses Schnauben aus. „Da bin ich

mir sicher. Aber das hält mich nicht davon ab. Ich bin sein Schutzengel, wissen Sie?“

Yvette hob die Augenbrauen. „Ehrlich?“

„O ja. Er stand schon auf meiner Projektliste, bevor er Sienna begegnete. Ich habe ihm gesagt, sie ist nicht die Richtige, aber er hat mir nicht geglaubt.“

Miranda war so ernst, dass Yvette nicht verhindern konnte, sich zu fragen, ob die Schriftstellerin wirklich glaubte, dass es Schutzengel gab, oder ob sie sich einfach für eine begabte Kupplerin hielt. Yvette starrte sie an, nicht ganz sicher, was sie von dieser exzentrischen Frau halten sollte. „Warum erzählen Sie mir das?“

„Weil er ganz offensichtlich auf Sie steht, Yvette, und ich will sichergehen, dass Sie ihm nicht genauso wie Sienna das Herz zertrampeln.“

Nun war es an Yvette, zu schnauben. „Ich versichere Ihnen, vor mir hat sein Herz nichts zu befürchten. Tatsächlich bin ich mir ziemlich sicher, dass *ich* diejenige bin, die hier in Gefahr ist.“

Mirandas Gesicht wurde weich, und sie legte ihre Hand über die von Yvette. Licht spiegelte sich in der beeindruckenden Sammlung von Silberringen an ihren Fingern, und sie drückte leicht zu. „Er ist Ihnen wichtig.“

Natürlich war er das. „Wir haben gerade erst angefangen, miteinander auszugehen“, sagte sie lahm.

Miranda kicherte leise. „Aus meinem Blickwinkel sieht es sehr viel ernster aus als das. Hören Sie, ich habe mit Jacob bereits einen Fehler gemacht. Ich kann mir keinen weiteren leisten. Ich will doch meine Flügel nicht verlieren.“ Sie zwinkerte. „Engel bekommen nur eine begrenzte Anzahl von Gelegenheiten, wissen Sie.“

„Äh, ok“, sagte Yvette, die sich plötzlich fragte, ob es sicher war, jemanden in ihrem Haus zu beherbergen, der ganz offensichtlich nicht komplett richtig im Kopf war.

„Es ist vermutlich das Beste, Sie wissen zu lassen, dass Jacob der einzige Grund war, weshalb ich beschlossen habe, diese Signierstunde so kurzfristig zu machen. Ohne Sie beleidigen zu wollen, natürlich."

„Nichts passiert." Yvette war überrascht gewesen, dass die Autorin bei dieser Anfrage in letzter Minute zugesagt hatte. Aber nun, da sie wusste, dass Miranda dachte, sie wäre so eine Art Aufseherin über Jacobs Liebesleben, ergab das durchaus Sinn.

„Ich hatte da so ein Gefühl, dass er jemanden getroffen hat. Als ich mit ihm gesprochen habe, konnte ich es in seiner Energie spüren. Und da bin ich!" Sie hob die Arme in die Luft, als würde sie sich präsentieren.

„Da sind Sie", wiederholte Yvette halbherzig.

„Und ich musste unbedingt selbst sehen, ob er dieses Mal eine weise Wahl getroffen hat."

Yvette biss die Zähne zusammen, weil sie es verabscheute, frei heraus beurteilt zu werden. „Das geht Sie wirklich nichts an. Wie ich gesagt habe, haben Jacob und ich gerade erst angefangen, uns zu treffen."

„Ich weiß." Ihre Miene wurde ernst, während sie zu Yvette spähte. „Ich will nur sagen, dass ich weiß, dass Jacob wie ein unfassbarer Schwerenöter mit viel Selbstbewusstsein wirkt, aber an ihm ist viel mehr dran als das. Denken Sie nicht, er wäre bloß ein weiterer Typ, der einfach nur eine gute Zeit haben will. Unter alledem hat er ein sehr großes Herz, und er verdient jemand Großartigen. Jemanden, der keine Angst vor seinem Ballast hat."

Welchem Ballast? Einer irren Ex? Das konnte Yvette nachvollziehen. So einen hatte sie selbst. Oder zumindest hatte sich Isaac in letzter Zeit irre verhalten. Yvette öffnete den Mund, schloss ihn dann aber, nicht ganz sicher, was sie zu dieser Frau sagen sollte. Schließlich entschied sie, dass Miranda einfach nur eine Freundin mit Beschützerinstinkt war, und sagte: „Wir alle haben Ballast, Miranda. Vertrauen Sie mir. Das macht mir keine Angst. Aber ich glaube, Sie machen sich zu früh Sorgen. Jacob und ich kennen uns erst seit einer Woche."

„Manchmal braucht es nicht mehr als das, Yvette", erwiderte sie mit einem schwachen Lächeln. Dann löste sie sich aus dem Stuhl und schwebte die Stufen empor.

Es dauerte lange, bis Yvette an diesem Abend einschlief. Und als es so weit war, träumte sie von Jacob und einem winzig kleinen Mädchen mit dunklen Locken.

„Wow", sagte Miranda, die aus dem Fenster des Buchladens auf die Menge schaute. „Sind das alles Hexen?" Sie war in einem kurzen Kleid aus violetter Spitze, gestreiften Socken und spitzen, schwarzen Stiefeln zurechtgemacht. Um ihren Hexenauftritt zu komplettieren, hatte sie sich einen Anhänger mit einem Auge um den Hals gebunden und dunklen, schattigen Lidschatten aufgetragen.

„Nein", sagte Yvette, die der Meinung war, dass diese Frau auf genau die richtige Art völlig überdreht war. „Ein paar davon sicher. Aber die meisten hier wollen sich einfach nur von den Festlichkeiten beeindrucken lassen." Die Geschäfte an der Hauptstraße hatten für das Neujahrshexenfestival von Keating Hollow alle Hebel in Bewegung gesetzt. Die Schaufenster waren verzaubert, um die Touristen zu beeindrucken, und die Hexen darin führten ihre magischen

Talente vor, alle mit dem Ziel, die Touristen bei Laune und ihre Börsen offen zu halten.

Das Festival war vor ein paar Jahren Noels Idee gewesen. Der Januar konnte in Keating Hollow schrecklich träge und brutal für die örtlichen Geschäfte sein. Aber nun, da die Touristen die Stadt im Januar zum jährlichen Reiseziel machten, hatten alle Geschäfte im ersten Quartal sehr viel bessere Abschlüsse.

„Oh, sehen Sie, die Leute stellen sich bereits für die Signierstunde an", freute sich Miranda. „Ach du meine Güte, ich bin so froh, dass ich in die Sache eingewilligt habe." Sie lief zurück zu dem Tisch, den Yvette für sie aufgestellt hatte, und packte rasch Miranda-Moon-Lesezeichen, -Stifte, -Flaschenöffner in der Form von fünfzackigen Sternen und andere Kinkerlitzchen für den Tisch aus.

„Ich mache gleich auf", sagte Brinn. „Bereit?"

„Ich denke schon", erwiderte Miranda. „Legen wir los."

Brinn sperrte die Tür auf, und von zehn Uhr vormittags bis weit nach vier Uhr kam ein stetiger Strom von Leuten, die sich durch die Schlange zu Miranda vorarbeiteten und den Laden selbst besuchten. Miranda kämpfte sich durch alles durch, ohne mehr als zweimal die Garderobe zu wechseln. Kurz vor Mittag zog sie sich ein Outfit an, das nach der guten Hexe Glinda aussah und von Kopf bis Fuß silbern war. Und dann, kurz nach zwei Uhr nachmittags, zog sie sich erneut um. Ihr letztes Outfit bestand aus einem Lederrock und einem Korsett, mit schwarzen Netzstrümpfen und Nietenschuhen mit Zehn-Zentimeter-Absätzen, die im Spinnennetz-Look verziert waren. Sie band sich die Haare zu einem hohen Pferdeschwanz zusammen und flocht sie, sodass sie wirklich krass aussah. „Das ist das letzte Miranda-Moon-Buch", sagte die Autorin, die aufstand und bis über beide

Ohren grinste. Sie hob eine Hand und streckte die Finger, als würde sie Verspannungen lösen. „Das wird morgen wehtun. Ich glaube nicht, dass ich jemals so viele Bücher signiert habe.“

„Sie sind weg?“, stieß Yvette hervor. „Sie machen Witze. Alle?“

„Alle. Außer Sie haben hinten noch welche versteckt“, sagte sie.

Yvette schüttelte den Kopf. Sie hatte am Vortag persönlich alle Bücher nach vorne in den Laden geholt, weil sie dachte, sie würde Miranda die Reste signieren lassen, damit sie sie online bewerben konnte. „Wow.“

„Wow trifft es genau!“ Eine Frau mit langen, platinblonden Haaren meldete sich zu Wort, während sie hinter den Tisch huschte und die Arme für Miranda ausbreitete. Sie war ganz in Weiß gekleidet und schwebte wie ein Engel.

„Kasey!“, rief Miranda kreischend. „Du hast es geschafft!“

Die beiden umarmten sich heftig und schwankten vor Aufregung vor und zurück. Als sie sich voneinander lösten, sagte Kasey: „Du hast es gerockt, Kleine. Bei der Göttin, ich kann nicht glauben, dass du so viele Bücher verkauft hast.“

Miranda kniff die Augen zusammen „Woher weißt du, wie viele ich verkauft habe? Hast du dich schon vorher reingeschlichen und nicht Hallo gesagt?“

„Schuldig!“ Sie grinste. „Die Schlange war so lang, da haben wir beschlossen, erst zu Mittag zu essen, in dieser tollen Brauerei gleich die Straße runter.“ Kasey winkte den anderen beiden Frauen zu. Eine war klein und rundlich mit gestyltem grauem Haar, während die andere dunkle Haut und wunderschöne kleine, schwarze Locken hatte. Alle beide trugen Jeans, fellbesetzte Stiefel und warme Pullover. Eindeutig waren Miranda und Kasey die Fashionistas der

Gruppe, während ihre Freundinnen zufrieden damit waren, mit dem Hintergrund zu verschmelzen.

„Ihr seid ja alle drei da!" Miranda lief zu den beiden anderen Frauen hinüber und umarmte sie rasch. Grinsend wandte sie sich an Yvette und sagte: „Yvette, das sind meine drei besten Freundinnen, Kasey Willis, Leann Viking und Georgia Exler. Sie sind auch Schriftstellerinnen."

„Aber hallo auch." Yvette reichte jeder der Frauen die Hand. Sobald Miranda sie vorgestellt hatte, wusste Yvette sofort, wer sie waren und was sie schrieben. „Es ist so großartig, den Laden voller so talentierter Autorinnen paranormaler Liebesromane zu haben. Willkommen bei *Hollow Books*."

„Ich liebe dieses Schaufenster einfach", sagte Kasey. „Besteht die Chance, dass wir für meine nächste Veröffentlichung etwas Ähnliches hinkriegen?"

„Auf jeden Fall", sagte Yvette. „Haben Sie Interesse an einer Lesung?"

Kaseys Grinsen wurde breiter. „Darauf können Sie wetten. Genauso meine Mädels hier." Sie winkte zu Leann und Georgia. „Wir könnten eine Gruppenlesung machen oder …"

„Gehen wir in mein Büro und schauen uns den Terminkalender an", sagte Yvette. Sie wandte sich an Miranda. „Brauchen Sie etwas? Was zu trinken? Einen Snack?"

„Brinn kümmert sich bereits darum." Miranda winkte ihren drei Freundinnen zu und wandte ihre Aufmerksamkeit ein paar Teenagern zu, die abgenutzte Ausgaben ihrer älteren Bücher in der Hand hielten.

„Schaut, Miranda hat Fangirls", sagte Kasey.

„Paranormale Bücher sind hier enorm beliebt", erklärte Yvette. „Vermutlich aus offensichtlichen Gründen."

„Das will ich meinen", sagte Leann, die sich die grauen Locken tätschelte. „Und genau deshalb sind wir auch alle hergekommen, um uns Ihren Buchladen mal anzuschauen. Ich muss ehrlich sein, der Laden selbst lässt ein wenig zu wünschen übrig."

Yvettes Augenbrauen gingen hoch, während sie ihr Bestes gab, die Frau nicht finster anzuschauen. Wie konnte man denn das alte viktorianische Häuschen nicht reizend finden? In dem Augenblick, in dem Yvette zum ersten Mal einen Fuß in die Tür gesetzt hatte, hatte sie sich sofort in die Holzböden, die Einbau-Buchregale und die tollen Kranzprofile verliebt. „Wirklich? Was würde es denn Ihrer Meinung nach verbessern?"

„Ein Aufsteller mit meinen Büchern wäre schon mal ziemlich gut, um den Laden aufzumöbeln." Leann grinste und lächelte Yvette neckend an. „Eigentlich ist der Laden herrlich, und ich bin im Augenblick gerade höllisch neidisch auf Miranda."

Die anderen beiden Autorinnen lachten ihre Freundin an, und Yvette kicherte, während sie sie ins Büro führte. „Ich verstehe. Na, dann wollen wir das ändern."

„Echt?", fragte Leann. „Einfach so?"

„Einfach so", sagte Yvette. „Wir planen bereits weitere Events. Ich würde dann gerne Ihre nächste Veröffentlichung hier groß rausbringen, indem Sie herkommen und eine Signierstunde während einem der vielen Festivals der Stadt abhalten. Was meinen Sie?"

„Ja", sagten die drei Autorinnen einstimmig.

Yvettes Magen wurde ein wenig flau. Alle drei Autorinnen, die ihr gegenübersaßen, hatten ein enormes Publikum, und sie wusste, dass sie hier etwas Großem für den Laden auf der Spur war. Sie blätterte den Kalender um, schnappte sich einen Stift und sagte: „Hervorragend. Planen wir Sie doch alle drei ein."

KAPITEL 13

orms Assistentin öffnete die Tür zu dem plüschigen Büro und winkte Jacob rein. „Norm kommt gleich zu Ihnen."

„Danke, Penny." Er marschierte durch das Büro und hielt an dem bis zum Boden reichenden Fenster an, das über die Stadt hinausblickte. Weit in der Ferne strahlte die Sonne auf dem leuchtend blauen Pazifik. Es hatte eine Zeit in seinem Leben gegeben, in der er Südkalifornien geliebt hatte. Die Sonne, die Brandung, die stürmischen Geschäftsangelegenheiten, das alles hatte sein Blut in Wallung gebracht. Nun spürte er nichts mehr.

Er wollte nur zurück in sein Haus am Berg, wo der Nebel von der Nordküste über die Mammutbäume hereintrieb. Er hatte nur zwei Wochen in Keating Hollow verbracht, aber die geistige Umstellung hatte er bereits über ein Jahr lang gemacht. Die Kleinstadt verflocht sich allmählich mit seinem Leben … oder war es Yvette, die ihn in Beschlag nahm? Er sah in Gedanken ihr Gesicht vor sich, und ihm wurde klar, dass L.A. seine Vergangenheit war, nicht seine Zukunft.

„Jacob", sagte Norm heiter, während er in sein Büro marschierte. „Du bist genau pünktlich, wie immer."

„Ich versuche es." Jacob ging zu dem Familienfreund und -anwalt hinüber und reichte ihm die Hand.

Norm nahm Jacobs Hand in seine beiden und schüttelte sie. Seine Haut strahlte Wärme aus. „Wie war die Reise hier runter?"

Jacob zuckte mit den Schultern. „In Ordnung. Weißt du, worum es hier geht? Ich dachte, der Papierkram wäre bereits geklärt."

Norm runzelte die Stirn. „Leider nein. Ms. Teller sagte nur, dass sie dich persönlich sprechen müsse, bevor sie irgendwas unterzeichnet. Vermutlich ist sie bereit, alles abzuschließen, sobald sie die Gelegenheit hatte, dich zu treffen."

„Stimmt." Jacob strich sich mit der Hand durch sein dunkles Haar und glaubte keinen Augenblick lang, dass der Tag damit enden würde, dass er endlich von seiner Ex befreit war. Aber er musste es versuchen. Er war mehr als bereit, weiterzuziehen. „Wann kommt sie her?"

„Sie ist bereits im Konferenzraum am Ende des Ganges", sagte Norm. „Sie ist bereit, wenn du es bist."

Jacob holte tief Luft und nickte. „Gut. Bringen wir's hinter uns."

„In Ordnung. Denk nur daran, wenn sie die Bedingungen einer der Abmachungen ändern will, verpflichte dich zu nichts. Sag ihr einfach, dass du es erst deinem Anwalt vorlegen musst. Verstanden?"

Er stieß ein verächtliches Schnauben aus und sagte in unverkennbar verbittertem Tonfall: „Warum sollte sie etwas ändern? Sie bekommt alles, was sie will."

„Außer dich", sagte Norm.

„Sie will mich nicht. Was das angeht, kannst du mir

vertrauen." Jacob hob die Schultern. „Keine Sorge, Norm. Ich werde ihr nichts versprechen bis auf das, was wir bereits abgesprochen haben."

„Gut. Gehen wir."

Jacob folgte seinem Anwalt in das Eck-Konferenzzimmer. In dem Augenblick, in dem er eintrat, hörte er, wie sie kurz nach Luft schnappte. Er wandte den Blick zu Sienna und fragte sich, wie er sie je für die schönste Frau der Welt hatte halten können. Es ließ sich nicht leugnen, dass sie attraktiv war. Ihr langes, dunkles Haar war glatt und glänzend wie eh und je. Sie war makellos geschminkt, und ihr maßgeschneiderter Designer-Hosenanzug war ebenso perfekt.

Siennas Anwalt erhob sich und ging hinüber zu Norm. „Ms. Teller hätte gern einen Augenblick allein mit Mr. Burton, ehe wir die Schlichtung abwickeln."

Norm warf einen Blick auf seinen Klienten. „Ist das für dich in Ordnung, Jacob?"

Er hob halb die Schulter in Richtung seines Anwalts. Etwas anderes hatte er nicht erwartet. Sie würde nicht wollen, dass die Anwälte den Schwachsinn hörten, den sie ihm auftischte. „Ich schätze schon."

„Danke, Jacob", sagte sie auf ihrem Platz hinter dem großen Konferenztisch.

Er antwortete nicht.

„Ich warte dann draußen", sagte Norm und folgte dem anderen Anwalt hinaus in den Gang.

Jacob wandte den Blick zu seiner Ex-Verlobten. „Worum geht es bei alledem?"

Ihre Unterlippe bebte, während sie zu ihm hinaufstarrte. „Ich dachte ..." Sie stieß Luft aus. „Ich denke, wir müssen reinen Tisch machen."

Jacob schüttelte den Kopf. „Was passiert ist, ist längst

Vergangenheit, Sienna. Ich will nur das Haus verkaufen und mich aus deinem Geschäft zurückziehen. Alles an…"

„Unserem Geschäft", sagte sie schwach.

„Unserem Geschäft?", wiederholte er. „Du willst mich wohl auf den Arm nehmen. *Enchanted Bliss* hat mir nie gehört. Du hast keinen einzigen meiner Vorschläge angenommen, hast mich nie um meine Meinung gefragt. Du wolltest nur, dass ich die Schecks unterschreibe. Na, du hast, was du wolltest. Es gehört dir. Und du musst dazu nur anfangen, das Investment-Kapital abzuzahlen, *zinslos*, innerhalb eines Jahres, sobald du Gewinn machst. Du hast deinen Traum finanziert, meinen besten Freund bekommen, und den halben Schätzwert des Hauses, das *ich* für uns gekauft habe. Was willst du noch von mir?"

Sie starrte auf den Ordner auf dem Tisch hinab, und Jacob fragte sich allmählich, ob sie endlich ein Gewissen entwickelt hatte. „Nichts, Jacob", sagte sie, ihre Stimme bebte. „Ich will nichts von dir."

Er ballte die Hände zu Fäusten und musste das starke Bedürfnis bändigen, auf etwas einzuschlagen. „Was machen wir dann hier, Sienna?"

„Ich …" Sie schaute weg, ihr Gesicht war blass.

Er ging näher, nahm die Rückenlehne eines der Stühle, während er sie zum ersten Mal, seit er den Raum betreten hatte, wirklich musterte. Unter der dicken Schicht Make-up fielen ihm dunkle Ringe unter ihren Augen auf, neue Sorgenfalten auf ihrer Stirn. Ihre Augen waren müde, ihre Gesichtsfarbe teigig, trotz ihrer Bemühungen, es zu verstecken. „Sienna?", fragte er, plötzlich besorgt. „Bist du krank?"

Sie warf einen Blick zu ihm empor, Tränen standen in ihren Augen, während sie den Kopf schüttelte. „Nein."

Sein Herz fing vor Beunruhigung an zu rasen. Entweder log sie, oder etwas anderes lag ernsthaft im Argen. Er hatte Sienna schon weinen sehen. Sie zögerte nicht, Tränen als Waffe einzusetzen, wenn sie bekommen wollte, was sie sich wünschte. Aber er glaubte nicht, dass das in diesem Fall so war. Er hatte dieses kleine Schauspiel ihrerseits oft genug gesehen, um zu wissen, dass die Lage nun anders war. Was immer mit ihr los war, sie war tatsächlich beunruhigt.

Jacob ging zu ihrer Seite des Tisches herum und zog einen Stuhl heraus. Er setzte sich und beugte sich vor, während er ihren tränengetrübten Blick festhielt. „Was ist los, Si? Was ist passiert?"

Die Tränen kamen jetzt schneller, während sie den Kopf schüttelte und verzweifelt versuchte, sie wegzuwischen. „Es tut mir leid. Das ist nicht … du hast das nicht verdient."

Da hatte sie recht. Das hatte er nicht. Aber sie war ihm einmal wichtig gewesen, und er konnte nicht einfach weggehen, während sie so offensichtlich beunruhigt war. Er nahm eine ihrer Hände sanft in seine. „Was immer es ist, du weißt, dass du mir vertrauen kannst. Ich bin hier."

Sie lächelte ihn dünn an und würgte hervor: „Nur, weil ich dich dazu gezwungen habe."

„Das spielt jetzt keine Rolle. Du hattest offenbar Gründe. Warum sagst du mir nicht einfach, was du mir sagen wolltest? Ich gehe nicht weg, ehe du es tust."

Sie warf einen Blick hinab auf den Ordner vor ihr, dann wieder hinauf zu ihm. „Ich, äh … ich schulde dir eine Erklärung."

Sienna schuldete ihm viel mehr als das, aber er hatte das alles schon vor Monaten losgelassen. „Das spielt jetzt keine Rolle mehr. Ich will das hinter mir lassen, Sienna."

„Ich weiß." Sie nickte und entzog ihm ihre Hand. Sie

schnappte sich ihre schicke schwarze Handtasche, die auf dem Tisch stand, und wühlte darin herum. Sie fand ein Taschentuch, und während sie sich die inzwischen geschwollenen Augen abtupfte, sagte sie: „Du musst wissen, weshalb ich gegangen bin."

Er öffnete den Mund, um zu widersprechen, aber sie hob eine Hand, um ihn aufzuhalten. „Bitte, Jacob, ich muss das sagen."

„Ok." Er lehnte sich in seinem Stuhl zurück und beobachtete, wie sie aufstand und aus dem Fenster starrte. Da fiel ihm auf, dass sie anders aussah. Ihr Körper hatte sich verändert. Sie war nicht mehr das spindeldürre Supermodel, sondern rundlicher, wirkte weicher. Die künstliche Schönheit war etwas Echtem und Zugänglichem gewichen. „Du siehst … anders aus", sagte er, ehe er es unterdrücken konnte.

Sie wandte sich um, um ihn beunruhigt zu beäugen. „Anders gut oder anders schlecht?"

„Anders gut. Viel …" Er wollte *menschlicher* sagen, aber das klang sogar in seinen Ohren harsch.

„Viel was, Jacob?", fragte sie und legte den Kopf neugierig schief.

„Ich weiß nicht … authentischer, nehme ich an? Als wärst du in deiner Haut endlich angekommen."

In ihren Augen flackerten die alten Gefühle auf, ehe sie sie schloss und sagte: „In einem Jahr kann sich ein Mensch stark verändern."

„Ich schätze schon", sagte er. Dann kniff er die Augen zusammen. „Wie hast du dich verändert, Sienna?"

Sie biss sich auf die Unterlippe und drückte sich die Hand auf den Bauch.

Jacob hatte nichts mehr zu sagen, und er war entschlossen, abzuwarten, dass sie endlich den Mumm fand, ihm mitzuteilen, weshalb sie ihn aus Keating Hollow weggeholt hatte.

Drüben an der Wanduhr klickte der Minutenzeiger, ein Geräusch, das in der Stille fast ohrenbetäubend klang.

Schließlich wandte sie ihm den Rücken zu und starrte hinaus auf die Stadt, dann sagte sie: „Ich wollte dir nie wehtun."

Er unterdrückte einen verärgerten Seufzer. „Sagt das nicht jeder, nachdem er jemandem wehgetan hat?"

„Ja." Sie nickte, immer noch zum Fenster gewandt. „Ich hätte einfach bleiben können." Sie warf einen Blick über die Schulter. „Meine Mom hat mir das geraten, weißt du."

„Das überrascht mich nicht", sagte Jacob. Janice Teller gefiel der Gedanke, dass ihre einzige Tochter in die Burton-Familie einheiratete. Sie hatte Jacob einmal erzählt, sie habe immer gewusst, dass ihre Tochter das Potential hatte, gut zu heiraten. Jacob war anstelle seiner Verlobten beleidigt gewesen. Sienna Teller brauchte nicht *gut zu heiraten*. Sie hatte einen College-Abschluss und war intelligent genug, in allem zu brillieren, was sie sich in den Kopf setzte. Mit anderen Worten, sie brauchte verdammt nochmal keinen Jacob oder das Geld seiner Familie, um auf der Welt Spuren zu hinterlassen. „Hat Brian sie schon für sich eingenommen?"

Sie drehte sich um, ihm zugewandt, die Hände vor sich verschränkt. „Ich will im Augenblick nicht über Brian reden."

„Warum nicht?", fuhr Jacob sie an. „Er ist der Grund, weshalb wir überhaupt erst in dieser Lage sind."

„Nein, ist er nicht!", rief sie. „Der bin ich. Kapierst du es noch nicht, Jacob?"

Er erhob sich, sein ganzer Körper bebte vor glühend heißem Zorn. „Ich kapiere es, Sienna. Du hast mich benutzt und bist mit meinem besten Freund weggelaufen, sodass ich wie ein Idiot dastand."

Ihr Gesicht wurde wieder blass, und sie schüttelte den Kopf. „Ich wollte niemals, dass irgendetwas davon passiert."

„Das hast du schon öfter gesagt." Er marschierte zum anderen Ende des Zimmers, weil er so viel Abstand wie möglich zwischen sie bringen wollte. „Sag einfach, was immer du mir sagen musst, Sienna. Was immer es ist, ich bin sicher, es wird zwischen uns nichts ändern."

„Vertraue mir, Jacob. Es verändert alles", sagte sie, ihre Stimme stark und voller Überzeugung.

Er wandte sich zu ihr um, innerlich völlig kalt, während er auf sie hinab starrte.

Sie hob das Kinn und sagte: „Der Grund, weshalb ich gegangen bin, war, dass ich schwanger war."

Jacob blinzelte, fragte sich, ob er richtig gehört hatte. Dann fiel sein Blick auf ihre Taille, als würde er nach einem Beweis suchen. Natürlich gab es dort nichts zu sehen. Sie war vor über einem Jahr gegangen. Wenn sie das Kind behalten hatte, wäre es schon vor Monaten geboren worden.

Kind.

Das Wort wirbelte durch seinen Kopf. Sein Kind? Oder das von Brian? Eisige Kälte strömte über ihn hinweg. Er räusperte sich. „Hast du es behalten?"

Sie zuckte zurück, als hätte er sie geschlagen. „Natürlich habe ich es behalten. Du weißt doch, wie unbedingt ich Kinder wollte."

„Ich dachte auch, dass du mich heiraten wolltest, aber das ist nicht passiert, oder?" Es war kleinlich, das so zu sagen, aber die Worte kamen einfach so heraus.

Sienna biss die Zähne zusammen. Als sie wieder etwas

sagte, war ihre Stimme leise und kaum hörbar. „Wie oft willst du denn noch, dass ich mich entschuldige?“

Er seufzte schwer. „Ich will nicht, dass du dich entschuldigst. Ich will die Übereinkunft unterschreiben, damit ich mein Leben weiterleben kann.“

„Darum geht es doch gerade, Jacob. Du kannst dein Leben nicht weiterleben. Nicht so, wie du denkst“, sagte sie.

„Und warum nicht? Du hast *Enchanted Bliss*, Brian und ein Kind …“ Ihm versagte die Stimme beim Wort *Kind*. Hatte sie nicht gerade erst gesagt, dass sie ihn verlassen hatte, weil sie schwanger gewesen war? Sie waren zusammen gewesen, hatten miteinander geschlafen, bis zu dem Punkt, an dem sie ihm den Boden unter den Füßen weggezogen hatte. Sein Herz schlug schneller, und plötzlich drehte sich der Raum im Kreis. „Sagst du etwa, dass das Kind meins sein könnte?“

Sie starrte ihn ein paar Augenblicke lang an, dann nickte sie. „Jacob, es tut mir leid, dass ich es dir nicht eher gesagt habe …“

„Ich habe ein Kind?“, brüllte er, völlig neben sich wegen ihres Verrats. „Du warst mit meinem Kind schwanger und hast es mir niemals gesagt?“

„Ich wusste es nicht …“

„Natürlich hast du es gewusst! Du hast gesagt, du bist gegangen, weil du schwanger warst. Verdammt, Sienna. Ich hatte es verdient, das zu wissen. Ich hätte im Kreißsaal dabei sein müssen. Wie konntest du das nur für dich behalten? Wie?“

Ihr Gesicht lief rot an, und sie senkte den Kopf, starrte auf ihre verschränkten Hände hinab. „Es tut mir so leid, Jacob.“

„Ich brauche deine Entschuldigungen nicht, Sienna. Ich habe sie nie gebraucht. Alles, was ich brauchte, war Aufrichtigkeit.“ Er starrte sie an, innerlich ausgehöhlt, und ihm wurde klar, dass er für die Mutter seines Kindes absolut gar nichts empfand. Traurigkeit ergriff ihn. Was für ein absoluter Schlamassel. Er hatte doch immer nur eine Frau gewollt, die er lieben, verwöhnen und seine Partnerin nennen konnte. Und eines Tages eine Familie, die seine eigene sein würde. Vor achtzehn Monaten hatte er gedacht, dass er all das hatte, was er je wollen könnte. Die Frau, die vor ihm stand, hatte ihm alles gestohlen, und darüber hinaus auch noch sein Kind.

„Ich …" Sie legte sich eine Hand über die Kehle. „Ich wusste es nicht. Ich dachte … Ich war damals schon zwei Monate lang mit Brian zusammen. Du warst weg und hast bei *Bayside Books* gearbeitet, und wir haben uns kaum gesehen. Ich war mir sicher, dass das Baby von Brian war. Als ich es ihm sagte, gestand er mir, dass er mich schon immer geliebt hatte. Und ich … Nun, ich schätze, mir war es auch schon immer so gegangen. Du weißt doch, dass er mit einer anderen zusammen war, als wir zusammenkamen. Ich dachte, sie würden heiraten, deshalb bin ich zu dir gezogen. Ich habe dich geliebt. Wirklich, Jacob. Ich …"

Er funkelte sie an. „Ich will das nicht hören", sagte er ausdruckslos. „Das letzte, was ich hören will, sind die Einzelheiten zu deiner Affäre. Mir geht es im Augenblick nur darum, woher du wissen kannst, dass das Kind von mir ist, wenn du so überzeugt warst, dass Brian der Vater war."

„Brian hat immer wieder gesagt, dass sie dir ähnlich sieht, und er hat einen Bluttest gefordert."

„Sie?", fragte er mit einem gedämpften Flüstern und fühlte sich, als würde das Herz in seiner Brust gleich bersten.

„Sie." Sienna lächelte milde und fügte dann hinzu: „Sie heißt Skye."

„Skye", sagte er, nur um den Namen von seinen Lippen zu hören. Er schloss die Augen und versuchte, sich vorzustellen, wie sie aussehen könnte. Aber bevor er sich zu sehr darauf einließ, musste er sicher wissen, dass Skye von ihm war. „Was kam bei dem Bluttest heraus?“

„Sie hat Blutgruppe B. Sowohl Brian als auch ich haben 0.“ Ihr Gesicht wurde traurig. „Der Arzt sagte, es ist ausgeschlossen, dass sie von Brian ist.“

Jacob blieb die Luft weg, als die Wirklichkeit über ihn hereinbrach. B! Seine Blutgruppe war B! Wenn Sienna nicht noch mit einem Dritten ins Bett gegangen war, war Skye auf jeden Fall sein Kind. Er fragte nicht gerne und wollte die Antwort absolut nicht wissen, aber er hatte keine Wahl. „Gab es noch jemanden?“

Sie runzelte die Stirn. „Was meinst du?“

„Ich meine, ob du mit noch jemandem außer mir und Brian geschlafen hast? Besteht irgendeine Möglichkeit, dass Skye nicht von mir ist?“

„Himmel, Jacob. Nein. Natürlich nicht. Warum fragst du sowas überhaupt?“

Er starrte sie ausdruckslos an. „Hmm, ich habe keine Ahnung, warum, Sienna.“

Sie öffnete den Mund, zweifellos, um ihm zu widersprechen, aber sie schloss ihn rasch wieder und neigte den Kopf, sodass sie auf ihre Füße starrte. „Ich schätze, das habe ich verdient.“

Da konnte er nicht widersprechen. Trotzdem, was immer sie getan hatte, es spielte jetzt keine Rolle mehr. Jacob hatte gerade erfahren, dass er eine Tochter hatte. Er ging zu ihr hinüber, hob ganz sanft ihr Kinn mit zwei Fingern, damit er ihr in die Augen schauen konnte. „Wann kann ich sie sehen?“

KAPITEL 14

Zwar rückte der Montag dunkel und bedrückend an, doch stellte Yvette fest, dass sie durch ihr Büro tanzte, die Faust in die Lüfte gereckt, während sie die Zahlen vom Wochenende feierte. Sie hatte gerade die Verkäufe fertig eingegeben, die sie während der Signierstunde getätigt hatten, und war entzückt, als sie feststellte, dass sie stramm darauf zumarschierten, den besten Monat seit Eröffnung des Buchladens zu verzeichnen. Sie konnte es kaum erwarten, dass Jacob reinkam, damit sie ihm die guten Nachrichten mitteilen konnte.

Schon bei dem Gedanken daran, sein Gesicht zu sehen, nachdem er das ganze Wochenende über weg gewesen war, drehte ihr Magen eine kleine Pirouette. Und obwohl sie ziemlich sicher war, dass Miranda mit ihrem Schutzengel-Gedöns einigermaßen durchgeknallt gewesen war, hoffte Yvette, dass sie recht gehabt hatte, als sie gesagt hatte, dass Jacob von ihr hingerissen war, denn es war offensichtlich, dass Yvette Hals über Kopf in ihn verliebt war.

Die Klingel an der Eingangstür läutete, und Yvette eilte

hinaus in den Laden, weil sie erwartete, Jacob zu sehen. Es waren immer noch zehn Minuten, bis sie öffneten, und Brinn hatte ihren freien Tag. Doch anstelle ihres hochgewachsenen, dunklen und gutaussehenden Geschäftspartners sah sie Hanna Pelsh an der Kaffee- und Kuchenbar, die die Auslage mit frischen Keksen auffüllte.

„Hanna! Das musst du doch nicht tun." Yvette eilte hinüber und schob ihre Freundin zur Seite. „Du tust uns schon einen riesigen Gefallen, indem du die Sachen lieferst. Du musst sie nicht auch noch auslegen."

Hanna zuckte mit den Schultern. „Ich war mir nicht sicher, ob du schon da bist."

Yvette hatte den Pelshes im Rahmen ihrer Liefervereinbarung einen Schlüssel zur Eingangstür gegeben, damit sie ein größeres Zeitfenster für die Lieferung hatten. Da Brinn nicht da war, war niemand vorne im Laden gewesen, als Hanna aufgesperrt hatte. „Danke. Du bist so fürsorglich, aber von hier an kann ich das übernehmen."

„Klar." Hanna kam hinter dem Kaffeetresen hervor und sah sich um. „Ich kann nicht glauben, dass du hier schon alles aufgeräumt hast. Ich habe gehört, bei euch war übers Wochenende mehr los als in der Brauerei."

Yvette grinste. „Das war am Samstag. Gestern war immer noch viel los, aber Mann, diese Signierstunde war irre erfolgreich. Haltet euch bereit. Wir werden für die Signierstunde nächsten Monat unsere Backwaren-Bestellung verdoppeln."

„Hervorragend. Ich richte es meiner Mutter aus." Sie ging zur Tür. „Grüße Jacob und Brinn von mir."

„Mache ich."

Das Glöckchen über der Tür läutete, als sie ging, und Yvette erwischte sich dabei, dass sie durch den Laden marschierte und sich fragte, was sie mit sich anfangen sollte. Brinn war gestern Abend lang geblieben, und sie hatten es geschafft, den Laden in Rekordzeit wieder vorzeigbar zu machen. Und weil Yvette gewusst hatte, dass sie allein im Laden arbeiten würde, bis Jacob auftauchte, war sie früh gekommen, um die Buchhaltung zu erledigen.

Nun stand sie ganz allein an der Eingangstür, musterte die verlassene Straße und hielt Ausschau nach Jacobs vertrautem Truck. Als sie nicht ein einziges Mal Lichter durch den Regen blinzeln sah, seufzte sie, drehte das Geöffnet-Schild an der Tür um und begab sich zum Kaffeetresen.

Bewaffnet mit einem frischen Latte und ein paar Keksen, stellte Yvette sich hinter den Kassenbereich und klappte Jovee Winters' neuestes Buch mit schrägen Märchen auf.

YVETTE GRIFF zu ihrem Smartphone und seufzte. Keine Anrufe. Es war später Nachmittag, und das Wetter war stetig schlechter geworden. Über ihnen grollte Donner, und der Regen über Keating Hollow hatte sich zu einem heftigen Schütten gesteigert. Sie hatte irgendwann vor dem Mittagessen mit Jacob gerechnet, aber bisher hatte sie nichts von ihm gesehen oder gehört. Und nachdem sie ihm zwei unbeantwortete Nachrichten geschickt hatte, machte sie sich allmählich Sorgen.

Das Telefon des Buchladens läutete, und Yvette sprang hin. „Hollow Books, hier ist Yvette."

„Hey, ich bin's ", sagte ihre Schwester Noel.

Enttäuschung legte sich auf Yvettes Brust, und sie sank auf den Hocker hinter dem Tresen. „Was ist los, Schwesterchen?"

„Faith ist da. Wir haben uns gefragt, ob du mit uns Abendessen willst. Ich habe Kuchen gebacken."

„Kuchen zum Abendessen?", fragte Yvette.

„Genau. Brombeer. Schlagsahne ist im Kühlschrank."

Yvette richtete sich vollends auf, ihre Alarmglocken läuteten. „Was ist passiert?"

„Nichts. Faith hat jemanden getroffen." Noel klang nun verschmitzt.

Yvette warf einen Blick auf die Uhr. „Ich bin in zwanzig Minuten da."

„Hervorragend."

Die Leitung war tot. Yvette stellte das Telefon zurück in die Ladestation, dankbar um die Ablenkung. Jetzt würde sie nicht zu Hause sitzen und darauf warten, dass Jacob sich meldete. Sie reinigte rasch die Kaffee-Station, die heute nur zweimal benutzt worden war, dann machte sie die Kasse. Nachdem sie sich ein letztes Mal im Laden umgeschaut hatte, hüllte sie sich in ihren Wollmantel und die Mütze und brach dann auf.

Der schneidende Wind fuhr ihr direkt unter die Jeans und den Mantel, während der Regen waagrechte Schauer vor sich hertrieb. Normalerweise wäre Yvette einfach zur Pension ihrer Schwester gelaufen, aber heute Abend sprang sie in ihren Mustang und fuhr die zwei Blocks weiter. Trotzdem, bis sie es vom Parkplatz vor dem Keating Hollow Inn in den Eingangsbereich geschafft hatte, war sie tropfnass und brauchte unbedingt eine heiße Tasse Kaffee.

„Noel?", rief sie, während sie hinter den Empfangstresen schlüpfte.

Die Tür zu Noels Wohnung wurde aufgerissen, und Faith, ihre jüngste Schwester, stand im Eingang. Sie war eine Schönheit mit interessanten, eckigen Zügen und großen, grünen Augen. Yvette hatte immer geglaubt, Faith wäre für die

Laufstege von Paris geboren worden, aber sie war damit zufrieden gewesen, genau hier in Keating Hollow zu bleiben, hatte Aushilfsjobs gemacht, während sie ihre Ausbildung zur Massagetherapeutin abgeschlossen hatte. Sie hatte zwei große Tassen in der Hand. Aus der in ihrer linken Hand stieg Dampf auf, und sie hielt sie Yvette hin. „Hier. Das brauchst du.“

Der Geruch nach irischem Whisky drang ihr in die Nase, während sie die Tasse an die Lippen führte und einen langen, stärkenden Schluck nahm. „Oh, vielen Dank. Du bist eine Göttin.“

„Wird aber auch Zeit, dass dir das auffällt“, sagte Faith und zog Yvette in Noels Wohnung.

Yvette schaute sich im aufgeräumten Wohnzimmer um und sah Noel, die auf der Couch lungerte, die Füße im Schneidersitz, eine Decke um die Schultern gewickelt. Sie hatte sich die Haare wieder färben und schneiden lassen. Sie waren nun schulterlang mit auffälligen Stufen und in einem bezaubernden Erdbeerblond, das perfekt zu ihrem Hauttyp passte. Von den vier Schwestern war Noel diejenige, die ihr Aussehen ständig veränderte. „Ich bin hier“, sagte Yvette. „Wo ist der Kuchen?“

Noel lachte. „In der Küche. Verhungerst du schon?“

„Ja. Ich habe heute kein Mittagessen bekommen.“

„Warum nicht?“ Noel verzog das Gesicht. „Du kannst doch unmöglich im Buchladen so beschäftigt gewesen sein. Keating Hollow ist eine Geisterstadt, seit der Sturm hereingezogen ist.“

„Nein, definitiv nicht beschäftigt“, sagte Yvette. „Ich hatte heute nur keine Hilfe, deshalb habe ich das Mittagessen ausgelassen. Brinn hatte heute frei.“

„Was ist mit Jacob? War er nicht da?“, fragte Faith, die sich neben Noel auf die Couch fallen ließ.

„Nein. Er ist immer noch nicht zurück in der Stadt,

vermute ich." Yvette setzte sich auf einen Sessel und sah sich um. „Wo sind Olive, Daisy und Drew?"

„Olive ist heute Abend bei ihrer Großmutter, und Daisy und Drew sind zu einer Art Vater-Tochter-Date ausgegangen", sagte Noel, während ihr Blick weich wurde. „O mein Gott." Sie drückte sich die Hand aufs Herz. „Ihr Lieben, das hat mich fast das Leben gekostet. Heute Vormittag waren Daisy und ich in der Küche und haben das Frühstück fertig gemacht, als Drew reinkam. Wir haben uns begrüßt, und plötzlich hat Daisy aus heiterem Himmel gefragt, ob sie Drew zum Abendessen und ins Kino ausführen könnte."

„Huch, Noel. Sieht so aus, als würde Daisy dir deinen Mann wegschnappen", sagte Yvette mit einem übertriebenen Zwinkern.

„Stimmt schon", erwiderte Noel nüchtern. „Diese beiden … Manchmal schwöre ich, der einzige Grund, weshalb Drew und ich zusammenkamen, liegt darin, dass er sich in sie verliebt hat."

Faith stellte ihre Tasse auf den Beistelltisch und wandte sich um, um Noel in die Augen zu starren. „Würdest du es denn anders wollen?"

„Auf gar keinen Fall", sagte sie grinsend. „Aber verdammt … Wann kriegt dieses Mädchen hier ein Abendessen und Kino?"

„Hast du ihn darum gebeten?", fragte Yvette.

Noel zuckte mit den Schultern, und das deutete Yvette als ein klares Nein.

Yvette lachte. „Dein Kind hat die Sache tausendmal besser im Griff als du. Vielleicht solltest du mitschreiben."

„Vielleicht", grummelte Noel, aber das Zucken ihrer Lippen verriet sie. „Sie ist einfach so süß, da kann er nicht widerstehen. Weißt du, wann das letzte Mal war, dass er ihr ein *Nein* entgegengebracht hat?"

„Wann?“, fragte Faith, die nun auf der Kante des Sofas saß.

„Nie.“ Noel erhob sich, ihre Tasse ließ sie auf dem Tisch stehen. „Ich komme gleich mit dem Kuchen wieder. Doppelte Schlagsahne für alle?“, fragte sie an Yvette gewandt.

„Für mich schon“, sagte Yvette und fügte an: „Faith?“

Aber bevor ihre kleine Schwester antworten konnte, lachte Noel und sagte: „Für alle außer Faith. Sie muss einen Mann beeindrucken.“

„Beeindrucken, ha! Das werden wir ja noch sehen“, erwiderte Faith, die ihre langen blonden Haare mit jeder Menge Elan über die Schulter warf. „Er ist derjenige, der mich beeindrucken muss.“

„Ok, Moment mal“, sagte Yvette. „Wer ist dieser Mann, und wo hast du ihn getroffen?“

„Macht hier mal Schluss.“ Noel hob eine Hand. „Das verlangt zuerst nach Kuchen.“ Sie wandte sich an Faith. „Sag kein Wort, bis ich mit dem Kuchen zurück bin.“

„Nur, wenn ich extra Sahne bekomme. Damit werden diese Hüften fertig.“ Faith deutete mit der Hand auf ihren langen, schmalen Körper.

„Kein Witz“, murmelte Yvette tonlos. „Ich glaube nicht, dass ich nach der sechsten Klasse mal so ausgesehen habe.“

„Wir können ja nicht alle kurvige, atemberaubende Pin-ups sein, oder?“, schoss Faith zurück und bot ihrer Schwester Paroli.

Yvette grinste sie an. „Ich schätze, wir haben alle unsere Last zu tragen.“

„Ok, jetzt reicht es, ihr beiden.“ Noel wandte sich an Faith und deutete mit dem Finger auf Yvette. „Lass dich von der da nicht dazu überreden, mit etwas rauszurücken, oder ich werfe eure Kuchenstücke raus.“

„Das würde mir nicht mal im Traume einfallen", sagte Faith, die sich an die Couchkissen zurücklehnte.

Yvette klappte den Mund auf, während sie Noel anstarrte. „Das ist einfach nur brutal. Kuchen ist heilig."

„Das gilt auch für Gerüchte über den neuesten Einwohner von Keating Hollow." Sie grinste selbstgefällig und eilte in die Küche.

Yvette fuhr zu ihrer jüngeren Schwester herum, während ihr Puls hochging. „Hat sie von Jacob gesprochen?" Soweit Yvette wusste, war Jacob der Neue in der Stadt.

Faith schüttelte den Kopf. „Nein. Sie spricht von einem Handwerker, den ich für das Wellness-Center angeheuert habe. Aber warten wir doch, bis sie zurückkommt. Du weißt, das war kein Scherz, als sie uns mit Kuchenentzug gedroht hat."

„Du hast bereits einen Handwerker, und da läuft schon was?", fragte Yvette, die die Anweisung ihrer Schwester ignorierte, das Schwätzen sein zu lassen, bis der Kuchen da war. Sie war ganz zuversichtlich, dass sie es mit Noel aufnehmen konnte, wenn diese versuchte, ihre Drohung wahrzumachen.

„Was? Nein. Natürlich läuft da noch nichts." Faith schüttelte den Kopf, aber nicht, bevor Yvette das Glitzern in ihren Augen sah.

„Oh, Mann", sagte Yvette und schnappte nach Luft. „Du steckst schon mittendrin."

„Aber bitte. Ich bin dem Mann doch gerade erst begegnet." Faith verdrehte die Augen. „Ich weiß, dass *du* gern schnell rangehst, aber ich mag es, mir Zeit zu nehmen und die Aussicht ein wenig zu genießen … wenn du weißt, was ich meine."

Yvette seufzte. Sie wusste genau, was ihre Schwester

meinte. Ihre Beziehung zu Jacob war neu und schnell und sehr überwältigend. Und jetzt fand sie sich in der unangenehmen Lage wieder, nicht zu wissen, wo er war oder was er vorhatte, und sie war sich überhaupt nicht sicher, ob sie im Recht damit war, sich Sorgen zu machen oder wütend zu sein. Hatte sie eine Erklärung verdient, wo er sich aufhielt? Sie fand schon, aber nachdem sie nur eine Woche miteinander ausgegangen waren … Sie war sich sicher, die meisten Leute würden es anders sehen.

„Ja, ich glaube, da liegst du schon ganz richtig. Es spricht einiges dafür, die Dinge langsam angehen zu lassen", sagte Yvette und wünschte sich, sie hätte die entsprechende Willensstärke, wenn es um Jacob ging. Stattdessen hatte sie bereits dreimal auf ihr verdammtes Handy geschielt, seit sie sich bei ihrer Schwester hingesetzt hatte.

„Wo wir gerade davon reden, die Aussicht zu genießen", sagte Faith. „Wow. Ich habe heute Vormittag Jacob gesehen, und sogar wenn er in vier Schichten Kleidung steckt, ist der Mann so heiß, dass es ein Wunder ist, dass er nicht in Flammen steht."

„Du hast Jacob gesehen?", entfuhr es ihr. „Wo?"

„Im Incantation Café. Er war gerade erst von L.A. raufgekommen und sagte, er brauche etwas Stärkung, damit er den Hügel hinaufkommt, was auch immer das bedeutet."

„Sein Haus ist direkt oben an der Bergflanke", ließ Yvette sie wissen, fühlte sich aber völlig leer. Sie hatte sich gesagt, dass er es einfach noch nicht zurück in die Stadt geschafft hatte, doch Faith hatte ihn bereits früh am Tag mit eigenen Augen gesehen. Das bedeutete, dass er Zeit hätte haben sollen, sie zurückzurufen, um sie zumindest wissen zu lassen, dass es ihm gut ging. Aber das hatte er nicht. Das Loch in ihrem Bauch wurde größer, und als Noel ihnen die übervollen Teller mit

Kuchen und Schlagsahne brachte, wurde auch Yvettes Zorn mit jedem Augenblick größer. Jacob hatte es zurück in die Stadt geschafft und hatte sie ignoriert. *Warum?*

„Ok, Zeit, auszupacken, kleine Schwester", sagte Noel, die jedem von ihnen einen Teller reichte. „Erzähl uns sämtliche schmutzigen Einzelheiten."

Faith schnappte sich ihre Gabel und stach in den Kuchen. Kurz bevor sie sich den Berg Kuchen und Sahne in den Mund schob, sagte sie: „Ich bin halt irgendwie über ihn gestolpert, als er geduscht hat."

„Was?", fragte Yvette, die ihre Gabel fallen ließ.

„Wessen Dusche?", fragte Noel, die die Augen zusammenkniff. „Nicht die hier, hoffe ich?"

Faith schüttelte den Kopf. „Nein, nicht hier. Himmel, Noel, was denkst du denn von mir? Dass ich in Hotels herumhänge und in Zimmer einsteige, in der Hoffnung, das Teil von irgendeinem Typen zu sehen?"

„Wenn du nicht in einem Hotel über ihn gestolpert bist, wo dann?", fragte Yvette, deren Neugier geweckt war.

Faith stellte ihren Kuchen ab und zog einen Schlüssel heraus. „In meinem neuen Wellness-Gebäude."

„Was?", riefen beide Schwestern und stürzten sich mit ausgestreckten Armen auf sie. „Ich kann es nicht fassen", flüsterte ihr Yvette ins Ohr. „Du machst es tatsächlich."

„Mache ich." Faith strahlte. „Es gibt da nur ein Problem, an dem wir im Augenblick arbeiten."

„Und das Problem ist …?," fragte Yvette.

„Mein Handwerker wohnt an meinem Arbeitsplatz, oder zumindest übernachtet er manchmal dort und benutzt meine Duschen *ohne* mich", sagte Faith. „Und das geht einfach gar nicht."

„Er ist wirklich verdammt heiß, Yvette", ließ sich Noel

vernehmen. „Wenn ich nicht schon Drew hätte, würde ich mich für ihn mit ihr anlegen. So gut sieht er aus."

„Viel Glück", sagte Faith schnaubend. „Ich habe trainiert. Ich glaube, ich werde mit dir fertig."

Noel musterte ihre Schwester und nickte ihr knapp zu. „Weißt du, ich glaube, das würdest du. Behalte du nur deinen Handwerker, und ich behalte meinen Hilfssheriff."

„Nun, da ihr das geklärt habt, warte ich immer noch darauf, von der Sache mit der Dusche zu hören", sagte Yvette.

„Sein bestes Stück ist riesig", sagte Faith, die Augen aufgerissen, und die Hände etwa dreißig Zentimeter voneinander entfernt.

Yvette blinzelte. Dann fing sie an zu lachen. „Schön für dich. Und wirst du deswegen was unternehmen?"

Faiths verschmitztes Lächeln wurde größer. „Wir werden sehen. *Nachdem* die Arbeit am Wellness-Center erledigt ist."

„Darauf trinke ich." Noel hob ihr Weinglas. „Darauf, Geschäft und Vergnügen zu mischen, sobald der Job erledigt ist."

„Jawohl!", sagten Faith und Yvette gleichzeitig.

„Versuch nur, erstmal mit ihm auszugehen, solange er noch angezogen ist", fügte Yvette an.

Faith schnaubte. „Ich werde mein Bestes tun."

KAPITEL 15

Jacob parkte seinen Truck vor *Hollow Books* und stellte den Motor ab. Der Morgen war düster und trüb, genauso wie am Tag zuvor, und das passte perfekt zu seiner Stimmung. Sein Treffen mit Sienna am Samstag hatte ihn komplett aus der Bahn geworfen. Er hatte jedes Gefühl auf Erden durchlebt, anfangs Verwunderung und am Ende völlige und absolute Wut.

Er verstand immer noch nicht, wie Sienna nicht einmal hatte in Erwägung ziehen können, ihn wissen zu lassen, dass er Skyes Vater sein könnte, und nun hatte er die ersten sechs Monate in ihrem Leben verpasst. Wie hatte er übersehen können, dass sie so unfassbar selbstsüchtig war, während sie zusammen gewesen waren? In manchen Augenblicken war er sich nicht sicher, ob er wütender auf sie oder auf sich selbst war, weil er so blind gewesen war.

Nach der Enthüllung hatte er gefordert, Skye zu sehen, aber Sienna hatte sich geweigert und gesagt, das Baby wäre bei ihrer Mutter und Brian in Aspen, wo sie sich darauf vorbereiten, ein weiteres *Enchanted Bliss* zu eröffnen. Er war zwei Sekunden davon entfernt gewesen, einen Flug zu buchen, aber Sienna war in den Verteidigungsmodus übergegangen und hatte ihn davon überzeugt, es wäre für ihn besser, wenn sich die Nachrichten ein paar Tage lang setzen konnten. Sie hatte ihm gesagt, er solle nach Hause gehen und sich an den Gedanken gewöhnen, und dann würde sie nächste Woche nach Keating Hollow kommen und ihn seine Tochter sehen lassen.

Es war nicht der Plan, den er gewollt hatte, aber als Sienna ihm versichert hatte, dass sie nicht mehr daran interessiert war, ihre Spielchen zu spielen, und es dann bewiesen hatte, indem sie die Übereinkunft zur Schlichtung unterzeichnete, hatte er keine Wahl gehabt, als ihr vorerst zu vertrauen. Was sollte er denn sonst tun? Mitten im Winter nach Aspen fliegen und von Tür zu Tür laufen, bis er sie fand? Das könnte er tun, aber dann würde er in diesem Szenario als der Irre dastehen.

Stattdessen hatte er den Sonntag damit verbracht, am Echo Mountain zu wandern, hatte versucht, seine Muskeln auszupowern, in der Hoffnung, die Erschöpfung würde auch auf seinen Verstand übergreifen. Es hatte nicht funktioniert. Er hatte in der Nacht zuvor kein Auge zugetan, und als er am Montagmorgen in Keating Hollow angekommen war, hatte er rasende Kopfschmerzen gehabt. Er hatte ein paar Aspirin mit einer Tasse starkem Kaffee, den er mit einem Schuss Whiskey aufgepeppt hatte, hinuntergespült und war direkt danach ins Bett gegangen. Als er spät am Abend aufgewacht war, waren die Kopfschmerzen zwar weg gewesen, aber seine Wut setzte erst da richtig ein. Und obwohl es nicht die beste Art gewesen war, mit den Neuigkeiten über seine Tochter umzugehen, hatte er die Nacht damit verbracht, die Whiskyflasche leerzutrinken.

Nun hatte er einen Kater und musste herausfinden, wie er sich Yvette stellen wollte. Er hatte nicht vorgehabt, konkret ihre Anrufe zu ignorieren, sondern hatte einfach nur sein Telefon abgeschaltet, mit der Absicht, die ganze Welt auszusperren.

Die Vordertür öffnete sich, und Yvette kam herüber zum Fenster auf der Fahrerseite seines Trucks. Rasch ließ er das Fenster runter. „Was ist los?", fragte er sie.

„Das wollte ich dich gerade fragen. Ist alles in Ordnung?" In ihren hübschen dunklen Augen stand Sorge.

„Ja", sagte er und unterdrückte ein Zusammenzucken, als er ihr direkt ins Gesicht log. „Ich habe gerade ein Telefonat zu Ende geführt, und dann wollte ich reinkommen."

Ihr Blick huschte durch den Truck, und er zweifelte nicht daran, dass sie sich nach dem Handy umschaute, dass immer noch in der Konsole steckte. Als sie es nicht fand, nickte sie nur und sagte: „Ok."

„Ich komme gleich nach", erklärte er.

„Natürlich." Der Tonfall war abgehackt und leicht verärgert über seine offensichtliche Abfuhr. Und er wusste, dass er alles vermasselte, als sie sich umdrehte und wieder in den Laden zurückging.

Er ließ einen Augenblick lang den Kopf hängen, holte tief Luft und sagte sich, er solle sich zusammenreißen und aufhören, sich wie ein egoistischer Arsch zu benehmen. Es war offensichtlich, dass sie sich um ihn gesorgt hatte, und sie verdiente es nicht, so behandelt zu werden, als hätten ihre Sorgen nichts zu bedeuten. Er befand sich nur nicht annähernd an einem Punkt, an dem er bereit war, etwas über die Tochter zu erzählen, die er noch nicht einmal getroffen hatte.

Jacob wühlte nach seinem Telefon, schaltete es ein und verzog das Gesicht bei den Dutzenden Nachrichten, die auf ihn warteten. Sie würden noch eine Weile warten müssen. Er musste mit Yvette reden.

Der Laden war eine warme und einladende Zuflucht vor dem eisigen Januarmorgen, und Jacob fühlte sich sofort etwas besser. Im Kamin im Café-Bereich brannte ein Feuer, und das Aroma von frisch gebrühtem Kaffee mischte sich in den stets präsenten Geruch von Taschenbüchern, sodass er sich mehr zu Hause fühlte als in seinem modernen Haus auf dem Hügel.

„Guten Morgen", sagte Brinn von ihrem Platz neben dem Tisch am Eingang aus, wo sie eine neue Bücherlieferung ausstellte. Es war der gleiche Tisch, auf dem in der vorigen Woche die überschüssigen Miranda-Moon-Romane gestanden hatten.

„Guten Morgen, Brinn." Er runzelte die Stirn, während er den Tisch musterte. Darauf standen die neuesten *New-York-Times*-Bestseller. „Was ist mit den Miranda-Moon-Büchern passiert?"

Sie grinste. „Ausverkauft. Kannst du dir das vorstellen? Das Wochenende war unfassbar. Ich weiß, dass Yvette dir unbedingt alles darüber erzählen will."

„Ausverkauft?" Er blinzelte. „Wie ist das möglich?" Zwar hatte er damit gerechnet, dass es gut laufen würde, doch Miranda war zwar eine beliebte Autorin in ihrem Genre, aber keine der ganz Großen.

„Das Festival war dieses Jahr ein Riesending, und die Leute kamen aus den Städten rundherum", sagte Brinn. „Am Sonntag waren wir völlig alle."

„Das möchte ich meinen", sagte er, während er sich zum Kaffee aufmachte. Nachdem er sich die größte Tasse Kaffee eingeschenkt hatte, die er auftreiben konnte, machte er sich auf die Suche nach Yvette.

Sie saß an ihrem Schreibtisch, konzentriert auf den Computerbildschirm, trug eine Brille mit schwarzem Kunststoffgestell, und ihre langen, kastanienbraunen Haare waren hochgesteckt und mit einem Bleistift befestigt. Er lehnte sich in den Türrahmen und starrte sie einfach an, stellte sich vor, diesen Knoten zu öffnen und mit den Fingern durch ihr seidenes Haar zu fahren. Sie war auf eine bescheidene Art atemberaubend. Sie hatte Klasse und war authentisch und alles, was er je gewollt hatte.

„Kommst du noch rein?", fragte sie und lehnte sich in ihrem Sessel zurück.

„Ich habe einfach nur die Aussicht bewundert", sagte er locker und ließ zu, dass er für einen oder zwei Augenblicke die Ereignisse des Wochenendes vergaß. „Du siehst heute unfassbar toll aus."

„Wirklich?" Sie hob eine Augenbraue, in ihren Augen blitzte Ärger auf. „Du dagegen siehst aus, als hättest du das ganze Wochenende gefeiert, und so riechst du auch."

„Was?" Er hob eine Hand an den Mund und atmete hinein, um an seinem Atem zu schnüffeln. Die leichte Whiskyfahne ließ sich nicht leugnen. Er stöhnte.

„War es ein gutes Wochenende?", fragte sie.

„Nein. Eigentlich war es das genaue Gegenteil." Er schnappte sich einen Bürostuhl und setzte sich ihr gegenüber hin. „Hör zu, Yvette, es tut mir leid, dass ich gestern nicht aufgetaucht bin. Ich hätte anrufen sollen."

„Hast du den Eindruck, dass ich mich aufrege, weil du nicht in die Arbeit gekommen bist?", fragte sie kühl.

„Nun ..." Mit seiner gescheiterten Entschuldigung war offensichtlich ein Anfang gemacht, er war sich nur nicht sicher, wie es von hier aus weitergehen sollte. „Ich schätze, du ärgerst dich, weil ich deine Anrufe nicht beantwortet habe. Trotzdem habe ich dir gesagt, ich würde da sein, darum hätte ich dich zumindest wissen lassen sollen, dass ich es nicht schaffe."

„Und woran lag das?" Sie verschränkte die Arme vor der Brust und beäugte ihn argwöhnisch. „Wurdest du in L.A. aufgehalten oder sowas? Hattest du einen schönen Besuch bei Sienna?"

Dass sie Sienna erwähnte, ließ die inzwischen vertraute Wut direkt in seinen Eingeweiden aufbrausen, und er wollte sie anfahren, um ihr zu sagen, dass es sie gar nichts anging, was er getan hatte. Sie waren Geschäftspartner und nichts mehr. Aber das stimmte nicht, oder? Er würde nicht so weit gehen, dass er Yvette seine Freundin nannte, aber am Freitag *hatten* sie es offiziell gemacht, dass sie zusammen waren. Das bedeutete mindestens, dass Yvette eine gute Freundin und vermutlich sogar einiges mehr war. Trotzdem hatte sie nicht das Recht, ihn darüber zu befragen, was er mit seiner Ex anstellte. Er hatte ihr bereits gesagt, dass er dort gewesen war, um die Papiere abzuschließen.

„Wenn du es genau wissen willst, nein, ich hatte keinen schönen Besuch bei Sienna", stieß er hervor und versuchte, den Schmerz zu ignorieren, der durch ihn hindurchging, als er an die Tochter dachte, die er noch nie getroffen hatte. „Aber sie hat die Dokumente unterzeichnet, darum kann ich zumindest sagen, dass dieses Geschäft abgeschlossen ist."

Yvettes Ärger wich und wurde wieder von Sorge abgelöst. „Also ist es erledigt. Geht es dir gut?"

Nein. Nicht einmal annähernd, dachte er. Aber er wusste, was sie meinte. Sie sprach davon, die Beziehung zu Sienna endgültig zu besiegeln. Und was das anging, war er vollkommen in Ordnung. Er scherte sich kein bisschen um *Enchanted Bliss,* und mit dem Verkauf des Strandhauses hatte er sogar etwas Geld gemacht, obwohl er den Schätzwert mit Sienna hatte teilen müssen. „Ja, mir geht's gut."

„Bist du sicher?", fragte sie. „An dem Tag, an dem ich meine Scheidungspapiere unterschrieben habe, dachte ich, mir ging es gut. Dann bin ich nach Hause gegangen und habe einen Zentner Eis gefuttert, bevor ich eine Flasche Wein austrank."

Er zwang sich zu einem Lächeln und beugte sich vor. „Es ist schon seit sehr langer Zeit vorbei, Yvette. Ich bin damit schon vor Monaten ins Reine gekommen. Ich habe mich gestern einfach nicht sonderlich gut gefühlt und habe mir letztlich von etwas Whisky in den Schlaf helfen lassen."

„Etwas? Er quillt aus deinen Poren heraus, Jacob."

Er lachte leise. „Das tut mir leid. Wird nicht wieder vorkommen."

Sie wirkte skeptisch, schien aber zu beschließen, seine Erklärung so anzunehmen, anstatt ihn weiter zu drängen. „Also hattest du nicht das beste Wochenende, aber es ist nun vorbei, und jetzt können wir weitermachen."

„Richtig", stimmte er zu, obwohl er wusste, dass es kein Weitermachen gab, bis er seine Tochter getroffen und von einem Gericht das Besuchsrecht erhalten hatte. Er hatte das nicht mit Sienna besprochen, aber wenn sie dachte, er würde nur im Hintergrund herumhängen und ein abwesender Vater sein, irrte sie sich gewaltig.

„Willst du etwas über unser Wochenende hören?", fragte Yvette grinsend.

„Ja", sagte er, das Lächeln fiel ihm nun leichter, da sie damit fertig waren, über sein Privatleben zu reden. „Ich habe gehört, es war ein bahnbrechender Erfolg."

„Du kannst es dir gar nicht vorstellen." Sie richtete sich auf und verschränkte die Hände ineinander, Aufregung strahlte von ihr aus wie von einem Leuchtfeuer. „Hier war das reinste Irrenhaus", fing sie an. Dann erzählte sie ihm die Einzelheiten über das Wochenende und schloss ab mit: „Wir haben in diesem Monat bereits mehr verdient als in jedem anderen Monat seit der Eröffnung des Ladens. Und ich habe bereits drei weitere Autorinnen für Signierstunden in diesem Jahr eingetragen, und weitere drei sind ernsthaft interessiert. Ich glaube wirklich, dass wir da etwas auf der Spur sind, was meinst du?"

Er starrte in ihre aufgeregten, funkelnden Augen und wünschte sich mit allem, was er hatte, er könne sie in die Arme nehmen, mit ihr durch das Büro tanzen und ihr einen langen, siegreichen Kuss auf den süßen Mund drücken. Aber nun, da er von Skye wusste, konnte er mit ihr nicht länger dieses Verwirrspiel spielen, konnte er keine Beziehung beginnen, von der er wusste, dass sie zum Scheitern verurteilt war, wenn er Keating Hollow verließ, um zurück nach L.A. oder Aspen zu ziehen, oder wohin Sienna seine Tochter auch brachte. Denn eines war sicher, wo auch immer Skye war, er würde ihr folgen.

„Auf jeden Fall, Yvette. Deine Idee hat sich wirklich ausgezahlt. Ich gratuliere." Er lächelte sie warm an, in dem glücklichen Wissen, dass Yvette, wenn er die Stadt verließ, sich zumindest keine Sorgen würde machen müssen, *Hollow Books* zu verlieren. Er hatte bereits beschlossen, dass er stiller Teilhaber werden würde, sodass sie es führen konnte, wie sie wollte. Es war offensichtlich, dass sie dazu mehr als nur fähig war.

„Unsere Idee", sagte sie. Dann reichte sie ihm einen Terminkalender und die tagesaktuellen Verkaufszahlen für die erste Hälfte des Monats.

Er schaute einmal hin und wusste, dass er die richtige Entscheidung traf. Mit der Zeit würde sie *Hollow Books* in eine erstklassige unabhängige Buchhandlung verwandeln, und er hätte nicht stolzer sein können, daran beteiligt zu sein, auch wenn er bald hinter den Kulissen stehen würde.

Yvette war mehr als nur wütend gewesen, als sie die leichte Whiskyfahne gerochen hatte, die immer noch an Jacob hing. Aber während sie brodelnd in ihrem Büro saß, wich der Zorn, und die Traurigkeit kam. Wenn er sich in Whisky gebadet hatte, dann konnte man durchaus annehmen, dass sein Kontakt mit Sienna ihn aus der Bahn geworfen hatte. Und wenn er aus der Bahn war, hieß das vermutlich, dass sie ihm noch etwas bedeutete. Und wer hätte es ihm übelnehmen können? Ihr ging es immer noch durch Mark und Bein, wenn sie Isaac mit seinem Neuen sah, und der war nicht mal ihr bester Freund gewesen.

Als sie den verzweifelten Ausdruck in seinen Augen sah, sobald sie nach Sienna gefragt hatte, hatte sie beschlossen, ihn vom Haken zu lassen. Ein Kapitel seines Lebens war beendet, und er hatte jedes Recht, sich durch die Gefühle durchzuarbeiten, die er empfand.

Sobald sie dazu übergegangen waren, über den Erfolg des Ladens zu reden, war die Regenwolke, die über seinem Kopf gehangen hatte, so gut wie verschwunden. Sie hatten

Marketing-Strategien für die kommenden Events geplant, über Möglichkeiten gesprochen, den Andrang während der Signierstunden besser zu regeln, und ein Brainstorming für Schaufensterideen gemacht.

Als es an der Zeit war, den Tag abzuschließen, blieb Yvette in seinem Büro stehen. „Woodlines?"

„Hä?", fragte er, während er von seinem Computer aufsah.

„Klingt Woodlines gut für dich? Oder wir könnten in die Brauerei gehen. Ich habe gehört, der neue Koch hat einen Kuchen ohne Mehl auf die Speisekarte gesetzt. Noel sagt, er schmeckt göttlich."

„Oh, stimmt." Er verzog das Gesicht. „Es tut mir leid, Yvette. Ich fühle mich immer noch nicht hundertprozentig gut. Ich glaube, es ist besser, wenn ich das Abendessen auslasse." Jacob schloss seinen Laptop und schob ihn in die Tragetasche, während er sich erhob. „Ich werde morgen da sein, und wir können die Zahlen des Cafés durchgehen und sehen, wie die erste volle Woche lief."

„Ok, klar." Sie machte ihm Platz, während er an ihr vorbeieilte und durch die Eingangstür verschwand. Sie folgte ihm, blieb an der Kasse stehen und sah ihm nach, wie er aus der Tür schlüpfte, ohne sich umzudrehen. Ein stechender Schmerz ergriff ihr Herz, und sie fasste sich an die Brust.

Nach dem holprigen Vormittag hatten sie einen guten Tag verbracht und viel Zeit in das Besprechen weiterer Pläne für den Laden gesteckt. Sie hatte sogar gedacht, dass ihre Anwesenheit ihm vielleicht half, sich nach dem stressigen Wochenende allmählich wieder normal zu fühlen, aber die Art, wie er sie abgewimmelt hatte, sagte etwas anderes. Sie seufzte und lehnte sich an eines der Bücherregale, fragte sich, wann sie dazulernen würde. Er war eine ganze Woche lang interessiert gewesen … und nun? Wer wusste das schon? Aber sie ließ es nicht noch einmal zu, dass man ihr das Herz brach. Das war für sie das Zeichen, dass sie zu tief drinsteckte, und es war an der Zeit, sich dem Unvermeidlichen zu stellen. Sie waren dazu bestimmt, Geschäftspartner zu sein, und nicht mehr als das.

„Brinn, du kannst gehen. Ich sperre heute Abend zu", sagte sie.

Brinn schaute überrascht auf, strich sich über die langen, glatten Haare. „Bist du sicher?"

Yvette beäugte die junge Frau und fühlte sich neidisch auf ihre Jugend und die Möglichkeiten, die vor ihr lagen. Brinn hatte erst kürzlich den Abschluss am College gemacht und war wieder in Keating Hollow gelandet, wo sie vor Yvette angedeutet hatte, dass sie es mit der Stadt versucht hatte und nun eines sicher wusste, nämlich, dass sie nach Hause kommen wollte … für immer. Yvette war nicht sicher, weshalb, aber sie konnte es nachvollziehen. Auch sie war nach dem College nach Hause gekommen, nur hatte sie Isaac mitgebracht, und sie hatten ein gemeinsames Leben angefangen.

Was wäre geschehen, wenn Yvette nicht geheiratet hätte? Würde sie trotzdem noch genau hier in ihrem Buchladen stehen und von ihrem Geschäftspartner schwärmen? Sie bezweifelte es. Isaac war derjenige gewesen, der sie überhaupt erst dazu ermutigt hatte, den Laden zu eröffnen. Dafür musste sie ihm dankbar sein, denn sie konnte sich nicht vorstellen, irgendwo anders zu sein. „Ja, ich bin mir sicher. Geh mit deinen Freundinnen was trinken, oder lass dich von Rhys ausführen. Du hast Spaß im Leben verdient."

Brinn lachte. „Rhys? Ernsthaft? Wir sind zusammen aufgewachsen. Meine Mom war früher seine Babysitterin und hat Bilder, wie wir zusammen in der Wanne sitzen. Ich glaube, ich war zwei, und er war vier. Ich bin mir sicher, von dieser Erniedrigung erholen wir uns nie wieder."

Yvette lachte. „Ok, vielleicht nicht Rhys. Aber in der Stadt gibt es doch andere süße Jungs. Suche dir einen und lass mich dann alles wissen."

„Yvette?", fragte Brinn, die hinter dem Tresen hervorkam. „Geht es dir gut?"

„Natürlich." Yvette zwang sich zu einem strahlenden Lächeln, obwohl sie sich eher danach fühlte, sich komplett zusammenzurollen und eine Zeit lang so zu tun, als würde die Welt nicht existieren. Sie musste ihre Wunden lecken und sich mit der Tatsache abfinden, dass jegliche Fantasien, die sie in Bezug auf eine Beziehung zu Jacob gehabt hatte, vorbei waren. „Ich will einfach nur, dass du zur Abwechslung auch mal Spaß hast. Wann bist zum letzten Mal mit Hanna ausgegangen?"

Sie zuckte mit den Schultern. „Das war vor den Feiertagen. Es war viel los."

„Na, wie wäre es, wenn du sie suchst und sie heute Abend mit zum Tanzen nimmst? Dann kannst du mir morgen alles über den heißen Typen erzählen, den du getroffen hast."

Brinn lachte. „Weißt du was? Ich glaube, das mache ich." Sie drückte Yvette die Hand und sagte: „Und weißt du, was du machen solltest?"

„Zum zwanzigsten Mal *Zauberhafte Schwestern* schauen und mich mit Miss Maples Schokolade vollstopfen?"

„Du solltest zur Brauerei gehen und Rhys fragen, ob er mit dir ausgeht."

„Rhys? Du nimmst mich auf den Arm. Er ist zu jung für mich", sagte Yvette und schüttelte den Kopf.

„Nein, ist er nicht." Brinn verdrehte die Augen. „Er ist in den Zwanzigern. Komm schon, Yvette, so alt bist du nicht."

„Alt genug", murmelte sie. Dann spähte sie zu Brinn. „Warum Rhys?"

Ein schelmisches Lächeln trat auf ihre Lippen. „Weil Rhys

der bestaussehendste Typ in der Stadt ist, und wenn Jacob davon Wind bekommt … na, ein wenig Eifersucht kann einiges ausrichten, um einen Mann dazu zu bringen, nicht nur auf seinen Bauchnabel zu starren."

Yvette starrte Brinn an, ihr stand der Mund offen. Dann warf sie den Kopf in den Nacken und lachte. Als sie schließlich wieder Luft bekam, sagte sie: „Weißt du, du könntest da wirklich etwas aus der Spur sein."

Brinn nickte. „Wir geben ein gutes Team ab."

YVETTE HATTE BRINNS VORSCHLAG, Rhys zu fragen, ob er mit ihr ausging, nicht ernst genommen, aber eine halbe Stunde später stellte sie trotzdem fest, dass sie am Tresen saß und den großartigen Mann beäugte. Er hatte ihr den Rücken zugewandt, und sie sah die Muskeln, die sich über seine Schultern zogen. *Er trainiert wohl,* dachte sie. Für diesen Körper gab es keine andere Erklärung. Keiner der anderen Typen sah so aus, nachdem er den ganzen Tag lang Bierkästen herumschleppte. Es schadete auch nicht, dass er dunkle Haare, dunkle Augen und einen Hintern hatte, der die meisten Frauen zum Sabbern bringen würde.

Leider war Yvette nicht wie die meisten Frauen. Sie kannte Rhys auch schon fast ihr ganzes Leben lang und hatte in ihm nie mehr als einen Freund gesehen. Der Gedanke, ihn nach einem Date zu fragen, nur um Jacob zu ärgern, stand nicht zur Debatte. Sie wollte mit niemandem Spielchen spielen. Sie wollte nur ein Bier, um ihre Sorgen zu ertränken.

Rhys stellte ihr ein dunkles Stout hin. „Was zu essen?"

„Ja. Ich nehme lieber mal …" Ein lautes Poltern kam aus dem Büro ihres Vaters. Yvette war sekundenschnell auf den

Beinen und gleich hinter Rhys, der die Tür aufriss, um Lincoln Townsend auf dem Boden hingestreckt zu finden. Ein Holzstuhl war umgefallen, eines der Beine gebrochen.

„Dad!" Yvettes Brust schmerzte vor Angst, während sie Rhys aus dem Weg schob und sich neben ihn kniete. Seine Haut war grau und feucht und eiskalt unter ihren Fingern. „Ruf einen Krankenwagen!"

Rhys griff nach dem Bürotelefon und wählte.

Yvette schnappte sich das Handgelenk ihres Vaters und fand einen schwachen Puls. „Er lebt", sagte sie. „Aber seine Atmung ist flach, und seine Haut … Gute Göttin", hauchte Yvette. „Sieht so aus, als würden wir ihn verlieren."

Rhys gab die Informationen an die Notrufzentrale weiter, während sie ihrem Vater die Hand hielt, ohne die geringste Ahnung zu haben, was sie tun könnte, um ihm zu helfen. Tränen traten ihr in die Augen, und sie flüsterte: „Wage es ja nicht, uns jetzt verlassen, alter Mann. Du musst immer noch Noel zum Altar führen, wenn sie beschließt, es endlich offiziell zu machen. Und Faith, sie muss noch den Richtigen treffen. Du musst doch da sein, um denjenigen, wer immer es auch ist, ins Kreuzverhör zu nehmen."

Seine Augen öffneten sich flatternd, und er blinzelte ein paarmal, ehe er sich auf sie konzentrierte. „Was ist mit dir?", flüsterte er.

Sie lächelte durch die Tränen, während Erleichterung durch sie hindurchströmte und sich ihr der Kopf drehte. „Was soll mit mir sein?"

Er räusperte sich. „Ich gehe nirgendwohin, bis du nicht den Richtigen findest."

Yvette lachte. „Das wäre mir auf jeden Fall recht, und solange wir beim Wunschkonzert sind, sagen wir doch einfach, dass wir mit weiteren vierzig oder fünfzig Jahren rechnen, ok?"

„Du hast keine großen Wünsche, oder?", erwiderte er und wollte sich herumrollen, aber er zuckte zusammen und hielt sich den rechten Arm.

„Du bist verletzt", sagte sie.

„Ist nur eine Prellung." Er wollte sich zum Sitzen hochschieben, indem er den rechten Arm nutzte, aber Rhys beugte sich nach unten und legte ihm leicht eine Hand auf die Brust.

„Bleib einfach still liegen, Lin", sagte Rhys sanft. „Die Sanitäter sind bereits auf dem Weg. Lass dich erst mal von ihnen anschauen, bevor du noch irgendetwas schlimmer machst."

Ihr Vater wollte schon widersprechen, doch Yvette sagte: „Dad, bitte."

Sie wusste nicht, ob es die Angst in ihrer Stimme war, oder die Mühe, die nötig war, um sich gegen Rhys zur Wehr zu setzen, doch Lin hörte auf, sich zu sträuben, und legte den Kopf zurück auf den Holzboden. Rhys schlüpfte aus seinem Kapuzenpullover, knüllte ihn zusammen und legte ihn unter den Kopf des alten Mannes. „Mach dir keine Sorgen, Lin. Sie werden jeden Augenblick da sein."

Yvette wippte zurück auf die Fersen, zog ihr Telefon aus der Tasche und drückte auf Noels Nummer.

„Keating Hollow Inn, hier spricht Noel. Wie kann ich Ihnen helfen?"

„Ich bin's, Yvette", sagte sie in das Telefon. „Es gab einen Unfall. Dad ist gestürzt …"

„Dad ist gestürzt?", rief Noel ins Telefon. „Wo? Wann? Geht es ihm gut?"

„In seinem Büro, gerade eben erst. Der Krankenwagen ist

unterwegs. Kannst du in der Notaufnahme zu uns stoßen und Faith und Abby anrufen?"

„Sie brauchen doch nicht – uff." Lin rieb sich über die Brust.

Yvettes Gedanken rasten. Hatte er einen Herzinfarkt gehabt? Sollte sie ihm Aspirin in den Mund stopfen?

„Sie brauchen doch nicht in die Notaufnahme kommen", sprach Lin fertig.

Rhys kicherte. „Klar, Lin. Du kannst nicht erwarten, so ein Drama abzuziehen, ohne dass danach jede Townsend-Schwester Schlange steht, um dir zu sagen, dass du besser auf dich aufpassen sollst."

„Was du nicht sagst", grummelte Lin.

„Yvette, bist du noch dran?", schrie Noel mehr oder weniger ins Telefon.

„Ich bin dran. Ich behalte nur Dad im Auge. Was hast du gesagt?"

„Ich sagte, ich rufe sie an, und habe gefragt, wie es ihm geht. Wenn er sich wegen des Krankenwagens beschwert, ist das ein gutes Zeichen."

Die Worte ihrer Schwester brachten Yvette zu einem leichten, traurigen Kichern. „Ja, du hast recht. Er beschwert sich. Also kann es so schlimm nicht sein, oder?"

„Richtig", sagte Noel. „Ich treff dich in der Notaufnahme, sobald ich kann."

„Fahr vorsichtig. Ich fahre mit Dad im Krankenwagen." Gerade, als sie es aussprach, hörte sie den durchdringenden Lärm der Sirenen, die alles andere übertönten. „Sie sind da. Ich muss los."

Yvette kroch aus dem Weg, als die Sanitäter hereinrannten. Sie schauten sich Lins Werte an, gaben ihm Sauerstoff und packten ihn in Rekordzeit auf die Trage.

„Kommt er in Ordnung?", fragte Yvette, während sie neben der Trage herrannte.

„Das hoffen wir doch", sagte Vinn Canto, ein liebenswürdiger Mann, der seit über zehn Jahren diese Stelle in Keating Hollow bekleidete. Er fuhr seit über fünf Jahren im selben Wagen mit Ferris Eros. Wenn keiner der beiden krank oder im Urlaub war, würden Vinn und Ferris auftauchen, wenn man einen Krankenwagen rief.

Die beiden Männer hoben Lin in das Fahrzeug. Vinn sprang hinter ihm rein, während Ferris Yvette die Hand reichte. „Rein mit dir. Wir sind fast bereit zur Abfahrt."

„Danke", sagte Yvette und nahm an der Wand Platz, während Vinn die Trage festmachte und erneut Lins Werte überprüfte.

Lin blinzelte zu dem Mann hinauf, die Sauerstoffmaske immer noch über dem Gesicht, wodurch er nur schwer sprechen konnte.

Yvette griff nach der Hand ihres Vaters. Dann beugte sich dichter zu ihm hinab und sagte: „Du hattest immer schon einen Hang zum Drama."

Lin lachte leise und drückte Yvette die Hand.

Als Vinn fertig war, warf er einen Blick nach oben und schaute Yvette in die Augen. „Ich werde nicht zulassen, dass ihm etwas passiert."

Sie wollte ihm sagen, dass er verdammt gut daran täte, ihrem Vater nichts zustoßen zu lassen, dem Mann, der in der ganzen Stadt respektiert und geliebt wurde, aber sie hielt den Mund, weil sie wusste, dass aus ihren Worten nur die Angst sprechen würde. Stattdessen sagte sie: „Danke, Vinn. Wir wissen deine Hilfe zu schätzen."

„Ich tue nur meine Arbeit", erwiderte er leise, aber er nickte und tippte sich an den Hut.

„Fötenich mit matocher", murmelte Lin unter seiner Sauerstoffmaske.

Yvette verzog das Gesicht, während sie auf ihren Vater hinabschaute. „Was?"

Lin wandte den Blick zu Vinn, dann zu Yvette und dann wieder zurück zu Vinn.

Vinn lachte. „Er hat mir gesagt, ich soll nicht mit seiner Tochter flirten."

„Dad", sagte Yvette, die genervt den Kopf schüttelte. „Er ist nur nett zu mir, weil … naja, offensichtlich ist das schon eine angsteinflößende Situation", sagte sie, obwohl sie die Tatsache, dass er sie vor dem Langzeit-Single-Sanitäter beschützen wollte, als gutes Zeichen dafür wertete, dass er in Ordnung kommen würde. Tatsächlich, während sie ihren Vater beobachtete, fiel ihr auf, dass seine Gesichtsfarbe sich verbesserte.

„Ich werde mich zu benehmen wissen, Mr. Townsend. Sie müssen sich keine Sorgen machen", sagte Vinn, aber er schaute nicht zu Lin, während er sprach. Stattdessen starrte er direkt Yvette an. Sein Lächeln wurde breiter, was ein überraschendes Grübchen auf seiner linken Wange zum Vorschein brachte.

Etwas in Yvette veränderte sich, und sie fing an, Vinn in einem anderen Licht zu sehen. Es ließ sich nicht leugnen, dass er ein gutaussehender Mann war. Seine tiefblauen Augen, kombiniert mit diesem Grübchen, reichten aus, um jede Frau aufmerksam zu machen und ihn genauer in Augenschein zu nehmen. Noch dazu kam sein Wunsch, sich um die Gemeinschaft zu kümmern, sodass dieses Aussehen regelrecht unwiderstehlich wurde.

Weshalb hatte Yvette ihn früher noch nie in Erwägung gezogen? Sie kannte die Antwort sofort, als sie über die Frage nachdachte. Er war gute sieben oder acht Jahre älter als sie, und sie war die letzten zehn Jahre verheiratet gewesen. Falls Vinn sie fragte, ob sie mit ihm ausgehen wolle, würde sie es tun? Letzte Woche hätte sie Nein gesagt. Diese Woche? Vielleicht.

Yvette schüttelte den Kopf. Was dachte sie sich nur, dass sie in Erwägung zog, mit dem Sanitäter auszugehen, während ihr Vater ins Krankenhaus gefahren wurde? Wollte sie so verzweifelt ein Date? *Armselig*, dachte sie.

„Was ist los, Yvette?", fragte sie Vinn.

„Nichts. Ich mache mir Sorgen um meinen Dad." Sie fasste Lins Hand fester und verbrachte die restliche Fahrt damit, Vinns Blick auszuweichen.

Yvette schnappte sich Noels Hand, als sie die Onkologin ihres Vaters sah, die auf sie zukam. Da Lin von ihr immer noch gegen den Krebs behandelt wurde, hatte man sie angerufen, um nach ihm zu sehen. Yvette und Noel standen gleichzeitig auf. Faith war noch nicht eingetroffen, und Abby war immer noch nicht zurück in der Stadt.

„Dr. Sims", sagte Yvette, als die Ärztin sie erreichte. „Wie geht es ihm?"

„Ist es der Krebs?", fragte Noel.

„Ja und Nein", sagte Dr. Sims, die sie mit einer Handbewegung einlud, sich wieder zu setzen. Als sie alle Platz genommen hatten, zog sie einen Stuhl heran, damit sie sich ihnen gegenüber setzen konnte. „Dieser Zusammenbruch wurde durch eine schwere Dehydrierung ausgelöst. Es sieht aus, als wäre er einfach umgekippt. Wir haben ihn an eine Infusion gehängt und werden ihn über Nacht zur Beobachtung hier behalten, aber ich glaube, er wird nicht mehr als ein paar Prellungen und blaue Flecken davontragen."

„Keine gebrochenen Knochen?", fragte Yvette. Sie hatte sich Sorgen gemacht, dass er sich etwas gebrochen hatte, als er hingefallen war.

„Keine gebrochenen Knochen", bestätigte Dr. Sims. „Wir haben ein paar Röntgenaufnahmen gemacht, und an dieser Front ist alles in Ordnung. Er hat ein paar Gewebeschäden, darum wird er wohl eine gute Woche Schmerzen haben, wie ich mir vorstellen kann, aber es wird heilen."

Yvette stieß einen erleichterten Seufzer aus, aber Noel lehnte sich vor, ihre Hände waren unruhig. „Heißt das, dass er die Behandlungen neu beginnen muss?"

Dr. Sims runzelte die Stirn. „Neu beginnen?"

„Ja!" Noel nickte. „Sie sagten, diese Episode wäre und wäre nicht vom Krebs verursacht. Heißt das, dass der letzte Zyklus nicht so gut funktioniert hat, wie wir uns erhofft haben?"

Dr. Sims räusperte sich. „Hatten Sie den Eindruck, er hätte mit den Behandlungen aufgehört?"

„Ja", sagten Yvette und Noel gleichzeitig.

Die beiden Schwestern schauten einander an, und dann wandte sich Noel an die Ärztin und sagte: „Er hat uns erzählt, er wäre mit den Behandlungen vorerst fertig. Stimmt das nicht?"

Die Ärztin schloss die Augen und murmelte etwas Unverständliches vor sich hin. Dann schüttelte sie den Kopf und sagte: „Ihr Vater hat vor drei Wochen einen neuen Zyklus begonnen. Es ist sehr wahrscheinlich, dass der Grund, warum er bewusstlos wurde, die Behandlung war, die er gestern erhalten hat. Ich habe ihm gesagt, er sollte mindestens zwei oder drei Tage lang nach jeder Behandlung nicht arbeiten. Aber wie es aussieht, war er wieder in der Brauerei. Stimmt das?"

„Ja", sagte Yvette. „Dort ist der umgekippt."

„Von jetzt an erlaube ich ihm nur sechs Stunden Arbeit pro Woche, und nur in der Brauerei. Keine Arbeit im Obsthain. Und er muss Wasser trinken, kein Bier. Keinen Alkohol irgendeiner Art. Saft ist in Ordnung, aber keine Süßgetränke. Wollen Sie, dass ich das aufschreibe?"

„Ja", sagte Yvette, die wusste, wenn sie ihrem sturen Vater die Worte der Ärztin schriftlich vorlegen konnte, hätte sie zumindest etwas, auf das sie sich berufen konnte, falls er sich weigerte, zu tun, was sie angewiesen hatte.

Die Ärztin machte sich eine Notiz in der Krankenakte. Als sie aufschaute, sagte sie: „Hören Sie, wir wissen alle drei, dass Lin tut, was immer er will. Aber versuchen Sie, ihn davon abzuhalten, es zu übertreiben, und sehen Sie zu, dass er genug trinkt. Und wo wir schon dabei sind, stopfen Sie ihn mit so vielen kalorienhaltigen Speisen voll, wie sie auftreiben können. Ich würde mich sehr viel besser fühlen, wenn er die zehn Kilo wieder zulegt, die er seit der Diagnose verloren hat."

„Dr. Sims", fragte Noel, „können Sie uns sagen, wo wir mit seiner Krebsbehandlung stehen? Ist es schlimmer geworden? Sollten wir uns Sorgen machen?"

Yvette hielt die Luft an, während sie auf die Antwort der Ärztin wartete. Sie glaubte nicht, dass sie damit fertig werden würde, falls sein Zustand sich verschlechtert hatte.

„Seine Werte sehen besser aus, aber noch nicht gut genug, um mit der Behandlung eine Pause zu machen. Ich schätze, er braucht noch mindestens zwei bis drei Zyklen, ehe wir die Werte sehen, die wir uns wünschen. Die Antwort auf Ihre Frage lautet, dass er zum jetzigen Zeitpunkt nicht in einem schlechteren Zustand ist. Wenn er auf sich aufpasst, könnte ich sogar problemlos sagen, er würde Fortschritte machen. Aber wenn er sich wieder verausgabt, könnte es zu einer Infektion kommen, und das wäre eine Katastrophe. Ich kann nicht genug betonen, wie wichtig es ist, dass er es in den nächsten paar Monaten locker angeht."

„Wenn es so wichtig ist", sagte Yvette, „ist es dann klug, ihn in der Brauerei arbeiten zu lassen? Ich kenne meinen Vater, und er will die Finger wirklich in jedem Bereich des Geschäfts haben. Ich bin mir nicht sicher, ob er es bei sechs Stunden belassen kann."

Dr. Sims grinste. „Ich wollte ihm ursprünglich zehn geben, aber da wir das schon einmal besprochen haben, bin ich mir seiner Tendenz, sich zu überarbeiten, sehr wohl bewusst. Darum sind wir wieder zurück auf sechs. Wenn Sie sich fragen sollten, ob er überhaupt in der Brauerei arbeiten soll, dann glaube ich, dass ihm diese Arbeit ein Gefühl eines Daseinszwecks und der Gemeinschaft verschafft. Und ich bin mir sicher, diese beiden Dinge tun seiner geistigen Gesundheit gut. Wir müssen ihn nur dazu bringen, endlich auf seinen Körper zu hören."

„Sie sind gerissen", sagte Noel, die die Ärztin bewundernd musterte. „Das gefällt mir."

Yvette lachte. „Dr. Sims lässt keinen ihrer Patienten über die Stränge schlagen. Das ist klar."

Dr. Sims lachte und stand auf. „Ich tue mein Bestes. Wenn Sie bereit sind, können Sie jetzt gehen und Ihren Vater sehen. Sagen Sie ihm Grüße von mir, und dass ich ihn verraten habe. Durch die Freigabe, die er vor ein paar Monaten unterzeichnet hat, haben Sie beide und Ihre anderen Schwestern vollen Zugriff auf seinen medizinischen Befund. Also zögern Sie nicht, mich zu fragen, falls Sie erklärt bekommen müssen, was los ist."

Noel und Yvette erhoben sich ebenfalls. Sie dankten der

Ärztin für ihre Offenheit und machten sich dann auf ins Zimmer ihres Vaters.

Sie fanden ihn im Bett, aufgerichtet auf Kissen, wo er an etwas nippte, das ziemlich nach heißer Schokolade aussah.

„Von wem hast du dir denn das erschlichen?", fragte ihn Noel.

„Von der hübschen braunhaarigen Schwester, die immer wieder reinkommt und nach meiner Infusion sieht", sagte er.

Yvette ging hinüber und setzte sich auf den Rand seines Bettes. Er hatte wieder eine normale Gesichtsfarbe, und er sah tatsächlich besser aus als in den letzten Tagen. Wie hatte sie so blind sein können, dass sie nicht gesehen hatte, wie krank und erschöpft er wirkte? „Wie geht es dir, Dad?"

„Besser, jetzt, da ich das hier habe." Er nickte zu der heißen Schokolade hin. „Die Fahrt im Krankenwagen, darauf hätte ich allerdings verzichten können."

„Ja, was das angeht …", setzte Noel an.

Lin ging dazwischen. „Deine Schwester hat ein Auge auf einen der Sanitäter geworfen."

Noel blinzelte. „Faith hat ein Auge auf Vinn oder Ferris geworfen?"

Lin kicherte, während Yvette sich fragte, ob es einem der beiden auffallen würde, wenn sie sich einfach aus dem Zimmer stahl.

„Nicht Faith", sagte Lin. „Yvette."

„Jacob ist Sanitäter?", stieß Noel hervor.

„Jacob?", fragte Lin. „Jacob Burton?"

„Äh …" Noel warf einen Blick auf ihre Schwester und wurde rot, während sie sich tonlos entschuldigte.

„Du lässt dich doch nicht mit Jacob ein, oder?", fragte Lin Yvette, Sorge lag in seinem Tonfall. „Bist du sicher, dass es eine gute Idee ist, Rusty?"

„Nein, Dad, ich lasse mich nicht mit ihm ein", erwiderte sie und beteuerte vor sich, dass das keine Lüge war, da sie bereits beschlossen hatte, dass sie diese Beziehung, die sie da angefangen hatten, nicht weiterführen konnten. „Du hast recht, das wäre eine schlechte Idee."

„Gut, gut", sagte er abwesend. „Ich will nicht, dass man dir nochmal wehtut."

Sie war nicht sicher, was er damit meinte, und beschloss, dass es sich nicht lohnte, zu fragen. Sie wollte nicht noch weiter verletzt werden, als sie es ohnehin schon war.

„Ich habe über Vinn gesprochen", sagte ihr Vater. „Er hat mit ihr geflirtet. Sie leugnen es beide, aber ich erkenne, wenn jemand flirtet."

Yvette warf Noel einen *Er-hat-den-Verstand-Verloren*-Blick zu. „Dad hatte Halluzinationen wegen seiner Dehydrierung."

Noel hob beide Augenbrauen und beäugte ihre Schwester. „Vinn? Echt jetzt?"

Yvette schüttelte einfach nur den Kopf. „Nein. Er war bloß nett zu mir, da ich ausgeflippt bin, weil Dad umgekippt ist." Sie wandte sich an ihren Vater. „Wir haben mit deiner Ärztin gesprochen, Dad."

Er starrte hinauf zur Decke und seufzte. „Das habe ich mir schon gedacht."

Noel ging an die andere Seite des Bettes ihres Vaters und setzte sich gegenüber von Yvette hin. „Wir wissen, dass du immer noch behandelt wirst. Warum hast du versucht, uns glauben zu machen, dass du vorerst damit fertig wärst?"

Er biss die Zähne zusammen, es war ihm eindeutig unbehaglich, von seinen beiden ältesten Töchtern befragt zu werden. „Ich wollte einfach nur etwas Ruhe. Das ist alles. Clair hat mich zu meinen Terminen gebracht."

„Ok", sagte Yvette. „Das ist gut, aber glaubst du nicht, wir sollten über deine medizinischen Behandlungen informiert bleiben?" Sie hörte den verletzten Unterton ihrer eigenen Stimme, und sie wollte ihre Worte hinunterschlucken. Er brauchte jetzt nicht auch noch Schuldzuweisungen, während er im Krankenhaus lag. Sie wollte einfach nur, dass er auf sich aufpasste.

„Ich bin ein erwachsener Mann, Yvette", sagte er.

„Das weiß ich, Dad. Aber weißt du, wie viel Angst ich heute hatte, als du in der Brauerei umgefallen bist? Ich hatte keine Ahnung, dass du gestern behandelt wurdest. Hätte ich das gewusst, hätte ich vielleicht zumindest nachvollziehen können, was los ist. Stattdessen war ich überzeugt, du hattest einen Herzinfarkt … oder Schlimmeres. Ich bitte dich nur, dass du uns auf dem Laufenden hältst. Wenn du nicht willst, dass wir zu deinen Arztbesuchen mitkommen oder uns einmischen, sag uns, wir sollen uns raushalten. Aber lass uns zumindest wissen, was los ist."

Er warf einen Blick auf seine Töchter. Yvette konnte an seiner leicht genervten Miene erkennen, dass er ihr hier und jetzt sagen wollte, sie solle sich rauszuhalten, aber weil er Lin Townsend war und seine Töchter mehr als alles andere in der Welt liebte, nickte er. „Das klingt fair."

Noel lächelte. „Danke. Dann gibt es nur noch eines."

Er stöhnte. „Was?"

„Deine Ärztin sagt, du würdest dich überarbeiten, und dass du auf sechs Stunden pro Woche beschränkt bist", sagte Noel.

Lin kniff die Augen zusammen. „Ich war nur dehydriert."

„Das haben wir gehört", sagte Yvette. „Dr. Sims sagt, du kümmerst dich nicht um dich, und du riskierst eine Infektion. Und lass dir das gleich von mir sagen, Dad, das lassen wir nicht zu. Also sechs Stunden in der Brauerei. Das war's. Und wir werden Clay und Rhys in die Verantwortung ziehen."

„Wie wäre es, wenn ich einfach alles überschreibe und zu Hause auf meiner Liege bleibe?", fragte er scharf, in seinen Augen blitzte Zorn. „Ihr könnt mir eine Schwester anstellen, die mich füttert und umsorgt, und ich werde einfach den Rest meines Lebens damit verbringen, nichts zu tun und den ganzen Tag fernzusehen. Laufen diese Seifenopern noch, die eure Mutter immer gesehen hat? Vielleicht kann ich endlich herausfinden, was es damit wohl auf sich hat."

„Nö, Dad, du wirst keine Seifenopern anschauen müssen", sagte Noel. „Du kannst einfach alles auf Netflix streamen. Du solltest es mal mit *The Walking Dead* versuchen. Das ist richtig beliebt."

„Warum sollte ich das denn tun? Ich lebe doch bereits ein Zombie-Leben."

Yvette musste ein Lachen unterdrücken. Er war so dramatisch. „Noel ärgert dich doch nur, Dad. Niemand will, dass du deine Zeit auf der Liege verschwendest."

„Nein?" Er funkelte Yvette an. „Na, aber das wird passieren, wenn ich aufhöre, in der Brauerei zu arbeiten. Jetzt, da es mit dem Obsthain über den Winter nicht mehr viel zu erledigen gibt, habe ich sonst nichts zu tun. Warum sonst glaubst du denn, dass ich angeboten habe, Clay zu vertreten?"

„Du kannst immer noch sechs Stunden arbeiten", sagte Yvette lahm und fühlte sich schrecklich für ihren Vater. Sie konnte endlich erkennen, wie furchtbar und frustrierend diese Krankheit tatsächlich für ihn war. Es war nicht nur der Kampf gegen die Krankheit, es war alles andere. Dass seine Töchter die Rolle der Pfleger übernahmen, dass er aus seinem Geschäft gedrängt wurde, und dass er sich wie ein Zuschauer in seinem eigenen Leben fühlte.

Er schnaubte. „Toll."

Yvette schaute Noel in die Augen. Keine von ihnen wusste,

was sie sagen sollte. Yvette wünschte sich verzweifelt, sie hätte einen Zauberstab, der für ihren Vater alles besser machen könnte. Und vielleicht zum ersten Mal in ihrem Erwachsenenleben stellte sie fest, dass sie sich völlig hilflos vorkam.

KAPITEL 18

Yvette schlief kaum. Nachdem sie den Abend mit ihrem Dad im Krankenhaus verbracht hatte, war sie erschöpft gewesen, aber jedes Mal, wenn sie einnickte, sah sie ihn bewusstlos auf dem Boden seines Büros liegen, seine Haut in dieser ungesund grauen Farbe. Nur wachte er in ihren Träumen niemals auf.

Sie war um fünf Uhr früh wach, wollte nicht mehr denselben Traum immer wieder durchmachen. Und obwohl ihr Körper vor Müdigkeit schmerzte, verließ sie um fünf Minuten vor sechs das Haus und begab sich direkt zum Incantation Café.

Zwanzig Minuten später, bewaffnet mit dem besten Kaffee der Stadt und zwei Plunderteilchen, marschierte sie ins Krankenhaus und ging direkt zum Zimmer ihres Vaters. Eigentlich war noch keine Besuchszeit, aber niemand hielt sie auf oder sagte ein Wort, als sie an der Stationsschwester vorbeiging.

Sie fand ihren Dad auf Kissen gestützt, wie er durch die

morgendlichen Nachrichtenkanäle zappte. „Guten Morgen“, sagte sie und zwang sich, fröhlich zu klingen.

Er warf einen Blick zu ihr hinüber, und ein aufrichtiges Lächeln trat auf seine Lippen. „Was machst du denn so früh hier, Rusty?“

„Ich bringe meinem Lieblingsvater Frühstück.“ Sie stellte den Kaffee und die Tüte mit süßen Teilchen auf den Wagen neben seinem Bett. „Ich schätze, das ist besser als alles, was sie hier auftischen.“

Er nahm sich die Kaffeetasse und atmete das volle Aroma ein. „Du bist nun ganz offiziell meine Lieblingstochter.“

Sie verdrehte die Augen. „Dich besticht man so leicht.“

„Das stimmt vermutlich.“ Er stopfte sich eines der süßen Teilchen mit der Begeisterung eines kleinen Kindes in den Mund.

Sie nippte an ihrem Kaffee und wartete darauf, dass er die Plunderteilchen verputzte. Sobald er fertig war, sagte sie: „Du hast heute Morgen schrecklich gute Laune.“

„Warum sollte ich die nicht haben? Sie lassen mich hier doch jede Minute raus.“ Er nahm einen Schluck Kaffee und stieß ein zufriedenes Seufzen aus. „Du weißt wirklich, wie man mich wieder gnädig stimmt, oder?“

Seine Aussage brachte sie zum Lachen. „So scheint es wohl“, stimmte sie zu und setzte sich an die Bettkante. „Hör mal, Dad, ich bin mir ziemlich sicher, dass ich dir eine Entschuldigung schulde.“

Er schnappte sich eine weitere Plundertasche, aber bevor er hineinbiss, schaute er sie verwirrt an. „Wofür?“

„Dafür, dass ich dich wie ein kleines Kind behandelt habe“, brach es aus ihr heraus. „Dafür, dass ich hinter deinem Rücken mit deiner Ärztin über dich gesprochen habe. Und am allermeisten, dass ich dir in diesen ganzen Monaten nicht zugehört habe, als du uns gesagt hast, dass du etwas mehr brauchst, als nur im Haus herumzuhängen. Wir – ich will einfach, dass du nicht mehr krank bist."

Er griff nach ihrer Hand. „Ich will auch nicht mehr krank sein, meine Liebe, aber das hat das Schicksal mir eben zugespielt, und ich muss damit klarkommen. Das ist mein Kampf, den ich ausfechten muss."

„Natürlich ist er das, aber du musst ihn nicht allein ausfechten. Wir sind alle für dich da."

„Ich weiß", sagte er. „Aber du kannst nicht einfach Regeln für mich aufstellen, an die ich mich halten muss, und hoffen, dass die Krankheit geht. Ich habe nachgeforscht. Ich bin mir sehr bewusst, dass das ein Krebs ist, mit dem ich den Rest meines Lebens verbringen muss. Und wenn ich wirklich leben soll, dann wird das nicht hinter einem Fernsehbildschirm stattfinden, wo ich mir das gespielte Leben von anderen anschaue."

„Das verstehe ich vollkommen", sagte sie mit einem Nicken. Wenn jemand versucht hätte, sie dazu zu bringen, sich von ihrem Geschäft fernzuhalten, wäre diese Botschaft schon von Anfang an gestorben. „Und ich glaube, du solltest so viele Stunden in der Brauerei verbringen, wie du willst."

Lin beäugte sie argwöhnisch. „Was ist passiert? Nach unserer Unterhaltung gestern Nacht war ich mir sicher, dass das ein Kampf werden würde, den wir immer und immer wieder austragen müssen. Was hat sich geändert?"

Yvette deutete auf sich. „Ich. Erst einmal konnte ich nicht aufhören, davon zu träumen, dass du bewusstlos auf dem Büroboden liegst. Dann ist mir klar geworden, wenn mich jemand von meinem Buchladen würde fernhalten wollen, während ich eine Behandlung mache, wäre das womöglich das Letzte, was derjenige jemals tut. Es ist wichtig für dich, dass du etwas zum Leben hast, etwas anderes als uns Kinder. Es tut mir leid, dass wir versucht haben, dir das wegzunehmen."

Seine drahtigen Augenbrauen gingen hoch. „Das habt ihr? Wie?"

„Wir haben gewissermaßen deine Ärztin davon überzeugt, dass du es bei der Arbeit nicht wirklich locker angehen lässt, und deshalb hat sie deine erlaubte Arbeitszeit reduziert."

„Das ist … alles wahr", sagte er mit einem Lachen. Dann glitzerten seine Augen, und er fragte: „Weißt du was, Yvette?"

„Was denn, Dad?"

„Ich hätte sowieso nicht auf sie gehört, darum ist das keine große Sache. Ich werde arbeiten, wann ich will, und ich werde sehr viel mehr auf mich aufpassen, aber das ist alles, was ich versprechen kann."

„Das ist alles, was ich brauche", sagte Yvette, die sich hinab beugte, um ihn zu umarmen. Er legte seine warmen Arme um sie und gab ihr eine seiner legendären Umarmungen.

„Danke, mein liebes Mädchen", flüsterte er ihr ins Ohr.

„Wofür?", fragte sie.

„Dafür, dass du deinen Vater so sehr liebst, dass du vor der Morgendämmerung mit Zeug aus dem Kaffee der Pelshes hier aufkreuzt." Er grinste. „Was sagst du? Sollten wir dort einen zweiten Halt machen, wenn du mich nach Hause fährst?"

„Auf jeden Fall. Mehr Koffein und Zucker sind immer die richtige Antwort."

„Das habe ich mir doch gedacht", sagte er mit einem Nicken.

„Guten Morgen, Mr. Townsend", sagte die Nachtschwester, während sie ins Zimmer kam, ein Klemmbrett in der Hand. Sie wandte sich an Lin. „Bereit, die Biege zu machen?"

„Sie haben ja keine Ahnung, wie sehr", sagte er.

„Hervorragend." Sie reichte ihm eine Akte mit Unterlagen.

„Darin werden sie Anweisungen von Dr. Sims für Ihre weitere Genesung finden. Vergessen Sie nicht, viel zu trinken."

„Ja, Ma'am", erwiderte er. „Das mache ich auf jeden Fall. Und wenn nicht, bin ich sicher, dass meine Töchter schon bereitstehen, um herauszufinden, wer meine Pflege übernehmen wird."

„Das muss man sich nicht fragen, Dad", sagte Yvette. „Ich habe das Gefühl, dass mir diese große Ehre bereits zuteilgeworden ist."

„Himmel hilf", sagte er, und während die Schwester wieder aus dem Raum stapfte, klopfte Lin auf das Bett, damit seine Tochter sich abermals zu ihm setzte. „Nimm Platz."

Sie tat wie geheißen und wartete.

Er brauchte einen Moment, um die Worte zu finden, aber als es soweit war, kam er direkt zur Sache. „Ich weiß, dass du dich mit Jacob Burton triffst."

„Wie hast du … wer hat dir das gesagt?"

Ihr Vater schob ihr eine Haarsträhne hinters Ohr. „Niemand, meine Liebe. Obwohl er gestern Nacht hierherkam, um nach dir zu sehen. Das war mein erster Hinweis."

„Moment, was? Jacob war hier?", fragte sie.

„Höchstpersönlich."

Sie war verblüfft. Nach der Abweisung früher am Tag war sie zu dem Schluss gekommen, dass er sie nicht mehr anrufen würde.

„Du hast mich angelogen, was ihn betrifft. Warum, Yvette?"

Sie warf einen Blick auf ihren knallharten Vater und zuckte mit den Schultern. „Ich schätze, das liegt daran, dass ich nicht wollte, dass du von mir enttäuscht bist."

Ihr Vater holte scharf Luft. „Wie solltest du denn darauf kommen? Du darfst dich doch hin und wieder mal mit jemandem treffen."

„Ja, aber Experimente damit, dass Geschäftliche mit dem Schönen zu verbinden, sind für mich immer schlecht ausgegangen. Man möchte meinen, ich würde dazulernen, aber …“

„Das tut doch niemand, wenn es um Herzensangelegenheit geht“, sagte er und tätschelte ihr die Hand. „Vergiss alles, was ich über deine Entscheidung gesagt habe, mit Jacob Burton auszugehen. Soweit ich es sagen kann, ist ein guter Mann, und er hätte großes Glück, wenn du beschließt, dass er deine Zeit wert ist.“

„Er ist ein guter Mann“, sagte Yvette traurig. „Ich glaube nur nicht, dass er daran interessiert ist, *mein* guter Mann zu sein.“

Lin lachte leise. „Das ist nicht das, was ich gesehen habe, als er gestern Nacht hier hereinrauschte, um nach dir zu suchen. Ich schätze, es besteht die Chance, dass ich mich irre …“ Er zuckte mit den Schultern. „Aber das tue ich nicht.“

Die Schwester kam mit einem Rollstuhl wieder herein, ehe Yvette noch ein Wort herausbrachte. „Bereit für den Expresszug nach draußen?“

„Aber sicher“, sagte Lin und nahm im Rollstuhl Platz. „Von hier an übernimmt meine Tochter.“ Er wandte sich an Yvette. „Gehen wir. Da wartet doch ein weiteres Plunderteilchen direkt auf mich.“

KAPITEL 19

Der Donnerstagmorgen begann schön und sonnig, in Keating Hollow im Januar eine Seltenheit. Jacob stand auf seiner Terrasse, eingepackt in Schal und Jacke, und er fühlte eine Sehnsucht, die er schon seit vielen Jahren nicht mehr gespürt hatte. Vielleicht nicht, seit er die Highschool abgeschlossen und sich schwer in Mary Jean Hopkins verliebt hatte, eine neue Schülerin aus Austin, Texas, die wieder nach Hause gezogen war, nachdem sich ihre Eltern getrennt hatten.

Er konnte nicht aufhören, sich zu wünschen, Yvette stünde neben ihm und würde den unfassbaren Ausblick über die Mammutbäume genießen. Er spürte fast, wie sie sich an ihn schmiegte, lächelte und von etwas nacherzählte, was ein Kunde gesagt hatte. Die letzten beiden Tage war es eine Qual gewesen, mit ihr zu arbeiten. Sie war freundlich und fröhlich gewesen wie eh und je, aber auch distanziert, als hätte sie bereits akzeptiert, dass das, was immer zwischen ihnen vorgegangen war, vorbei war.

Jacob verabscheute es. Er wollte in ihr Büro marschieren und ihr alles sagen, ihr erklären, dass er gerade erst von seiner

Tochter erfahren hatte, und wenn sein Leben keine Vollbremsung hingelegt hätte, würde er sie von den Füßen reißen und beten, dass sie sich in ihn verliebte. Aber dazu würde es nicht kommen. Welchem Zweck hätte das gedient, außer dass er sich besser fühlte? Wenn er ihr seinen Müll aufbürdete, würde alles nur schlimmer werden.

Sein Telefon summte und störte seine Gedanken. Er warf einen Blick nach unten und sah, dass es Yvette war. Der Handwerker war gekommen, um zu besprechen, wie man sein Büro mit einem Fenster ausstattete, und sie brauchte seine Meinung. Jacob schloss die Augen und murmelte einen Fluch. Er hatte das Fenster ganz vergessen. Es war nun völlig unnötig, da er beschlossen hatte, dass er Keating Hollow verlassen musste, nur hatte er noch nicht den Mut aufgebracht, es Yvette zu sagen. Er hatte darauf gewartet, an diesem Wochenende mit Sienna zu reden und mehr über ihre Pläne für die Zukunft herauszufinden.

Ich bin in zehn Minuten da, tippte er zur Antwort.

Das grüne Licht ging an, das darauf hinwies, dass sie eine Antwort tippte, aber dann verschwand es. Er wartete und rechnete mit der Antwort, doch es kam keine. Jacob schob sich das Telefon in die Tasche, holte die Schlüssel heraus und ging zu seinem Truck. Es war an der Zeit, sich seinen Problemen zu stellen.

* * *

„YVETTE?", rief Jacob, während er an ihre Bürotür klopfte. Als keine Antwort kam, öffnete er die Tür einen Spalt breit und schaute hinein. Das Zimmer war leer. In seinem Büro hatte er bereits nachgesehen, aber von Yvette oder dem Handwerker war keine Spur zu sehen gewesen.

„Sie ist nicht da", sagte Brinn hinter ihm.

Jacob wirbelte herum und musterte die junge Frau, die gerade damit beschäftigt gewesen war, einem Kunden zu helfen, als er in den Laden gekommen war. „Sie hat mich erst vor fünfzehn Minuten benachrichtigt."

Brinn nickte. „Sie hat einen Anruf von der Schule ihrer Nichte erhalten und ist panisch rausgelaufen. Offenbar konnten sie Noel nicht erreichen, darum haben sie Yvette angerufen."

Er spürte, wie Kälte sich in seinem Inneren ausbreitete, als er sich an das lebhafte junge Mädchen erinnerte, das er bei Lincoln Townsend getroffen hatte, als er mit ihnen zu Abend gegessen hatte. „Ist Daisy verletzt?"

„Ich glaube, ja, aber ich habe keine Einzelheiten mitbekommen."

„Danke, Brinn."

Er zog sein Telefon heraus und schickte Yvette eine Textnachricht, in der er fragte, ob alles in Ordnung war. Er rechnete nicht so schnell mit einer Antwort, aber sie tippte sofort: *Nein. Kannst du zur Schule kommen? Daisy und ich brauchen einen Chauffeur.*

Ich bin unterwegs.

Ohne noch einmal darüber nachzudenken, rannte er aus dem Laden und sprang in seinen Truck. Die Schule war nur zwei Blocks entfernt, und als er auf dem Seitenstreifen anhielt, wo Yvette und Daisy warteten, sah er gleich, weshalb sie ihn gebraucht hatte, um sie abzuholen. Ihr Fahrrad lehnte an der Gebäudewand, und Daisy hielt sich ein blutgetränktes Handtuch über das linke Auge. Sie wimmerte, während Yvette versuchte, sie zu beruhigen.

Jacob lief um den Truck und half den beiden beim Einsteigen. Sobald er wieder hinter dem Steuer saß, warf er einen Blick auf Yvette. „Zur Notaufnahme oder zur Heilerpraxis?“

„Zur Heilerpraxis. Ich habe Gerry bereits angerufen, und sie ist zuversichtlich, dass sie das nähen und sich um die Prellungen kümmern kann“, sagte Yvette. Sie hatte den Arm um ihre Nichte gelegt und streichelte sie sanft.

„Alles klar.“ Er startete den Motor und begab sich zur Stadtmitte.

„Danke, dass du uns abgeholt hast“, sagte sie. „Ich bin heute nicht in die Arbeit gefahren, darum hatte ich nur mein Fahrrad, und Noel ist heute unterwegs in Eureka und macht Erledigungen.“

„Gern geschehen“, sagte Jacob. „Ich helfe doch gerne.“

„Tante?“, fragte Daisy schluchzend.

„Ja, mein Schatz?“, erwiderte Yvette mit sanfter Stimme.

„Mein Kopf tut weh.“

„Darauf möchte ich wetten“, beruhigte sie Yvette. „Es ist nicht mehr weit, und dann wird dich Gerry wiederherstellen, du bist bald so gut wie neu. Hältst du es noch ein bisschen aus?“

„Ok.“ Die Stimme des kleinen Mädchens war so eingeschüchtert und elend, dass Jacob sich danach sehnte, sie in die Arme zu nehmen und vor allem und jedem zu beschützen.

„Was ist passiert?“, fragte er.

„Ich bin hingefallen“, sagte Daisy, ihre Unterlippe zitterte.

Yvettes Augen wurden düster und stürmisch, als sie ergänzte: „Bei dem Sturz wurde nachgeholfen.“

Wut ballte sich in seiner Magengrube zusammen, und Jacob musste sich bemühen, seine Miene neutral zu lassen. „Ich hoffe, er …“

„Sie“, verbesserte Yvette.

„Tut mir leid", sagte er. „Ich hoffe, *sie* hat sich entschuldigt."

„Noch nicht", sagte Yvette seufzend. „Aber man hat ihre Eltern angerufen, und ich bin mir sicher, die Schule wird entsprechend damit umgehen. Wenn nicht, wird bald ein sehr erzürnter Townsend-Clan die Schultore stürmen."

Nicht nur die Townsends, dachte er. Obwohl er wusste, dass es unvernünftig war, konnte er seine Beschützergefühle nicht unterdrücken, nachdem er gesehen hatte, wie sehr dieses verletzte Kind durch den Wind war. Falls Yvette oder ihre Schwester ihn für irgendetwas brauchten, würde er da sein. Aber dann fiel ihm wieder ein, dass er vorhatte, die Stadt eher früher als später zu verlassen.

Er runzelte die Stirn und schüttelte den Kopf. Was dachte er sich nur dabei? Er gehörte nicht zu ihrer Familie. Keine von ihnen würde erfahren, dass man sich in einer Krise auf ihn verlassen konnte. Der einzige Grund, weshalb er sie gerade jetzt zum Heiler brachte, lag darin, dass er genau zum richtigen Zeitpunkt eine Nachricht geschickt hatte. Traurigkeit durchströmte ihn, und er war sich nicht sicher, weshalb. In diesem Augenblick wusste er nur, dass es ihm gefiel, gebraucht zu werden.

Die Heilerin Gerry wartete auf sie, als sie in der Praxis ankamen. Sie nahm Daisy und Yvette mit nach hinten in einen der Untersuchungsräume, ohne sie Unterlagen ausfüllen zu lassen. Jacob nahm Platz und wartete.

Fünfundvierzig Minuten später erschienen Yvette und Daisy wieder. Das kleine Mädchen war über dem linken Auge genäht und hatte eine heftige Verfärbung, die wirkte, als würde daraus ein verdammt beeindruckender blauer Fleck werden.

„Jacob?", sagte Yvette. „Du hättest nicht auf uns warten müssen."

Er stand auf und legte die Zeitschrift beiseite, in der er

geblättert hatte. „Aber klar doch. Ich hätte euch beide doch nicht zu Fuß nach Hause gehen lassen.“

Sie lächelte ihn dankbar an und nahm Daisy an der Hand. „Ok, danke. Wir sind fertig. Wir müssen nur noch anhalten und einen Trank bei *Charming Herbals* holen, mit dem Daisy die Kopfschmerzen in den Griff kriegt. Ist das in Ordnung?“

„Natürlich.“

Nachdem Yvette die Rechnung bei der Heilerin beglichen hatte, fuhr Jacob sie weiter und brachte sie dann zurück zur Pension. Noel kam zu ihnen heraus, schlang die Arme um Daisy, umsorgte und betüddelte sie und entschuldigte sich, dass sie nicht da gewesen war.

„Tante Vette und Onkel Jacob haben sich gut um mich gekümmert“, sagte Daisy und setzte eine tapfere Miene auf.

Jacob schaute in Yvettes amüsiertes Gesicht. Sie zuckte mit den Schultern, als wolle sie sagen, *was kann man schon machen?*

„Haben sie das, hm?“ Noel schob Daisy eine Haarsträhne hinters Ohr. „Das ist gut. Sie mögen dich wohl sehr.“

Daisy nickte und sagte: „Kann ich jetzt rein? Mir tut immer noch der Kopf weh.“

„Natürlich, Kleines“, sagte Noel und küsste sie oben auf den Kopf. „Geh schon und leg dich ins Bett. Ich komme gleich nach.“

Daisy verschwand durch die Hintertür in den Wohnbereich der Pension. Sobald sich die Tür geschlossen hatte, schlang Noel die Arme um Yvette. „Vielen, vielen Dank, dass du dich um sie gekümmert hast. Wenn sie auf mich hätte warten müssen…“

„Musste sie doch nicht“, sagte Yvette. „Und es kommt alles in Ordnung. Gerry sagte, wir sollen aufpassen, um eine Gehirnerschütterung auszuschließen, und hat mir gesagt, wie man sich um die Naht kümmert.“

„Oh, bei der Göttin. Eine Gehirnerschütterung?“, fragte Noel.

„Gerry sagt, sie glaube nicht, dass Daisy eine hat, aber sie will, dass du nur für den Fall auf die Symptome achtest.“ Yvette reichte ihr die Tasche, die sie noch hielt. „Das ist der Trank gegen Kopfschmerzen. Gerry sagte, sie solle ihn mit etwas zu essen nehmen, wann immer sie ihn braucht.“

„Ok.“ Noel nickte und wischte sich eine einzelne Träne von der Wange. „Tut mir leid, ich habe mir solche Sorgen gemacht, als die Schule angerufen hat und sagte, sie hätte sich den Kopf angestoßen. Ich bin fast gestorben, weil ich nicht da sein konnte.“

„Ich weiß“, sagte Yvette. „Ruf mich später an und lass mich wissen, wie es ihr geht, ok?“

„Werde ich.“ Sie wandte sich an Jacob. „Danke für Ihre Hilfe. Das war sehr nett von Ihnen.“

„Gern geschehen“, sagte er und versuchte, das Gefühl zu unterbinden, dass er in einen familiären Augenblick eingedrungen war.

Noel kam einen Schritt näher und schlang die Arme auch um ihn. Sie umarmte ihn fest und sagte: „Sie sind ein guter Mensch, Jacob Burton. Ich glaube, wir haben großes Glück, Sie hier in Keating Hollow zu haben.“

Er zog sich zurück und lächelte sie unbehaglich an, nicht ganz sicher, was er sagen sollte.

„Daisy wartet auf dich“, drängte Yvette. „Geh rein, und wir stören dich nicht länger.“

„Du hast recht.“ Sie winkte und eilte dann zurück ins Haus.

Jacob und Yvette stiegen gerade wieder in den Truck, als ein SUV mit den Worten *Keating Hollow Sheriff's Department* auf den Türen neben ihnen heranfuhr. Drew sprang heraus und rannte ins Haus. Jacob hörte ihn rufen: „Daisy!", kurz bevor die Tür zufiel.

„Er ist wirklich in dieses kleine Mädchen vernarrt, oder nicht?", fragte Jacob Yvette.

„Zweifelsohne. Es ist leicht, dieses Kind zu lieben", sagte Yvette. „Sie ist auch kopfüber in ihn verschossen. Wenn ich die drei zusammen sehe, explodiert mir fast das Herz. Noel hatte es so schwer, nachdem ihr erster Mann sie verlassen hat. Sie brauchte eine Weile, um Drew in ihr Leben zu lassen, aber zum Glück hat sie es getan. Sie passen perfekt zueinander."

„So sehen sie auch aus", sagte Jacob, der sich daran erinnerte, sie bei Clays und Abbys Hochzeit zusammen gesehen zu haben. Die offensichtliche Liebe zwischen ihnen war für einen Mann, der den Frauen abgeschworen hatte, beinahe übelerregend gewesen. Aber nun, als er sie zusammen sah, stellte er fest, dass er sich nach dieser Art der Hingabe sehnte. Es war nichts, was er je mit Sienna geteilt hatte. Und allmählich fragte er sich, warum er je gedacht hatte, dass sie zueinander passen könnten.

„Ich bin am Verhungern. Willst du was zu Mittag essen?", fragte ihn Yvette.

Ihre Frage überraschte ihn, doch er erholte sich schnell und sagte: „Klar. Mittagessen wäre toll. Wo willst du denn hin? Ins Woodlines?"

Sie schüttelte den Kopf und deutete auf ihr Oberteil. Darauf waren Blutflecken, weil Daisy sich an sie geklammert hatte. „Ich muss mich umziehen, ehe wir zurück in den Laden gehen. Ich hatte gedacht, wir würden dort etwas essen. Ich habe Pasta übrig, die ich aufwärmen kann."

„Alles klar." Jacob war von nervöser Energie erfüllt, als er fünf Minuten später in ihre Auffahrt fuhr. Beim letzten Mal, als er allein mit ihr in ihrem Haus gewesen war, hatten sie die

Nacht zusammen verbracht. Er hatte sie damals kaum gekannt, und es war ihm nicht möglich gewesen, die Finger von ihr zu lassen. Was würde nun passieren, da er ziemlich sicher war, dass er in sie verliebt war?

Yvette ging voraus in ihr Haus. Das Wohnzimmer war mit einem weißen Sofa und passenden Sesseln möbliert. Türkis gestrichene Holzmöbel hellten das Zimmer auf und ließen es nach etwas aussehen, dass in einer Stadt am Strand stehen könnte. Witzig, das war ihm beim letzten Mal nicht aufgefallen.

Sie winkte ihm, damit er sich an den Tresen in der Küche setzte, und machte sich an die Arbeit, um ihr Mittagessen aufzuwärmen.

Aber anstatt sich hinzusetzen, wühlte er sich durch ihren Kühlschrank und fand eine Flasche Weißwein. Ohne sie zu fragen, schenkte er ihr ein Glas ein und reichte es ihr. „Du siehst aus wie jemand, der einen Drink gebrauchen könnte."

Sie nahm das Glas und stieß ein leises Lachen aus. „Sehe ich so schlimm aus?"

„Nein", sagte er und lächelte sie schwach an. „Du siehst schön aus. Deine Augen verraten dich aber. Was ist los, Yvette?"

Sofort traten Tränen in ihre hübschen braunen Augen, und sie schüttelte den Kopf.

Oh, verdammt, dachte er und trat instinktiv vor, um sie in die Arme zu nehmen. „Was ist denn, Yvette? Was immer es ist, ich bin da."

„Es ist nur ... ich weiß nicht." Tränen liefen ihr über die Wangen, und sie zog sich vor ihm zurück, wischte sich wütend übers Gesicht. „Es ist dumm."

„Das bezweifle ich", sagte er und wünschte sich, er hätte

etwas tun können, irgendetwas, um ihr den Schmerz zu nehmen. „Hattest du Angst um Daisy?"

„Natürlich, aber das ist nicht …" Sie zuckte mit einer Schulter. „Vielleicht bringt mich das so durcheinander. Ich stand dafür eine Weile ziemlich unter Adrenalin, und nun spielen meine Gefühle total verrückt."

„Es geht ihr gut, weißt du", sagte er und wollte sie wieder in die Arme nehmen, doch er ließ ihr den Platz, den sie offenbar brauchte, und lehnte sich an den Tresen.

„Ja, ich weiß. Es ist nur …" Sie schloss die Augen. „Ich liebe die Kleine einfach so sehr." Sie öffnete die Augen, dann schaute sie ihn unbeirrt an, während sie sagte: „Vor bald einem Jahr habe ich Isaac gesagt, ich sei bereit, eine Familie zu gründen."

„Was hat er geantwortet?" Jacob sah nun die Sehnsucht überall auf ihrem Gesicht, und es war nicht schwer, herauszubringen, dass ihr ihre eigenen gescheiterten Träume wieder klar geworden waren, indem sie sich um ihre Nichte gekümmert hatte.

Sie schnaubte. „Dass er nicht bereit war. Dass er ein oder zwei Jahre warten wolle, in der wir Zeit nur für uns hatten, bevor wir uns Kinder zulegten. Ich schätze, in Wahrheit wollte er mehr Zeit mit Jake, bevor er mit einem Baby belastet wurde."

„Oder er wusste, dass er eine Lüge lebte, und hatte noch nicht den Mut, sich dem zu stellen", sagte Jacob.

Ihr Gesicht fiel in sich zusammen, und die Tränen flossen noch heftiger. „Verteidige ihn nicht, Jacob."

Er konnte nicht anders. Er konnte nicht dastehen und nichts tun, während sie solche Qualen durchmachte. „Ich verteidige ihn nicht. Überhaupt nicht. Komm her", sagte er und öffnete die Arme erneut.

Ohne zu zögern, trat sie in seine Umarmung und legte ihm den Kopf an die Schulter. „Es tut mir leid."

„Was denn?" Er streichelte ihr den Rücken.

„Dass ich hier vor dir so zusammenbreche." Sie schniefte. „Ich weiß, diese Situation muss für dich ein Albtraum sein, dass du dazu gezwungen bist, dir anzuhören, wie ich mich beschwere, dass ich zu diesem Zeitpunkt gehofft hatte, Mutter zu sein."

„Es ist kein Albtraum", sagte er und meinte es ernst. Diese Erkenntnis überraschte ihn, aber er *wollte* da sein. Er wollte derjenige sein, auf den sie sich stützte. Er dachte an Sienna und das kleine Mädchen, dass er noch nicht getroffenen hatte. Wäre er bereit gewesen, eine Familie zu gründen, wenn sie ihn gefragt hätte?

Ja.

Die Antwort kam sofort. Er hatte schon immer Kinder gewollt, eine eigene Familie. Er konnte sich nicht vorstellen, dass er Nein zu ihr gesagt hätte. Aber andererseits hatte er auch in keiner anderen Sache Nein zu ihr gesagt. „Ich verstehe es, Yvette. Ich hatte auch Träume, bevor Sienna ging."

„Du willst Kinder?", fragte sie, ihre Augen waren nun trocken.

„Wollte ich schon immer." Er starrte auf sie hinab, alles in ihm sehnte sich danach, sie zu küssen. Die Anziehung, die zwischen ihnen bestand, ließ sich nicht leugnen. Sie hatte von Anfang an bestanden. Aber es gab da noch etwas anderes, eine Verbindung, die dazu führte, dass sie einander verstanden, eine Verbindung, die er noch nie zuvor gespürt hatte und von der er wusste, dass sie extrem selten war. Das konnte er doch nicht loslassen, oder? Wenn sie so perfekt zueinander passten, würden sie eine Möglichkeit finden, ihre Lebensumstände irgendwie zum Funktionieren zu bringen, richtig? Bevor er sich davon abhalten konnte, senkte er den Kopf nach unten und streifte mit seinen Lippen ihre.

Sie zögerte, als wäre sie sich nicht sicher, dass sie ihn küssen sollte, aber dann grub sie ihre Finger in sein Hemd und öffnete sich ihm.

Er hielt sie fester und gab sich den Gefühlen hin, die ihn verzehrten. Sie standen eng beisammen, küssten sich, schmeckten sich, neckten sich einen langen Augenblick, bis sich schließlich Yvette zurückzog und zu ihm hinauf lächelte.

„Nun, das war definitiv unerwartet", sagte sie.

„Ich mag Überraschungen", erwiderte er, während er leicht mit den Fingerspitzen über ihre Wange streifte. „War es in Ordnung, dass ich das getan habe?"

Sie lachte leise. „Ich glaube, ich würde lügen, wenn ich Nein sage."

„Gut." Er beugte noch einmal den Kopf nach unten und stahl sich einen weiteren Kuss, weil er nicht wollte, dass dieser Augenblick ein Ende hatte.

Sie schmiegte sich an ihn, ließ sich mit einem Seufzen in den Kuss sinken, aber als er gerade bereit war, die Sache weiter zu treiben, legte sie ihm eine Hand auf die Brust und drückte leicht dagegen „Ich glaube, das Essen ist fertig."

„Ich habe keinen Hunger", sagte er, während er auf ihre Lippen starrte.

Sie lachte. „Du vielleicht nicht, aber ich schon." Yvette trat zurück und holte eine Auflaufform aus dem Ofen. Der Geruch nach Knoblauch hing in der Luft, und sein Magen knurrte. Sie schaute über die Schulter. „Hast du nicht gerade eben noch gesagt, dass du keinen Hunger hast?"

„Das war, als ich dich in den Armen hielt. Aber nun, da du mich einfach so stehen gelassen hast, sieht es so aus, als könne ich durchaus etwas essen."

Yvette verdrehte die Augen und stellte zwei Teller mit Pasta auf den Küchentresen. „Wir werden den Wein nachfüllen müssen."

Er kam der Bitte nach, und nachdem sie sich hingesetzt hatte, gesellte er sich zu ihr. Während sie ihre Fettuccine Alfredo futterten, fühlte sich Jacob ganz friedlich, und er beschloss, wenn er das für den Rest seines Lebens mit ihr tun könnte, würde er gewiss als zufriedener und glücklicher Mensch sterben.

Am Freitagvormittag schwebte Yvette in die Arbeit. Nach dem Mittagessen am Tag zuvor hatten sie und Jacob trotz des Knoblauchs eine epische Knutschsession hingelegt. Und obwohl sie schon einmal zusammengewesen waren, war sie noch nicht ganz bereit gewesen, ihn in ihr Bett einzuladen. Diesmal war es anders. Eine ganze Bandbreite an Gefühlen wirbelte durch sie hindurch, und sie wollte sicher sein, dass sie nicht einfach nur im Augenblick aufgingen.

Als sie Jacob gesagt hatte, dass sie warten wollte, hatte sie mit Protest gerechnet, aber zu ihrer Überraschung hatte er von ganzem Herzen zugestimmt und sie ein letztes Mal geküsst, ehe er sich widerstrebend verabschiedet hatte. Dann hatte er sie damit überrascht, ihr Fahrrad an der Schule abzuholen und es zu ihrer Garage zu bringen. Sie hatte nicht mal geahnt, dass er das getan hatte, bis er später eine Nachricht geschickt hatte, um sie wissen zu lassen, wo sie danach suchen sollte.

Ihr Herz war an Ort und Stelle geschmolzen.

„Guten Morgen, meine Hübsche", sagte Jacob.

Sie drehte sich um und fand ihn am Kaffeeausschank, wo er

einen Latte zubereitete. „Denkst du, du kannst einen davon für mich machen?"

„Bin schon dabei." Er goss aufgeschäumte Milch in zwei verschiedene Tassen und reichte ihr eine. Nachdem er seine mit etwas Zucker aufbereitet hatte, steckte er den Deckel auf und kam hinter dem Tresen hervor, um sich neben sie zu stellen. „Hast du heute schon Pläne fürs Mittagessen?"

„Nein, nicht dass ich wüsste. Warum, was hast du denn im Sinn?" Ihre Gedanken zuckten sofort zurück zum Vortag, und Hitze kroch ihren Nacken hinauf.

„Wirst du etwa rot?", fragte er und musterte sie. „Ja, sieht ganz danach aus. Hast du etwa schmutzige Gedanken, Miss Townsend?"

„Ich habe, äh, nur über unser gestriges Mittagessen nachgedacht und mich gefragt, ob du darauf hinauswillst."

Er lachte leise, dann verzog er das Gesicht. „Leider nein. Es gibt etwas, das ich mit dir besprechen muss. Ich hatte gehofft, wir könnten irgendwo hingehen, wo es weniger … verführerisch ist."

„Ich verstehe. Jetzt bin ich aber neugierig", sagte sie und wollte unbedingt herausfinden, was er loswerden musste. Wollte er ihre Beziehung nun auf die nächste Ebene bringen, da er Zeit gehabt hatte, über sein Treffen mit Sienna hinwegzukommen? Ihr Herz setzte kurz aus, wenn sie nur daran dachte. Obwohl sie sich unzählige Male gesagt hatte, sie solle sich nicht auf ihn einlassen, wusste sie, dass sie sich da nur etwas vormachte. Sie konnte ihm genauso wenig widerstehen wie einem Stück Schokokuchen ohne Boden.

Er ignorierte ihre Anmerkung und sagte: „Woodlines um eins?"

„Klar. Solange Brinn hier ist, sollte das kein Problem sein."

„Ich werde da sein", rief Brinn von der Kasse herüber. „Ich werde früh Mittag machen."

„Also haben wir ein Date", sagte Jacob und hob zu einem spielerischen Prost seinen Milchkaffee. „Bis dahin bin ich in meinem Büro zu finden und packe die neueste Lieferung aus."

Yvette sah ihm nach. Seine Schultern hingen herab, und sie hätte schwören können, dass er etwas vor sich hinmurmelte. Etwas stimmte nicht. Sie spürte es. Und das war der Zeitpunkt, an dem sie erkannte, dass die Sache, über die er beim Mittagessen mit ihr reden wollte, etwas sein würde, dass sie nicht würde hören wollen.

* * *

UM VIERTEL vor eins schleppte Yvette sich aus ihrem Büro und traf Jacob am Eingang des Ladens.

„Bereit?", fragte er.

Sie nickte und folgte ihm hinaus auf den Bürgersteig. Eine Vorahnung hatte sich auf sie herabgesenkt, und mit jedem Schritt musste sie dagegen ankämpfen, sich umzudrehen und zurück in den Buchladen zu laufen. Aber dann legte er ihr eine Hand auf den Rücken, und sie begann, sich zu entspannen. Die Vertrautheit beruhigte sie.

Yvette lächelte zu ihm auf. „Hast du die neuen Bücher fertig ausgepackt?"

„Ja. Alles ist nach Autor und Genre sortiert."

„Gut. Ich werde dann mit dem Einräumen anfangen, wenn wir zurück sind", sagte sie.

„Oh, ich hätte es dir eher sagen müssen, aber ich werde mir nach dem Mittagessen freinehmen müssen. Am Wochenende kommt ein Freund in die Stadt, den ich treffen muss." Sein Tonfall war hölzern, und er klang merkwürdig.

„Jacob? Ist alles in Ordnung?", fragte sie.

Er warf einen Blick auf sie hinab. „Klar. Warum?"

Sie zuckte mit einer Schulter. „Ich weiß nicht. Das hat einfach gar nicht nach dir geklungen."

Jacob antwortete nicht, und ihr Magen zog sich zusammen. Die Sorgen sanken erneut herab. Sie sagte sich, dass sie bis nach dem Essen warten würde, um ihm weitere Fragen zu stellen. Es lag im Bereich des Möglichen, dass er einfach nur nervös wegen der Sache war, die er ihr sagen musste.

Im Restaurant war nicht sonderlich viel los, und sie bekamen sofort einen Platz.

„Wein?", fragte Jacob.

„Klar." Sie war wirklich nicht in der Stimmung für Wein, aber sie wollte bereit sein, falls das Gespräch so schlecht lief, wie sie fürchtete.

Der Kellner nahm ihre Bestellung auf. Yvette nahm einen Salat mit Lachs, und Jacob die Krabben-Küchlein. Keiner von ihnen sprach ein Wort, bis der Kellner ihren Wein gebracht hatte.

„Dankeschön", sagte Jacob zu Wyatt, dann nahm er sein Glas und trank beinahe die Hälfte aus.

Yvette ertrug die Ungewissheit nicht mehr und beugte sich vor, die Ellbogen auf den Tisch gestützt. „Was immer du zu sagen hast, ich glaube, es ist besser, wenn du es mir einfach erzählst."

„Du hast recht. Ich ..." Sein Blick fixierte plötzlich etwas über ihrer Schulter, während sein Mund aufging und er die Augen aufriss.

„Was ist los, Jacob?", fragte sie und warf einen Blick hinter sich. Sie sah nur eine Frau mit langen, dunklen Haaren, die ein schwarzes Kleid trug, das jede einzelne ihrer perfekten Kurven in Szene setzte. In den Armen hielt sie ein süßes

Baby mit einem Schopf aus dunklen Lockenhaaren. Es trug ein rotes Wolljäckchen, eine schwarze Hose und unglaublich süße kleine Schühchen. „Du liebe Zeit, was ist dieses Baby süß."

Yvette wandte ihre Aufmerksamkeit wieder Jacob zu, nur um festzustellen, dass er nicht mehr auf seinem Stuhl saß, seine Augen immer noch auf die Frau gerichtet. „Jacob, was ist los?"

Er schaute auf sie hinab, sein Mund bewegte sich, aber es entwich ihm kein Ton.

„Da bist du ja!", sagte die Frau und kam herüber zu Jacob. „Ich dachte, wir würden dich niemals finden."

Jacob starrte völlig geplättet auf das Kind.

„Willst du sie mal halten?", fragte ihn die Frau, auf ihre Lippen trat ein bewunderndes Lächeln, als sie ihre Aufmerksamkeit dem Kind zuwandte.

„Ja", hauchte Jacob.

Die Frau strich dem Kind über die Haare und flüsterte: „Ok, Skye, es ist Zeit, zu deinem Daddy zu gehen."

Daddy? Hatte die Frau gerade angedeutet, dass Jacob der Vater des Kindes war?

Jacob, der vergessen zu haben schien, dass Yvette überhaupt noch im Restaurant war, streckte die Hände aus und nahm das kleine Mädchen in die Arme. Sie schmiegte sich an seine Brust und schloss die Augen.

„Wir haben versucht, dein Haus zu finden, aber ich konnte mich nicht an die Straße erinnern", sagte die Frau zu ihm. „Darum habe ich mir diesen kleinen Buchladen angesehen ... Wirklich drollig, Jacob. Ich verstehe, weshalb dein Vater glaubt, dass du noch in diesem Jahr zurück zu *Bayside Books* kommst. Keine große Herausforderung, hm?"

Yvette, die kochte, weil die Frau ihren Laden so

heruntermachte, stand auf und streckte die Hand aus. „Hallo, ich bin Yvette Townsend, Jacobs Geschäftspartnerin."

„Hallo. Ich schätze, Ihnen ist klar, wer ich bin", sagte die Frau, während sie zu ihrem Kind hin nickte. „Es war eine lange Reise aus L.A., aber ich habe Jacob versprochen, wir würden hierher kommen, damit wir das Wochenende zusammen verbringen können. Er und Skye haben eine Menge aufzuholen."

„Sienna", sagte Jacob, der schließlich seine Stimme wiederfand. „Macht es dir etwas aus, uns nur einen Augenblick zu geben?" Er hatte immer noch das Kind in den Armen und streichelte ihm den Rücken, während es den Kopf an seine Schulter gelegt hatte.

„Ach, ich habe nicht …", setzte Sienna an.

„Nein, nein", zwang Yvette hervor, ihr Inneres brodelte vor ungefilterten Gefühlen. Eine Menge war ihr in diesen letzten paar Augenblicken klar geworden. Sienna, seine Ex-Verlobte, und ihre gemeinsame Tochter verbrachten das Wochenende bei ihm. Hatte er ihr das beim Mittagessen sagen wollen? Weshalb hatte er ihr nicht schon früher von Skye erzählt? Hatte er die ganze Zeit nur mit ihr gespielt? Er hatte ihr alles über seine Trennung von Sienna erzählt, doch er hatte praktischerweise versäumt, ihr etwas von dem kleinen Mädchen zu sagen, dass fest in seinen Armen lag. Sie wollte fragen, warum. Wollte wissen, wie er sie am Tag zuvor so ausgiebig hatte küssen können, während er die ganze Zeit gewusst hatte, dass seine Ex kam, um das Wochenende mit ihm zu verbringen. „Ich sollte gehen. Ihr beiden … äh, genießt das Essen. Ich habe einen Termin, den ich einhalten muss."

„Yvette!", rief ihr Jacob nach.

Sie hielt an der Eingangstür des Restaurants inne und warf einen Blick zurück zu ihm. Er hatte sich nicht bewegt, aber in seinen Augen standen Schuldgefühle, und sie baten sie still um Verständnis. Sie schüttelte einmal den Kopf und lief dann aus dem Restaurant. Ihre Brust war eng, und sie hatte Schwierigkeiten beim Atmen. Es dauerte einen Augenblick, bis ihr klar wurde, dass das daran lag, dass ihr ein Schluchzen die Kehle zuschnürte, und wütende Tränen begannen ihr über die Wangen zu laufen.

„Verdammt." Sie zwang das Schluchzen heraus, dass sie unterdrückt hatte, und versuchte, nach Luft zu schnappen. So konnte sie nicht zurück in den Buchladen gehen, und sie war sich nicht einmal sicher, ob sie zurück nach Hause gehen konnte. Der Gedanke, in ihrem Haus zu sein, wo sie am Tag zuvor mit Jacob zusammen gewesen war, war im Augenblick zu viel für sie. Sie musste irgendwo sein, wo sie nicht einmal an Jacob denken musste.

Yvette zog ihr Telefon heraus und wählte Abbys Nummer.

Ihre Schwester hob beim ersten Klingeln ab. „Hey, du", sagte sie beim Rangehen. „Hast du mich vermisst?"

„Hast du Lust auf eine Fahrt im Golfmobil?", fragte Yvette. Ihre Schwester zögerte einen Augenblick, dann fragte sie: „Geht es dir gut?"

„Nein. Nicht mal annähernd."

„Verstanden", sagte Abby. „Ich kann in zehn Minuten fertig sein."

„Ich werde da sein." Yvette beendete den Anruf und machte sich auf den Weg zu ihrem Mustang, der vor dem Laden parkte.

KAPITEL 21

Jacob starrte Yvette nach und wusste, dass er es gerade völlig vermasselt hatte. Er hatte vorgehabt, ihr beim Mittagessen von Skye zu erzählen, aber es war klar, dass er nicht hätte warten sollen. Klug wäre es gewesen, es ihr zu sagen, direkt nachdem er aus Los Angeles zurückgekehrt war, ihr zu erklären, warum er so distanziert war und beschlossen hatte, dass sie nicht zusammenkommen sollten. Aber er war viel zu sehr durch den Wind gewesen, um vernünftig zu denken.

„Sieht aus, als wäre Yvette mehr als nur deine Geschäftspartnerin", sagte Sienna, die sich nicht die Mühe machte, ihren verächtlichen Unterton zu verbergen. Ihre Lippen waren zu der schiefen Grimasse verzogen, die sie aufsetzte, wenn sie wütend war.

„Spielt das eine Rolle?", fragte er und wunderte sich, weshalb das für sie interessant sein könnte.

„Tut es, wenn sie Zeit in der Nähe *meiner* Tochter verbringen wird."

Wenn nicht das süße kleine Mädchen in seinen Armen

gewesen wäre, wäre er direkt aus dem Restaurant marschiert und hätte sich nicht einmal umgedreht. „Sienna, lass den Mist. Yvette und ich sind befreundet." Das war die Wahrheit. Sienna musste nicht erfahren, dass er sich in sie verliebte, besonders, da er sich sicher war, dass er vermasselt hatte, was immer sie am Tag zuvor zurückbekommen hatten. „Und selbst wenn wir ein Paar wären, solltest du es als Segen betrachten, das Yvette in Skyes Leben eine Rolle spielt. Sie ist eine wunderbare, liebevolle Tante. Da musst du keine Bedenken haben."

„Das werde ich beurteilen." Sie setzte sich auf Yvettes leeren Platz und nahm einen großen Schluck vom unberührten Wein. „Was gibt es zu essen?"

Er seufzte und setzte sich ihr gegenüber hin, immer noch Skye in den Armen. Sie roch nach Babypuder und etwas Süßem, dass er nicht ganz benennen konnte. „Krabben-Küchlein und Lachs-Salat. Oder du kannst einfach etwas anderes bestellen."

„Krabben-Küchlein gehen schon", sagte sie und legte sich die Serviette auf den Schoß.

„Also gut", sagte er, als Skye sich in seinen Armen regte. Er hob sie von seiner Brust und starrte auf das lächelnde, zappelnde Baby. Mit ihren riesigen hellbraunen Augen und den zuckersüßen Grübchen war sie wunderschön. „Du bist ein hübsches kleines Ding, oder nicht, Skye?", sagte er leise.

„Da sagst du ihr nichts, was sie nicht schon weiß", erklärte Sienna und hob abermals das Weinglas an die Lippen.

Er hob eine Augenbraue. „Pass auf, Si. Du klingst etwas eifersüchtig."

„Ach, bitte." Sie verdrehte die Augen. „Ich bin es nur leid, dass sich die Unterhaltung immerzu um das Baby dreht."

Jacob runzelte die Stirn. Er hatte sich geirrt. Sienna klang nicht eifersüchtig. Sie klang verbittert, und er fragte sich allmählich, wie Skyes tagtägliches Leben aussah. Er schaukelte das Baby auf den Knien und sagte: „Warum erzählst du mir nicht, was du letztes Jahr über getrieben hast? Arbeitest du immer noch Zehn- oder Zwölfstundentage im *Enchanted Bliss*?"

„Mindestens zwölf", sagte sie und beugte sich jetzt vor. „Wir machen aus der Immobilie in Aspen den Flagshipstore, und das bedarf meiner ständigen Aufmerksamkeit. Ich will jede Einzelheit richtig hinkriegen."

„Ich bin mir sicher, es wird perfekt", sagte Jacob. Als sie den Laden in L.A. eröffnet hatten, war alles, was sie für das Geschäft unternommen hatte, gut durchdacht gewesen und gut angenommen worden. Solange sie nicht wieder einen Rückzieher machte und das Tagesgeschäft einem Teenager überließ, würde der Laden vermutlich gedeihen.

„Danke dafür." Ihre Schultern entspannten sich, und sie lehnte sich im Stuhl zurück, während sie Yvettes Weinglas austrank. Sie hob das Glas hoch und bedeutete dem Kellner, es aufzufüllen. „Und danke, dass du nicht sofort gefragt hast, was mit Skye ist. Ich schwöre bei den Göttern, wenn ich diese Frage noch einmal höre, schreie ich mir die Lunge aus dem Leib. Es ist, als könne sich niemand vorstellen, wie eine Frau ein Baby rauspressen *und* eine Karriere haben kann."

Jacob starrte sie an und fragte sich, ob sie schon immer so derb gewesen war. Nein, das glaubte er nicht. Eigentlich klang sie sehr nach Brian. Sein Freund hatte immer unangemessene Sachen gesagt, nur dass er es getan hatte, um Gelächter zu provozieren. Sienna wollte niemanden erheitern; sie ließ Dampf ab. „Äh, ich bin ja nur ungern so ein Typ, aber im Interesse des Wissens darüber, wie meine Tochter aufwächst, wo ist sie denn, während du arbeitest?"

In ihren Augen blitzte Zorn auf. „Ich stelle sicher, dass man sich um meine Tochter kümmert, Jacob."

„Offensichtlich", sagte er und stieg nicht auf den Streit ein, den sie vom Zaun brechen wollte. Er hob das Baby hoch, als würde er damit prahlen. „Schau sie dir an. Sie ist perfekt. Ich frage mich nur, bei wem sie ihre Tage verbringt."

Sie seufzte schwer. „Wenn du es wissen musst, meine Mutter hat sie genommen. Ist das akzeptabel?"

„Natürlich ist es das", sagte er mehr als nur genervt von ihrer Feindseligkeit. „Du musst dich nicht gleich verteidigen. Ich stelle nur Fragen, damit ich verstehen kann, wie meine Tochter aufwächst. Hältst du das nicht für vernünftig?"

Sie zuckte mit den Schultern. „Schätze schon."

Das Essen kam, und Sienna futterte die Krabben-Küchlein ratzeputz weg. Jacob beachtete den Salat vor sich nicht und verbrachte das ganze Mittagessen damit, vor Skye Grimassen zu schneiden, wobei er das Gefühl hatte, sein Herz würde fast entzweibrechen bei all der Liebe, die hineinströmte. Er hatte in dem Augenblick, in dem er sie gesehen hatte, gewusst, dass er sein ganzes Leben umwerfen würde, nur um in ihrer Nähe zu sein, um zu erleben, wie sie aufwuchs, und an ihrem Leben teilzuhaben.

„Ich nehme an, das bedeutet, dass du Skye in Aspen aufziehen wirst?", fragte Jacob.

Sie schob sich das letzte Stück Krabben-Küchlein in den Mund und zuckte mit den Schultern, ohne sich festzulegen.

„Du denkst nicht ernsthaft daran, den Flagshipstore von jemand anderem leiten zu lassen, oder?", fragte er, obwohl er die Antwort bereits kannte.

„Natürlich nicht." Sie schob den Teller von sich und fing an, an seinem unberührten Lachs zu knabbern.

„Also warum sollte Skye nicht dort aufwachsen?", fragte er,

plötzlich besorgt, dass Sienna ihre Tochter bei ihrer Mutter ablud, die eine kleine Zweizimmerwohnung in Long Beach hatte.

„Jacob, können wir darüber bei dir zu Hause reden? Ich will hier meinen Wein genießen."

Er starrte das egoistische Wesen an, das ihm gegenübersaß, und fühlte sich einfach nur traurig. Sie schien mit ihrem Leben sehr unglücklich zu sein. Sie war viel glücklicher gewesen, als sie zusammen gewesen waren, wie ihm auffiel.

„Hör auf, mich so anzustarren", sagte Sienna. „Du machst mich nervös."

„Ich versuche nur, zu verstehen, was mit dir los ist, das ist alles", sagte Jacob.

„Es ist los, dass ich gerade erst wieder was trinken darf, und da wir in einem Restaurant mit Alkoholausschank sind, genehmige ich mir ein paar Drinks. Du solltest lernen, es lockerer zu sehen." Sie schenkte ihm ein gespieltes Lächeln. „Du solltest auch was trinken. Dann tut es nicht so weh, wenn sie dich aus vollem Hals anbrüllt."

„Das würdest du doch nicht tun, kleine Dame?", fragte Jacob seine Tochter.

„Gib ihr einfach fünf Minuten", sagte Sienna. „Dann wirst du hier so schnell rausrennen, wie ein Mensch nur rennen kann."

* * *

SIENNAS LAUNE WURDE im Laufe des Nachmittags nicht besser. Nach ihrer mittäglichen Wein-Eskapade bestand Jacob darauf, sie beide in ihrem Auto zu seinem Haus zu fahren. Sie war nicht begeistert von dieser Idee gewesen, aber als er gesagt hatte, er würde sie nicht ans Steuer lassen, wenn seine Tochter dabei war, traten Schuldgefühle auf ihr Gesicht, und sie stimmte zu.

„Ich kann nicht glauben, dass du hier wohnst“, sagte sie, während sie die Kurven zum Berg hinauffuhren.

„Warum nicht?“ Er hatte immer schon dramatische Ausblicke gemocht. In seiner Vorstellung war die Entscheidung für dieses Haus nicht so anders als für das Strandhaus, in dem sie gemeinsam gelebt hatten. Die Häuser hatten einen ähnlichen Stil, aber anstatt des Meerblicks hatte er hier einen über die herrlichen Mammutbäume.

„Es ist einfach so … abgelegen. Und die Stadt …“ Sie schüttelte den Kopf. „Ich weiß, dass du gesagt hast, du seist als Kind so gern hier gewesen, aber ehrlich, Jacob, sie ist halt so … ich weiß auch nicht, einfach.“

Sie meinte, dass es keine ganze Straße voller Designer-Läden und mehrere Restaurants mit Michelin-Sternen gab. Er wollte sie schon tadeln, dass sie so versnobt war, aber er hielt den Mund, weil er nicht streiten wollte. „Mir gefällt es einfach.“

„Ich schätze, darum haben wir nie so richtig zusammengepasst“, sagte sie und zuckte mit den Schultern.

Er schaute sie angeekelt von der Seite an. Sie hatten nicht zusammengepasst, weil sie jahrelang in seinen besten Freund verliebt gewesen war. „Du weißt, dass ich wohnen wollte, wo immer du hinwolltest.“

„Das stimmt“, sagte sie und nickte. „Aber es ist schwierig, etwas zu genießen, wenn der Partner immer so gleichgültig ist.“

Er war doch nicht gleichgültig gewesen, oder? Hatte er sie nicht in jeden Urlaub mitgenommen, den sie sich gewünscht hatte? Alle Reservierungen in ihren Lieblingsrestaurants vorgenommen? Ihr geholfen, das Wellness-Center zu eröffnen, das sie immer gewollt hatte? Klar, er war nicht immer begeistert von ihren Reisen gewesen, bei denen es eher darum gegangen war, mit den Reichen und Schönen Südkaliforniens abzuhängen, als wirklich neue und spannende Orte zu erkunden, aber er war mitgekommen.

„Hör auf, mich so anzuschauen", fuhr sie ihn an. „Du und ich wissen doch beide, dass du meine Freunde verabscheut hast, und die Partys, auf die ich dich gezerrt habe. Du warst ja vielleicht körperlich dort, aber du warst fast nie geistig dabei. Du wolltest immer nur wandern oder surfen oder irgendwas anderes draußen machen." Sie schauderte sichtlich. „Ich war immer schon mehr ein Mädchen für drinnen."

Dem konnte er ihr nichts entgegensetzen. Sie hatte nie so getan, als wäre sie eine andere, als sie war. Aber er hatte das auch nicht. „Ich schätze, dasselbe könnte man von dir sagen, Sienna. Du hast das Surfen nur einmal probiert, und ich habe dich nie auf einen Wanderweg bringen können."

„Wie ich immer gesagt habe, für mich keine Sonne außer am Pool."

„Stimmt." Jacob warf einen Blick zurück auf das kleine Mädchen, das im Kindersitz schlief. Als er ihr süßes Gesicht war, brach es ihm schon wieder das Herz. Obwohl er wirklich nie wieder etwas mit Sienna zu tun haben wollte, würde er ihre dramatische Art bis zum Ende aller Zeiten aushalten, wenn das hieß, dass er im Leben seiner Tochter einen Platz hatte.

„Das ist schon besser", sagte Sienna, als das Haus in Sicht kam. „Du hattest schon immer einen großartigen Geschmack bei Immobilien."

„Danke." Er parkte ihren Lexus in seiner Garage und fummelte dann herum, bis er Skye aus dem Kindersitz geholt hatte. Schließlich kam er mit Skye und einer Windeltasche aus der Garage, nur um Sienna am Telefon vorzufinden, wo sie mit jemandem stritt.

„Ja, ich bin bei Jacob. Das war doch der ganze Grund, weshalb ich hierhergekommen bin", sagte sie ins Telefon.

Jacob schickte sich an, die Stufen hinaufzugehen, weil er wollte, dass das Baby aus der Kälte kam, aber er erstarrte, als er ihre nächsten Worte hörte.

„Komm schon, Bri, mach mal Pause. Ich tue doch, worum du mich gebeten hast. Was willst du denn noch von mir?"

Worum er gebeten hatte? War Brian der Grund, weshalb sie Jacob von seinem Kind erzählt hatte? Hatte sie nur die Wahrheit gesagt, weil Brian sie dazu gezwungen hatte? Jacob hatte nicht mehr mit seinem früheren Freund geredet, seit Sienna mit ihm davongelaufen war. Aber Jacob musste zugeben, dass Brian, wenn er wusste, dass Skye Jacobs Kind war, darauf bestehen würde, dass Sienna es ihm erzählte. Er verabscheute Lügen. Das war mit der Grund gewesen, warum der Verrat so brutal gewesen war. Er hätte niemals damit gerechnet, dass sein Freund sich ihm gegenüber so benehmen würde.

„Nein, habe ich nicht. Ich bin gerade erst angekommen. Gut. Ich rufe dich heute Abend an." Sie beendete den Anruf. Als er sich umdrehte, zuckte sie zusammen, als hätte sie nicht erwartet, ihn dort zu sehen. „Hast du gelauscht?"

„Nicht absichtlich." Zumindest hatte er damit nicht angefangen.

„Nun, ich schätze, du hast rausgebracht, dass das Brian war", sagte sie, während sie an ihm vorbei die Treppe hinauf rauschte.

„Ja. So hat es sich angehört." Er reichte ihr den Schlüssel, um die Tür aufzusperren, während er weiterhin Skye wiegte.

Sie bekam die Tür auf und marschierte in das Haus hinein,

stieß ein leises Keuchen aus, als sie die Aussicht sah. Er folgte ihr und stellte die Windeltasche auf einen Beistelltisch.

„Es ist wunderschön, Jacob", sagte sie leise und klang zum ersten Mal an diesem Tag wie die Frau, die er einst gekannt und geliebt hatte. „Ich sehe, warum es dir gefällt. Für meinen Geschmack immer noch etwas abgelegen, aber es ist sehr viel besser, als ich es mir vorgestellt habe."

Er sah davon ab, die Augen zu verdrehen. Sie war so versnobt wie kaum jemand. „Du wirst es überleben." Er nahm das Baby widerstrebend von seiner Schulter und wollte es schon Sienna reichen, aber sie trat einen Schritt zurück und schüttelte den Kopf.

„Das ist dein Wochenende, Jacob. Das heißt, dass du dich vorrangig um sie kümmerst."

Er schaute sie finster an. „Also hältst du sie nicht mal, während ich das Auto auslade?"

„Nein. Ich kümmere mich um das Auto. Du gibst einfach nur den Dad." Sie begab sich wieder nach draußen und spazierte die Treppe an der Vorderseite hinab, Jacob blieb mit offenstehendem Mund zurück. Er verstand nicht ganz, was da vor sich ging. Sienna hatte, soweit er wusste, noch niemals in ihrem Leben freiwillig einen Koffer getragen. Sie war ein großer Fan davon, sich umsorgen zu lassen, und war auch bereit, dafür zu bezahlen.

Das Umsorgenlassen war die Hauptzutat von *Enchanted Bliss* und der Grund, warum das Geschäft so erfolgreich war. Sienna hatte alle Erwartungen genommen, die sie je daran gehabt hatte, dass man ihr jeden Wunsch von den Augen ablas, und sie in ein Geschäftsmodell gestopft, um die ultimative Luxus-Erfahrung zu schaffen. Für sie war es einfach nur bizarr, sich ihre Taschen zu schnappen, wenn sich sonst jemand dafür anbot.

Aber als Jacob sich auf seine Liege setzte und vor Skye Grimassen schnitt, während er sie auf seinem Knie hüpfen ließ, schleppte Sienna Tasche um Tasche und einen Berg von Baby-Utensilien nach oben, ohne sich zu beschweren. Als sie fertig war, ging sie direkt in seine Küche und schenkte sich ein weiteres Glas Wein ein. Schließlich setzte sie sich auf sein Sofa, hob ihr Glas und sagte: „Willkommen in der Welt der Eltern.“

KAPITEL 22

„Ist es dir recht, wenn wir kurz bei Dad anhalten?", fragte Abby Yvette, während sie am Fluss entlangfuhren, der durch die Stadt verlief.

„Auf jeden Fall. Wir müssen sowieso nach ihm sehen, um sicherzustellen, dass er es locker angehen lässt. Wusstest du, dass er wieder mit den Behandlungen begonnen hat?", fragte Yvette, während das Golfmobil mit einer Höchstgeschwindigkeit von dreißig Kilometern pro Stunde vorwärts tuckerte.

„Nein." Abby verzog das Gesicht. „Weißt du, warum er umgekippt ist? War es die Chemotherapie oder etwas anderes?"

„Er hat es einfach übertrieben und hat zugelassen, dass er dehydriert."

„Aha." Sie bog auf die Straße ab, die zum Haus ihrer Kindheit führte. „Ich bin mir ziemlich sicher, es liegt daran, dass ihm der Energietrank ausgegangen ist, den ich für ihn herstelle, und er wollte mich nicht darum bitten, vor der

Hochzeit mehr davon zu machen. Dann hat er es trotzdem bis an seine Grenzen weiter getrieben. Kannst du dir das vorstellen?"

Leider konnte sich Yvette nur zu gut vorstellen, dass ihr Vater es genauso handhaben würde. Er war immer derjenige gewesen, auf den sie sich alle gestützt hatten. Nun, da er sich auf sie stützen musste, hatte er Schwierigkeiten, seine neuen Lebensumstände zu akzeptieren. „Ja. Er ist ein stures altes Biest."

„Ok, erzähl mir, was passiert ist", sagte Abby.

„Als Dad umgekippt ist? Er war in seinem Büro, und …"

„Nein. Das weiß ich doch schon alles. Ich meine, was ist passiert, dass du diesen Not-Golfmobil-Ausflug einforderst?"

Yvette zuckte mit den Schultern, plötzlich überhaupt nicht mehr daran interessiert, über Jacob zu reden. Bei der Vorstellung von ihm mit Sienna und ihrem Kind wurde ihr übel.

„Vette, komm schon. Etwas ist passiert. Du musst es ausspucken; sonst fange ich einfach an zu raten. Bist du etwa ins Café gegangen und hast dort Isaac gesehen, wie er Jake betatscht? Oder hast du einen Scheck auf dem Weg zur Bank verloren, und jetzt droht dein Laden abzusaufen? Wie wäre es, wenn du im Kaufhaus mit einem zwanzigjährigen Typen vom College geflirtet hast, und seine Mutter war zufällig nur ein paar Meter weiter und hat ihm neue Unterwäsche ausgesucht?"

Yvette stieß ein brüllendes Lachen aus. „Nein, nein, und bei der Göttin, das wäre zu köstlich, aber nein. Nicht einmal annähernd."

„Also hat es wirklich nichts mit Isaac zu tun?", fragte sie, ihre Miene war nun ernst.

„Nein, nichts dergleichen." Yvette holte tief Luft. „Ok, du warst in den letzten beiden Wochen nicht da, also hast du eine Menge versäumt."

„Noel hat mir schon ein paar Dinge erzählt, etwa, dass du Clays Freund am Abend der Hochzeit mit zu dir mit nach Hause genommen hast." Sie wackelte mit den Augenbrauen und warf dann einen Blick auf Yvettes Bauch. „Oh, Himmel. Du bist nicht schwanger, oder? Sag mir, dass ihr verhütet habt."

Yvette verdrehte die Augen. „Nein, ich bin nicht schwanger, und ja, es wurde verhütet."

„Ok, das ist gut. Zumindest eine Krise, die abgewehrt ist." Abby grinste ihre Schwester an. „Ich höre auch, dass Jacob dein neuer Geschäftspartner ist. Ist das das Problem? Hat er beschlossen, dass er seine Hände nicht von dir lassen kann, und nun musst du täglich einen tollen Typen abwehren? Ich meine, ich kann mir vorstellen, dass das nach einer Weile nervig wird."

„Äh, also, so würde ich es nicht formulieren, aber wir haben gewissermaßen etwas angefangen."

„Oh? Treibt ihr beiden es zwischen den Regalen im Buchladen?", neckte sie Abby.

„Bei der Göttin, Abby. Haben du und Clay etwa so eure Flitterwochen verbracht? Es überall in der Öffentlichkeit getrieben?"

Sie kicherte. „Nein, aber da war dieser eine Abend, als wir …"

„Egal. Ich glaube nicht, dass ich das hören will", sagte Yvette. „Wenn du es wissen musst, haben ich und Jacob nur die eine Nacht zusammen verbracht, und danach haben wir versucht, es professionell zu halten."

„Ich schätze, das hat nicht funktioniert?", fragte Abby, während sie in die lange Zufahrt zum Haus ihres Dads einbog.

„Nein. Gar nicht lang. Am Ende der ersten Woche beschlossen wir, weiterzumachen und offiziell zusammen zu sein. Aber dann ging er nach L.A., um mit seiner Ex irgendwelche Papiere abzuschließen, und er kam mit schlimmer Laune zurück. Nach ein paar Tagen waren wir wieder gut unterwegs, und dann heute …" Yvettes Stimme brach bei dem Wort *heute*, und sie brauchte einen Augenblick, um sich zu sammeln. „Heute tauchte seine Ex mit einem Baby auf. Jacobs Baby."

Abby machte große Augen. „Er hat ein Kind?"

„Anscheinend, nur hat er mir nie davon erzählt, selbst als wir darüber gesprochen haben, dass unsere Exen uns wirklich fertig gemacht haben. Ich weiß nicht, weshalb er das vor mir verheimlicht hat. Er hat nicht einmal Bilder von ihr in seinem Haus. Ehrlich, Abby, das hat mich komplett aus der Bahn geworfen."

Abby warf einen Blick hinüber zu ihrer Schwester. „Vielleicht ist er einfach nur vorsichtig, jemand neuen in das Leben seiner Tochter zu lassen. Du weißt, vielleicht will er sie einfach nur schützen und will die Dinge nicht übereilen, wenn es um sie geht."

Yvette sah, worauf Abby hinaus wollte. Wenn sie ein Kind hätte, wäre sie wirklich vorsichtig damit, es jemandem vorzustellen, mit dem sie sich traf. Die Dinge würden schon wirklich ernst sein müssen. Nur dass … „Abs, er hat mir nicht einmal von ihr erzählt. Und sie ist noch ein Baby. Es ist nicht sehr wahrscheinlich, dass sie sich an mich gewöhnen würde und verwirrt wäre, wer ich im Leben ihres Vaters überhaupt bin. Ich habe nur … Es hat wehgetan, dass er mir nicht genug vertraut hat, um es mir zu sagen."

Abby griff nach der Hand ihrer Schwester und drückte sie leicht. „Du solltest vermutlich mit ihm darüber reden. Ich bin mir sicher, dass er seine Gründe hat."

„Ja." Yvette machte ein finsteres Gesicht. „Nur, dass im Augenblick seine Ex übers Wochenende in seinem Haus ist, und ich kann nur daran denken, da rüber zu gehen und … Na, ich weiß nicht, was ich tun würde, aber ich verabscheue den Gedanken, dass sie zusammen sind. Wer weiß, was sie machen?"

Abby schüttelte den Kopf in Richtung ihrer Schwester. „Ja, ist bestimmt echt romantisch, Windeln zu wechseln und Babynahrung zu pürieren."

„Na, wenn man es so ausdrückt", sagte Yvette, „erscheint mir diese Fahrt im Golfmobil hundert Prozent spaßiger."

„Bleib bei mir, Baby! Ich weiß, wie man Party macht."

Abby fuhr um die Kurve, und das Haus kam in Sicht.

Yvette murmelte einen Fluch und fragte sich, wie ihr Tag denn bitte noch schlimmer werden konnte.

„Oh, verdammt. Ist das Isaacs neuer BMW?", fragte Abby, die den schwarzen Roadster in Lins Auffahrt beäugte.

„Ja. Er hat ihn anscheinend gekauft, weil es Jakes Traumauto ist", sagte Yvette mit einem Seufzen.

„Wir können später vorbeifahren", bot Abby an, die mit dem Golfmobil bereits wendete.

„Nein. Ist schon in Ordnung. Gehen wir rein. Ich will Dad auch sehen."

„Bist du sicher?", fragte Abby. „Niemand erwartet, dass du mit deinem Ex-Mann redest."

„Ich bin mir sicher", sagte Yvette. „Er arbeitet immer noch für Dad. Ich werde mich irgendwann daran gewöhnen müssen."

Abby warf ihr einen skeptischen Blick zu, ließ den Wagen

aber trotzdem anhalten. „Ok, aber wenn er dich zu Mordgelüsten treibt, gib mir einfach ein Zeichen, und wir verschwinden sofort von hier. Verstanden?"

„Du bist eine gute Schwester." Yvette sprang aus dem Wagen und warf dem Roadster einen finsteren Blick zu, entschlossen, sich nicht von Isaac aus ihrem Familiensitz vertreiben zu lassen. Das Haus im Stil einer Holzhütte war riesig, mit nur einem Stockwerk, doch weitläufig, und es fühlte sich durch das Feuer, das im Kamin knisterte, gemütlich und einladend an. Ein riesiger metallener fünfzackiger Stern über dem Kamin stand für ihre Verbindung mit der Hexen-Gemeinschaft, und überall waren Kerzen, obwohl sie nicht entzündet waren. Yvette schnippte mit den Fingern, und sie flackerten auf.

Lin Townsend sah von seinem Platz am Tisch auf und grinste seine beiden Töchter an. „Na, wenn das mal keine Überraschung ist?"

„Hi, Dad", sagte Yvette. Dann nickte sie Isaac knapp zu, der Lin gegenüber saß.

„Hi, Dad", wiederholte Abby und lief zu ihm hinüber, um ihn zu umarmen. „Ich habe dich vermisst."

„Du warst doch nur zwei Wochen weg. Das ist kaum genug Zeit, um deinen alten Vater zu vermissen", sagte er, hielt aber ihre Hand mit seinen beiden fest, während er ihre Behauptung wegwischte.

„Natürlich ist es das, Dummerchen", sagte sie und küsste ihn auf die Wange. „Ich habe deine Energietränke dabei. Willst du mir helfen, sie aus dem Wagen auszuladen?"

„Klar." Die beiden begaben sich wieder nach draußen, sodass Yvette mit Isaac allein blieb.

„Sieht aus, als würde dir dein neues Auto Spaß machen",

sagte Yvette, während sie zur Küche ging, um sich eine Tasse Kaffee zu holen.

Isaac antwortete nicht auf ihre Anmerkung, sondern stand auf und folgte ihr in die Küche. „Yvette?"

„Was?", fragte sie, ohne sich umzudrehen.

„Du verdienst eine Entschuldigung."

Sie erstarrte. Yvette kannte ihn gut genug, um zu wissen, dass ihm diese Entschuldigung, wofür sie auch war, nicht leicht fiel. Die stille Art und Weise, wie er das gesagt hatte, verriet ihn. Sie warf einen Blick über die Schulter. „Wofür?"

„Dafür, dass ich versucht habe, mich in die Art einzumischen, wie du deinen Laden führst. Jake hat gesagt …"

„Ich bin nicht daran interessiert, was Jake zu sagen hat", erwiderte Yvette, in ihr brodelte die Wut, sodass sie ausholen und etwas schlagen wollte, am liebsten ihn.

„Yvette, bitte hör mir einfach zu, und dann musst du nie wieder mit mir reden, wenn du das nicht willst."

Sie stieß ein ungläubiges Schnauben aus. „Wirklich wahr, Isaac? Du arbeitest für meinen Dad, und wir leben beide in dieser ziemlich kleinen Stadt. Ich glaube nicht, dass es tatsächlich möglich ist, nie wieder mit dir zu reden."

„Dann sollten wir unser Bestes tun, einen Waffenstillstand zu schließen. Was sagst du?"

Yvette biss die Zähne zusammen und drehte sich um. „Ich bin nicht mit dir im Krieg, Isaac. Du kannst dich nur einfach nicht benehmen, als wären wir noch verheiratet. Du hast nicht das Recht, mir zu sagen, wie ich mein Leben leben oder wie ich mein Geschäft führen soll. Ich bin ein großes Mädchen. Ich kriege das hin."

„Ich weiß." Er nahm sie ganz sanft bei der Hand und führte sie zurück zum Tisch. „Bitte, setz dich hin."

Sie war versucht, es abzulehnen und direkt nach draußen zu laufen, aber sie musste zugeben, dass sie mehr als nur ein wenig neugierig war, was er zu sagen hatte. Ohne Erwiderung setzte sie sich und wartete.

Er zog einen Stuhl heran, sodass er direkt vor ihr saß. Er nahm ihre beiden Hände in seine und sagte: „Es tut mir so unendlich leid, wie ich dich behandelt habe, Yvette."

„Das hast du mir vor zwei Wochen auf der Hochzeit schon gesagt", bemerkte sie, unbeeindruckt von seinen ständigen Entschuldigungen. Er hatte ihr Leben auf den Kopf gestellt und behandelte sie, als wäre sie nicht kompetent genug, ihre eigene Buchhandlung zu führen. „Wenn nicht noch mehr kommt, sind wir hier, glaube ich, fertig."

Er nahm ihre Hände fester, und seine Augen funkelten, weil Tränen darin standen. „Ich war so egoistisch. Du hast etwas Besseres verdient. Ich weiß, dass du nichts über Jake hören willst, aber er ist derjenige, der mir geholfen hat, zu sehen, was für ein Idiot ich war." Isaac blinzelte, und die Tränen verschwanden. „Ich weiß, dass der Buchladen deiner ist, und es war nicht in Ordnung, meine Nase da hineinzustecken."

„Nein, es geht dich wirklich nichts an", sagte sie, weil sie nicht sicher war, was sie von seiner Entschuldigung halten sollte. Sie hatte das früher schon gehört, aber diesmal wirkte seine Ehrlichkeit sehr viel aufrichtiger, als ob er wirklich verstanden hätte, wie sehr er sie verletzt hatte, und es richtigstellen wollte, anstatt nur seine eigene Schuld zu mildern, weil er ihre Ehe aufgegeben hatte.

„Glückwunsch, übrigens. Ich habe gehört, die Signierstunde war ein großer Erfolg." Er ließ sein großartiges Grinsen für sie aufblitzen, was ihr einen der Gründe in Erinnerung rief, weshalb sie sich überhaupt erst in ihn verliebt hatte.

„Danke. Alle haben sich ins Zeug gelegt."

„Du bist bestimmt nur bescheiden", sagte er. „Du hast schon immer verstanden, wie man Kunden in den Laden holt und Bücher verkauft."

„Naja, danke."

„Es fiel mir nur schwer, loszulassen. Und als ich dich mit Jacob gesehen habe, bin ich, schätze ich, eifersüchtig geworden."

Sie hob die Augenbrauen. „Warum? Warum spielt es eine Rolle, wenn ich mich mit jemand Neuem treffe?"

„Komm schon, Yvette", sagte er und warf ihr einen gequälten Blick zu. „Ich habe dich geheiratet, weil ich dich geliebt habe. Das war keine Lüge, weißt du?"

Ein dumpfer Schmerz pochte in ihrer Brust, aber er war weit von dem stechenden Schmerz entfernt, den sie gespürt hatte, als er ihr gesagt hatte, dass er ging. „Ich weiß."

„Wirklich?", fragte er ernst. „Verstehst du wirklich, wie schwer es für mich war?"

Sie starrte ihn an. Sie hatte sich schon viele Male zuvor in seine Lage versetzt, versucht, seine Perspektive einzunehmen. Das hatte den Schmerz nicht gelindert, aber sie verstand, welchen inneren Aufruhr er hatte bewältigen müssen, als ihm klar geworden war, dass er mit einer Lüge lebte. „Ja, aber das ändert nichts daran, was ich deswegen empfinde ... oder zumindest empfunden habe. Hör zu, Isaac, wir müssen das nicht weitertreiben. Versuchen wir doch einfach, einander zu respektieren, und vielleicht werden wir eines Tages wieder die Freunde sein, die wir waren, bevor wir eine Beziehung anfingen. Klingt das fair?"

Er nickte. „Vollkommen fair. Ich hoffe einfach, dass dieser Tag eher früher als später kommt. Ich weiß, dass es nicht gerecht ist, dass ich das sage, aber ich vermisse dich."

Ihre Augen wurden feucht, und dann drückte sie ihm die Hände, so wie er es im Augenblick zuvor bei ihr getan hatte. „Ich vermisse dich auch. Ich glaube nicht, dass du verstehst, wie schwer es für mich war, meinen Mann und meinen besten Freund zu verlieren."

„Ich glaube schon. Ich habe dich auch verloren, weißt du."

Sie verzog das Gesicht. „Aber du hattest Jake, der die Lücke füllt. Wen habe ich denn? Und jetzt sag mir nicht meine Schwestern oder meinen Vater, denn das ist nicht dasselbe."

„Jake könnte dich niemals ersetzen", sagte er, und etwas in seinem Tonfall sorgte dafür, dass sie ihm glaubte.

„Danke dafür", erwiderte sie, eine einzelne Träne lief ihre Wange hinab.

Isaac stand auf und zog sie auf die Beine. Dann schlang er die Arme um sie und sagte: „Ich werde dich immer lieben, Yvette, ich hoffe, das weißt du."

Ein Schluchzen zog ihr die Kehle zusammen, und sie nickte, spürte zum ersten Mal, dass sie ihn vielleicht nicht verloren hatte, dass sie vielleicht, nur vielleicht, einen Weg finden konnten, wieder Freunde zu sein.

„Hey, was geht denn jetzt hier drin vor? Isaac, bringst du meine Tochter wieder zum Weinen?", fragte Lin, während er mit Abby auf den Fersen ins Zimmer kam. „Ich habe dir gesagt, wenn du ihr jemals wieder wehtust, wirst du dich vor mir verantworten müssen."

Isaac küsste Yvette auf die Wange und sagte: „Leider fürchte ich, dass ich sie zum Weinen gebracht habe, Lin. Es tut mir leid."

„Verdammt, jetzt muss ich dich feuern", sagte ihr Dad und funkelte Isaac an. „Das hätte ich gleich tun sollen, nachdem du ihr das Herz zum ersten Mal gebrochen hast. Was stimmt nicht mit dir, Mann?"

„Dad“, sagte Yvette, die sich über die Augen wischte. „Du kannst Isaac nicht feuern. Wer würde denn deine Buchhaltung machen?“

„Wir können jemand anderen finden. Vielleicht kann Jacob es übernehmen“, sagte er stur.

Yvette kicherte. „Jacob kann eine Finanzaufstellung ganz gut lesen, aber er ist kein Buchhalter. Ich glaube, es ist für das Geschäft am besten, wenn wir bei Isaac bleiben. Außerdem ist das in Ordnung. Isaac und ich haben uns nur wieder vertragen, das ist alles.“

„Habt ihr?“ Lin beäugte sie behutsam, dann runzelte er die Stirn. „Heißt das, dass Jake Geschichte ist?“

Isaac räusperte sich. „Äh, nein.“

„Dann verstehe ich es nicht. Ihr wollt doch nicht andeuten, dass ihr alle drei zusammen …“

„Dad!“, rief Yvette. „Ach, du meine Göttin, nein. Ich habe gemeint, dass wir versuchen wollen, wieder Freunde zu sein. Das ist alles.“

„Oh. Dann sei es den Göttern gedankt.“ Er wandte sich an Isaac. „Meine Yvette verdient es, die Eine und Einzige in jemandes Leben zu sein.“

„Da könnte ich nicht mehr zustimmen.“ Isaac wollte schon den Ordner aufnehmen, den er auf dem Tisch hatte liegen gelassen. „Ich sollte gehen.“

„Noch nicht“, sagte Yvette. „Abby und ich wollten eine Runde mit dem Golfmobil fahren. Warum kommst du nicht mit uns?“

„Wirklich?“, fragte Isaac, in seinen hoffnungsvollen Augen stand Überraschung.

„Wirklich.“ Sie wandte sich an Lin. „Du auch, Dad. Es ist Zeit, dass du ein wenig Spaß hast.“

„Auf keinen Fall", sagte Lin. „Hast du gesehen, wie Abby dieses Ding fährt? Da würde ich mein Leben aufs Spiel setzen."

„Komm schon, Dad", ließ sich Abby von ihrem Platz am Kamin aus vernehmen. „Du hast mir gerade erst erzählt, dass du nicht die ganze Zeit im Haus eingesperrt verbringen willst. Komm und fahr mit uns rum. Ich werde aufpassen."

„Nein, wird sie nicht", sagte Yvette. „Aber du solltest trotzdem mitkommen. Wie schlimm kann es schon sein? Der Wagen fährt nur dreißig Kilometer die Stunde."

„Komm schon, Lin", sagte Isaac. „Deine Mädchen warten."

„Also gut", murmelte Lin. „Aber wenn etwas schiefgeht, halte ich es dir ewig vor."

Abby schnaubte. „Ohne Zweifel."

„Hervorragend", sagte Yvette. „Wenn wir jetzt nur einen zweiten Wagen hätten, könnten wir ein Golfmobilrennen fahren."

Lin räusperte sich. „Na, jetzt, wo ihr es erwähnt, haben wir vielleicht Glück."

Sowohl Abby als auch Yvette drehten sich um und starrten ihn an.

„Was meinst du damit?", fragte Yvette.

Lin machte eine Kopfbewegung. „Folgt mir."

Sie alle drei taten wie geheißen und standen bald in Lins Garage, wo sie ein brandneues schwarzes Golfmobil anstarrten.

„Dad?", sagte Abby lachend. „Wo kommt das denn her?"

„Ich habe es gekauft", erwiderte er stolz und, schob die Schlüssel ins Zündschloss. „Schaut euch das an." Er betätigte einen Schalter, und das Golfmobil wurde von blitzenden roten Lichterketten beleuchtet, während die Stereoanlage „On the Road Again" von Willie Nelson anstimmte.

Abby warf den Kopf in den Nacken und lachte. „Dad, das ist fantastisch."

„Das ist dein Einfluss", sagte Yvette zu ihrer Schwester, wobei sie sich auf die Tatsache bezog, dass Abbys Golfmobil genauso eingerichtet war.

„Ach, das hoffe ich doch." Abby wandte sich an ihren Vater. „Also, Dad, wie ist es denn dazu gekommen? Nicht, dass ich es nicht gern sehe, denn das tue ich offensichtlich."

Er zuckte mit den Schultern. „Ich schätzte, es war deshalb, weil ich etwas brauchen könnte, mit dem ich im Obsthain herumkomme. Das macht sehr viel mehr Spaß als ein Traktor."

„Da hast du recht." Abby deutete auf den Wagen. „Bist du bereit für ein Rennen, alter Mann?"

„Du kannst meine Gedanken lesen", sagte er und stieg hinter das Lenkrad.

Yvette grinste ihren Vater an, der Stolz erfüllte sie mit Liebe zu ihm. Es gab nur einen Grund, weshalb er diesen Wagen gekauft hatte – damit er sich nicht zu sehr anstrengen musste, sobald er über das Grundstück lief. Er versuchte wirklich, es locker angehen zu lassen, und er tat es mit Stil.

„Ich fahre mit Dad!" Yvette sprang neben ihm rein. „Bist du bereit, Abby Staub fressen zu lassen?"

Er beäugte Abby. „Glaubst du, wir können es mit ihr aufnehmen?"

„Auf jeden Fall. Du bist ein sehr viel besserer Fahrer."

„Oho! Das glaubt ihr also, hm?" Abby winkte Isaac zu. „Komm schon, Isaac. Wir müssen eine Strategie besprechen, damit wir die beiden abhängen können."

„Gibt es sowas wie Strategie, wenn es um Golfwagen geht?", fragte Isaac, während sie aus der Garage und hinüber zu ihrem Wagen marschierten.

„Normalerweise nicht, aber ich habe ein paar Asse im

Ärmel." Abby warf einen Blick über die Schulter. „Passt auf, ihr beiden. Ich will nicht, dass ihr in meiner Staubfahne steht."

„Aha." Lin fuhr langsam mit dem Wagen zum Ende der Zufahrt. Dann wandte er sich an Yvette. „Was sollen wir tun? Auf sie warten oder einfach losfahren?"

„Fahr los", drängte Yvette, während Abby in ihren Wagen stieg. „Jetzt!"

Lin trat das Gas durch, und sie fuhren ruckelnd an.

„Hey! Das ist geschummelt!", rief Abby hinter ihnen.

Yvette griff nach dem Lautstärkeregler, während sie einen Blick auf ihren Vater warf. Er nickte einmal, und mit seiner Zustimmung drehte Yvette die Country-Musik ihres Vaters auf, sodass Abbys Protestrufe übertönt wurden.

Lin tippte mit dem linken Fuß aufs Gas und legte die Finger um das Lenkrad. Sein Körper war entspannt, seine Gesichtsfarbe normal. Es stand außer Frage, dass er besser auf sich aufpasste. Sie wollte ihm sagen, dass sie stolz auf ihn war, aber stattdessen griff sie einfach hinüber und drückte ihm leicht die Schulter.

Er warf ihr einen Blick zu.

Danke, sagte sie lautlos.

„Für meine Mädchen doch alles!", rief er über die Musik hinweg. Dann bog er scharf rechts zum verzauberten Fluss ab. Ein paar Augenblicke später erschien Abbys Golfmobil neben ihnen, und das Rennen ging los.

Yvette beugte sich im Wagen vor und brüllte ihrem Vater ermutigend zu, dass er Abby hinter sich lassen sollte, feuerte ihn auf dem ganzen Weg an, und jede Minute davon genoss sie.

Letztlich verlor Lin das Rennen, doch Yvette wusste, dass das daran lag, dass Abbys Wagen mit Boostern und anderen Dingen hochgerüstet war, die die Leistung verstärkten. Es hatte so gut wie keine Chance bestanden, den Sieg davonzutragen, aber darum ging es Yvette auch gar nicht.

Während sie zusah, wie ihre Schwester und Isaac einen komplizierten und völlig albernen Siegestanz aufführten, war ihr nur wichtig, wie viel Spaß sie mit ihnen und ihrem Dad hatte. Die reine Freude, die sie empfand, stopfte die Löcher in ihrem Herzen. Das war es, worum es bei Familie ging, und warum sie Keating Hollow mit Herz und Seele liebte.

KAPITEL 23

Der Mittwochvormittag stellte sich ein, und Jacob begab sich mit Skye, die er sich vor die Brust gebunden hatte, ins Incantation Café. Weil Skye die halbe Nacht lang geschrien hatte, hatte er weniger als vier Stunden Schlaf bekommen, und seine Augen tränten vor Müdigkeit, doch es war ihm egal. Er hatte sich vollkommen und restlos in seine Tochter verliebt. Und er wusste, dass er freudig auf die nächsten achtzehn Jahre Schlaf verzichtet hätte, wenn das bedeutete, dass er Zeit mit ihr verbringen durfte.

„Oh, du meine Güte", sagte Hanna, als Jacob an den Tresen kam. „Wer ist denn das süße kleine Mädchen?"

„Meine Tochter Skye", sagte er, seine Stimme voller Stolz.

„Sie ist wunderschön, Jacob. Ich wusste nicht, dass du eine Tochter hast." Hanna streckte dem kleinen Mädchen den Finger hin und grinste, als Skye die Hand darum legte und sich festhielt. „Und auch stark."

Jacob sagte beinahe, dass er es auch nicht gewusst hatte, aber das behielt er für sich und lächelte nur Hanna an, während sie seine Tochter mit Babylauten überschüttete.

Schließlich schaute Hanna auf. „Kaffee? Groß?"

„Den größten, danke."

„Alles klar."

Jacob legte ein paar Scheine auf den Tresen und trat zurück, als sich gerade die Eingangstür öffnete und ein weiterer Kunde in den Laden trat. Er vernahm ein leichtes, überraschtes Keuchen, und ihm wurde sofort klar, dass Yvette hinter ihm stand. Er drehte sich um und sah sie dort stehen, wie sie ihn mit offenem Mund anstarrte. Er lächelte sie an. „Hi."

Sie räusperte sich. „Hi."

Er hatte sie seit letztem Freitag nicht gesehen, als Sienna ihr Mittagessen unterbrochen hatte. Er hatte sie angerufen, um zu sagen, dass er nicht in den Buchladen kommen würde. Er hatte es erklären wollen, aber sie hatte ihm das Wort abgeschnitten, gesagt, dass sie es verstand, und den Anruf beendet. Er hatte in Erwägung gezogen, sie zurückzurufen, aber beschlossen, dass die Unterhaltung besser laufen würde, wenn sie sich persönlich sahen.

Hanna rief seinen Namen und reichte ihm seinen Kaffee. Dann wandte sie sich an Yvette. „Latte?"

Yvette nickte. Der Ausdruck auf ihrem Gesicht, während sie Jacob und Skye anstarrte, war eine Mischung aus Interesse und irgendetwas, das Angst nahekam, als wäre sie bereit, jeden Augenblick zu fliehen.

Jacob gab Milch und Zucker in seinen Kaffee und ging dann, um sich neben Yvette zu stellen. „Wir müssen reden."

„Nein, müssen wir nicht. Es ist in Ordnung. Deine Tochter ist hier. Du solltest so viel Zeit wie möglich mit ihr verbringen. Ich kriege das mit dem Laden schon hin." Sie lächelte ihn viel zu fröhlich an und schaute weg.

„Yvette, ich ..."

Die Tür ging auf, und Sienna kam herein. Sie trug eng sitzende Jeans, kniehohe Stiletto-Stiefel und einen tief ausgeschnittenen Pulli, der ihr beeindruckendes Dekolleté zur Schau stellte. Jacob hatte sich gefragt, wohin sie wohl vorhatte zu gehen, als sie heute Morgen so aus ihrem Schlafzimmer gekommen war. Es war ein Outfit, das sie vermutlich zu den Morgen-Talkshows trug, die ihre PR-Dame organisierte, um *Enchanted Bliss* zu bewerben. „Da bist du ja. Ich habe gerade mit meiner Assistentin fertig telefoniert. Sie hat unsere Flüge für Freitagmorgen um sieben gebucht."

Yvette starrte sie an und wandte ihren Blick dann wieder zu Jacob. „Du gehst?"

Ein Kloß bildete sich in Jacobs Kehle, als er den entsetzten Ausdruck auf Yvettes Gesicht sah. Das war überhaupt nicht das, was er hatte mit ihr bereden wollen. „Wie ich sagte, wir müssen reden."

„Oh, hast du es nicht gewusst?", fragte Sienna mit gespielter Aufrichtigkeit. „Das ist ja schlimm. Ich schätze, du bist ziemlich wütend, dass Jacob nicht mehr da sein wird, um deinen kleinen Buchladen da in ein erfolgreiches Franchise zu verwandeln. Solche Dinge macht er nämlich *wirklich* gut."

Yvette funkelte sie an. „Ich glaube, das kriege ich hin."

Sienna zuckte mit den Schultern und ging hinüber zum Tresen.

„Ich schätze, das heißt, ihr beiden versucht es noch einmal?", fragte Yvette Jacob, während sie weiterhin Sienna anfunkelte.

„Was?" Jacob blinzelte sie an, dann verzog er das Gesicht. „*Nein.* Nein, überhaupt nicht." Er schaute auf das kleine Mädchen hinab, das in der Tragehilfe zappelte. „Ich gehe wegen ihr."

Die Erkenntnis trat in Yvettes Augen, und etwas an ihr

wurde weicher. Sie warf einen Blick auf Skye und sagte dann ganz sanft: „Ich verstehe."

„Hast du heute Zeit zum Reden?", fragte er, bettelte sie mit den Augen an. „Es gibt Dinge, die besprochen werden müssen."

In ihren Augen glitzerten Tränen, aber sie hielt sie zurück, während sie den Kopf schüttelte. „Hör zu, Jacob, es ist wirklich in Ordnung. Ich verstehe es. Es gibt keinen Grund, um …"

„Ich habe etwas zu sagen", erwiderte er stur. „Gib mir nur eine halbe Stunde, wenn auch nur dafür, um die Dinge mit dem Buchladen zu besprechen."

Sie zögerte und öffnete den Mund, aber dann schloss sie ihn und nickte. „Ich werde den ganzen Tag im Laden sein. Komm rüber, bevor wir schließen."

„Ich bin in einer Stunde da."

„Yvette?", rief Hanna. „Dein Kaffee ist fertig."

Jacob starrte entschlossen auf sie hinab, in ihm brodelte Bedauern. Er hatte sie in den letzten fünf Tagen vermisst. Das Leben mit Sienna war kein Ponyhof gewesen, und dadurch schätzte er das freundliche Wesen vor sich sogar noch mehr als zuvor. Sie war so echt und offen und liebenswürdig. Ehe er nach Keating Hollow gezogen war, hatte er nicht gewusst, was er wollte. Jetzt wusste er es, und Yvette war für ihn die Einzige.

„Komm schon, Jacob", sagte Sienna, die ihren Arm durch seinen schob. „Wir müssen zurück, wenn wir den Termin mit dem Makler wahrnehmen wollen."

„Makler?", fragte Yvette, deren blaue Augen entgeistert aufblitzten. „Du verkaufst das Haus?"

Jacob versuchte, den Kloß in seiner Kehle zu schlucken, während er nickte. „Ich werde das Geld brauchen, wenn ich nach Aspen ziehen will."

* * *

YVETTE SAß an ihrem Schreibtisch und starrte ausdruckslos auf den Computerbildschirm. In dem Augenblick, in dem sie herausgefunden hatte, dass Jacob ging, war ihr Herz gebrochen. Es war noch nicht einmal einen Monat her, seit sie ihn zum ersten Mal getroffen hatte, aber sie hatte sich so vollkommen in ihn verliebt, dass sie nicht sicher war, ob sie jemals wieder dieselbe sein würde, wenn er die Stadt verlassen hatte. Dazu kam die Tatsache, dass er sein Haus verkaufte, und sie war sich sicher, dass sie ihn niemals wiedersehen würde. Klar, ihnen gehörte zusammen der Buchladen, aber in Wahrheit brauchte sie ihn nicht um sich, um das Tagesgeschäft zu organisieren, und alles, was sie von ihm brauchte, konnte man auch per E-Mail erledigen.

Die Tür ging auf, und schwere Schritte erklangen auf den Holzböden. Sie wusste, dass er es war, aber sie fürchtete, wenn sie aufschaute und ihn sah, würde sie anfangen zu weinen. Dann hörte sie die niedlichen Laute eines glucksenden Babys.

Sie war verloren. Yvette schaute auf in Jacobs gut aussehendes Gesicht und sah sein Bedauern daraus hervorscheinen. „Nein", sagte sie und schüttelte den Kopf. „Tu das nicht. Ich glaube nicht, dass ich das ertrage."

„Was tun? Die Stadt verlassen? Ich habe da eigentlich keine große Wahl", erwiderte er und blieb gleich auf der anderen Seite ihres Schreibtisches stehen.

„Nein, ich meine, mich so anzusehen." Sie verlagerte ihren Blick auf das süße kleine Mädchen, das er hielt. Sie wedelte mit den Armen, während sie nach Yvette greifen wollte. Ihr Herz schmolz zu einer großen Pfütze dahin. Yvette streckte die Hände nach dem Baby aus. „Darf ich?"

Sein Gesicht wurde weich, während er seine Tochter Yvette reichte. „Natürlich."

Das kleine Mädchen roch noch frisch nach Baby, sodass Yvette vor Vergnügen seufzte. „Sie ist perfekt, Jacob."

Er steckte sich die Hände in die Taschen und nickte. „Da kann ich dir nur zustimmen."

Yvette setzte sich wieder auf ihren Sessel und schnitt Grimassen für Skye. Das Baby gluckste glücklich. Schließlich warf Yvette einen Blick auf Jacob. „Warum hast du mir nicht von ihr erzählt?"

Jacob nahm Platz und beugte sich vor. „Weil ich gar nicht wusste, dass es sie überhaupt gibt, bis ich nach Los Angeles runtergeflogen bin und mich mit Sienna getroffen habe. Sie hat mir erzählt, sie hätte gedacht, Skye wäre von Brian, aber ein Bluttest hätte bewiesen, dass sie von mir ist." Er warf einen Blick auf seine Tochter, die Liebe in seinen Augen war spürbar. Als er wieder aufschaute und Yvette in die Augen sah, fügte er hinzu: „Von diesen Neuigkeiten war ich ziemlich überrollt. Ich habe ein paar Tage gebraucht, um herauszufinden, wie ich damit überhaupt umgehe, und darum war ich so distanziert, als ich zurückkam."

Sie holte tief Luft. „Ich kann nachvollziehen, dass das wohl ein ziemlicher Schock war."

„Das ist noch untertrieben." Jacob erklärte den Plan, dass Sienna Skye hier hätte heraufbringen sollen, damit er sie übers Wochenende kennenlernen konnte, und dann beschlossen hatte, dass Jacob mehr Zeit mit seiner Tochter brauchte, sodass sie den Aufenthalt verlängert hatte. „Darum ist sie noch hier. Ich war bereits zu dem Schluss gekommen, dass ich vermutlich würde umziehen müssen, damit ich in Skyes Nähe sein kann, ich hatte mich nur noch nicht ganz entschieden. Nach diesen paar Tagen besteht keine Frage mehr. Ich muss das einfach tun, Yvette."

Sie musterte das süße kleine Mädchen und konnte sich nur

zu gut vorstellen, was er wohl gerade empfand. Seine Liebe zu ihr war bereits ein riesiges Leuchtfeuer, jedes Mal, wenn er sie ansah. Die Tatsache, dass das so heftig und schnell passiert war, sorgte nur dafür, dass Yvette ihn nur noch mehr liebte. „So sehr ich mir auch wünsche, dass du nicht gehst, ich verstehe es völlig."

Er lehnte sich im Stuhl zurück und schaute sie einfach nur an. „Du weißt schon, wenn Skye nicht wäre, könnte mich absolut gar nichts von Keating Hollow wegholen, ja?"

„Du hast gesagt, dass du die Stadt schon immer geliebt hast", erwiderte sie mit einem leichten Schulterzucken.

„Das ist nicht der Grund." Er stand auf und kam um den Schreibtisch. Er lehnte sich an die Kante und strich ihr mit der Hand über die Wange. „Ehe ich nach L.A. ging, wollte ich nur eines, mehr Zeit mit dir verbringen. Und vielleicht ist es grausam, dir das zu sagen, wenn ich keine andere Wahl habe, als zu gehen, aber ich hätte alles in meiner Macht Stehende getan, damit du dich auch in mich verliebst."

„*Auch?* Willst du mir etwa sagen, dass du mehr wolltest als ein paar Mal herumknutschen?"

Er lachte. „Sehr viel mehr, Yvette. Ich glaube, ich werde auf ewig bedauern, dass ich nicht herausgefunden habe, wohin sich diese Sache mit uns entwickelt hätte. Du wirst mir wohl entgehen ... außer du kommst mit mir."

Ihr ganzer Körper erstarrte. „Hast du mich gerade gefragt, ob ich mit dir nach Aspen ziehe?"

Diesmal lag in seinem Lachen eine nervöse Energie. „Ich schätze, das habe ich wohl. Das ist viel zu früh, oder?"

„Es ist ... Ja, viel zu früh", erwiderte sie traurig. „Selbst wenn ich die Tatsache ignoriere, dass ich hier einen Buchladen führen muss, dass ich *gerade* frisch geschieden bin, meine Familie hier ist und Keating Hollow meine Heimat ist. Und du

…" Sie strich mit der Hand leicht über Skyes Locken. „Du musst deinen Platz im Leben dieser Kleinen bestimmen, ohne dass ich im Weg stehe. Vielleicht finden wir eines Tages in der Zukunft wieder unseren Weg zueinander, aber jetzt im Augenblick halte ich es für das Beste, wenn wir beide einen Schritt zurücktreten."

Er schwieg, während eine ganze Bandbreite an Gefühlen über sein Gesicht flackerte, aber als sein Blick wieder auf seiner Tochter zum Ruhen kam, nickte er. „Du hast recht. Jetzt geht es um sie."

„Sie hat wirklich Glück, weißt du. Du wirst der beste Vater sein, den sie sich je wünschen könnte."

„Ich hoffe es." Er zog Yvette aus dem Sessel und kam nahe, hielt sie an einem Arm, seine Tochter immer noch zwischen ihnen. „Sag mir, dass es nicht nur mir so geht. Sag mir, dass du das auch spürst."

Tränen glitzerten in ihren Augen, als sie flüsterte: „Ich spüre es auch."

„Das ist für uns nicht das Ende, Yvette Townsend. Nicht, wenn ich dabei ein Wörtchen mitzureden habe." Er beugte sich vor und streifte mit seinen Lippen ihre.

Yvette klammerte sich an ihn, in dem Wissen, dass sich mit der Zeit und über die Entfernung seine Gefühle vermutlich ändern würden. Aber trotzdem klammerte sie sich an die Hoffnung, dass er recht hatte und sie eines Tages ihre Chance bekommen würden. Ihre Kehle schmerzte wegen der Tränen, die sie zurückhielt, und sie zog sich zurück, reichte ihm Skye. „Du solltest gehen, bevor das noch schwerer wird."

Er nahm seine Tochter und sagte: „Wegen des Buchladens … Da ich nicht hier sein werde, werde ich dein stiller Teilhaber. Ich lasse Norm die Unterlagen rüberschicken."

„Was?" Kaltes Entsetzen strömte über sie hinweg. Sie hatte

akzeptiert, dass er ging, aber in einem Winkel ihrer Gedanken hatte sie auf die Tatsache gezählt, dass sie immer noch regelmäßig mit ihm Kontakt haben würde, weil es den Laden gab. „Das musst du nicht tun. Wir können per Telefon oder E-Mail sprechen."

„Ich weiß, dass ich das nicht tun muss, aber ich will nicht, dass du das Gefühl hast, ich würde deine Entscheidungen hinterfragen. Natürlich werde ich verfügbar sein, wenn du irgendetwas mit mir absprechen willst. Ich habe nur versucht, dir gegenüber fair zu sein."

Sie schüttelte den Kopf. „Auf gar keinen Fall. Mir gefällt, was du einbringst, und wir arbeiten gut zusammen. Lass alles, wie es ist."

„Also gut." Er lächelte sie an und wollte sich schon wieder vorbeugen, aber die Tür flog auf und Sienna stolperte herein.

„Jacob, wir müssen gehen. Jetzt!"

KAPITEL 24

Jacob rückte von Yvette ab, Skye hielt er immer noch dicht an sich gedrückt. „Was ist los?"

„Es ist Brian. Er ist hier in Keating Hollow", sagte sie mit einem Schluchzen. „Er ist auf der Suche nach dir. Du musst hier raus."

Jacob runzelte die Stirn in ihre Richtung. „Warum sucht er nach mir? Wir haben einander nichts zu sagen."

Sienna schnappte sich seine Hand und wollte ihn zur Tür zerren. „Er ist angepisst, weil wir zusammen leben. Komm schon. Schnell, ehe er uns findet und dich vermöbelt."

„Zunächst einmal habe ich keine Angst vor Brian. Zum zweiten leben wir nicht zusammen, und er hat keinen Grund zur Sorge, was dich und mich betrifft", sagte Jacob und blieb wie angewurzelt stehen. „Was hast du ihm gesagt?"

„Die Wahrheit." Tränen strömten ihr Gesicht hinab, und sie schaute immer wieder zur Tür, als erwarte sie, dass Brian jeden Augenblick hereinplatzte.

„Vielleicht solltet ihr beide für diese Diskussion allein sein.", sagte Yvette, die an Jacob vorbei schlüpfte und sich zur Tür aufmachte.

„O nein, auf keinen Fall, du böse Hexe." Sienna packte Yvette am Arm und riss sie zurück. „Ich weiß, dass du meinen Verlobten verführt hast. Hast du gedacht, ich würde dir das einfach durchgehen lassen?"

Schockiert von Siennas Ausbruch war Jacob einen Augenblick lang sprachlos. Aber er fand seine Stimme schnell wieder, als Yvette ihn anklagend anschaute. „Ich weiß nicht, wovon sie redet. Sienna ist definitiv *nicht* meine Verlobte."

„Vielleicht nicht offiziell", sagte Sienna, während sie zu ihm aufschaute und mit den Wimpern flatterte. „Aber jetzt, da du weißt, dass wir eine gemeinsame Tochter haben, bin ich mir sicher, dass wir schon bald wieder verlobt sein werden."

Jacob runzelte die Stirn. „Hast du den Verstand verloren?"

Yvette starrte auf Siennas Hand hinab, die sie am Arm gepackt hielt, und mit leiser, kaum kontrollierter Stimme sagte sie: „Sie sollten mich jetzt loslassen, ehe ich Sie dazu bringe."

Sienna packte Yvettes Arm nur noch fester.

„Sienna!", schimpfte Jacob. „Was machst du da?"

Sie zuckte zurück, als wäre sie überrascht, dass er noch da war. Dann lief sie zu ihm. „Bitte, lass uns gehen."

„Vielleicht solltest du sie nach Hause bringen", sagte Yvette. „Sie scheint … aufgebracht."

„So kann man es auch formulieren." Jacob drehte Skye, um sie besser halten zu können, dann wandte er seine Aufmerksamkeit wieder Sienna zu. „Ok, gehen wir und stehen Yvette nicht mehr im Weg."

Sienna begab sich zur Tür, doch dann drehte sie sich um und funkelte Yvette an. „Er gehört mir. Schlag dir aus den Kopf, ihn noch einmal verführen zu wollen."

Zorn brannte in Jacob, und er wollte nichts mehr, als

Sienna zu erwürgen. Wie kam sie überhaupt darauf, dass er mit Yvette zusammen gewesen war? Das hatte er ihr bestimmt nicht erzählt. „Das reicht jetzt, Sienna", warnte er sie. „Ich weiß nicht, was für ein Spiel du spielst, aber es hat jetzt ein Ende, verstanden?"

„Ich spiele keine Spiele, Liebling", schnurrte sie und streichelte ihm den Arm. „Ich versuche nur, meine Familie zusammenzuhalten."

„Ich bin nicht deine Familie." Er warf Yvette einen gequälten Blick zu. Sein Gesicht brannte vor Scham über die Freakshow, die Sienna abzog. Er hatte keine Ahnung, wo diese irre, manische Person herkam. In den letzten fünf Tagen war sie ganz normal gewesen. Und obwohl sie ziemlich mit sich selbst beschäftigt gewesen war, war das nicht gerade ein neues Verhalten. Was immer nun vorging, war etwas völlig anderes.

„Aber wir sind eine Familie, Jake", sagte Sienna süßlich und benutzte den Spitznamen, den er schon immer verabscheut hatte. „Du wirst schon sehen. Sobald du nach Aspen kommst und das Haus siehst, das ich uns ausgesucht habe, wirst du die Dinge auf meine Art sehen."

„Das bezweifle ich sehr", murmelte er. Er warf einen Blick über die Schulter auf Yvette und sagte tonlos: *Wir sehen uns später.*

Sie nickte einmal und sank zurück in ihren Sessel, wirkte völlig geschockt durch Siennas Wirbel. Er konnte es ihr nicht verdenken. Siennas Ausbrüche reichten, um ihn ihre geistige Gesundheit anzweifeln zu lassen.

„Sienna!", rief ein Mann im vorderen Teil des Buchladens mit einer Stimme, die Jacob überall erkannt hätte.

Brian.

Jacob blieb stehen, fragte sich, ob Sienna doch nicht nur unnötig Drama gemacht hatte, als sie ihn davor gewarnt hatte, dass Brian ein Hühnchen mit ihm zu rupfen hatte. Er zog die Schultern nach oben, nahm Skye fester und marschierte hinaus in den Buchladen, während Sienna ihn anbettelte, durch die Hintertür zu verschwinden.

„Sienna!", fuhr er sie an. „Ich laufe nicht vor Brian weg."

In dem Augenblick, in dem Jacob Brian sah, strömte Zorn durch seinen ganzen Körper. Sein bester Freund, der Kerl, den er als seinen Bruder betrachtet hatte, war mit seiner Verlobten weggelaufen und hatte niemals mehr zurückgeschaut. Er spürte, wie er erstarrte, und warf einen Blick zurück zu Sienna. „Hier, nimm Skye."

„Nein!" Sie wedelte mit den Händen vor ihrem Gesicht und huschte zur Seite weg. „Sie ist dein Baby!"

„Was? Du bist ihre Mutter. Hör auf damit, Sienna. Nimm sie, damit ich mit Brian reden kann."

„Das würde ich nicht tun, wenn ich du wäre", sagte Brian, der Sienna anstarrte. „Sie ist nicht … stabil."

„Hier, ich nehme sie", bot Yvette ruhig an.

Erleichtert, dass sie da war, drehte er sich um und reichte ihr Skye. „Danke dir."

„Klar." Yvette wiegte das Baby vorsichtig und ging hinüber zum Café, vermutlich, weil sie versuchte, so viel Abstand wie möglich zwischen sie zu bekommen, nur für den Fall, dass tatsächlich irgendetwas aus dem Ruder lief.

„Was genau meinst du mit ‚nicht stabil'?", fragte Jacob Brian.

Sein alter Freund seufzte. „Ist dir wirklich nicht aufgefallen, dass sie irgendwie anders ist?"

Jacob musterte Sienna, sah ihre unsteten Augen und ihre zappeligen Hände. Er erinnerte sich, dass sie in den letzten fünf Tagen ein wenig neben sich gestanden, vor sich hin gemurmelt und sich im Gästezimmer versteckt hatte, während er sich um Skye gekümmert hatte, aber er hatte gedacht, sie wäre nur wegen der Situation gestresst und würde ihm Zeit geben, seine Tochter kennenzulernen. Aber nach den Tiraden, die sie in Yvettes Büro von sich gegeben hatte, konnte er Brians Einschätzung nicht widersprechen. Sie *war* ganz offensichtlich nicht stabil. „Sie scheint zu denken, dass du da bist, um dich mit mir anzulegen oder sowas. Bist du nicht, oder?"

„Was denkst du denn?" Brian ging hinüber zu Sienna, die sich inzwischen in einem der Plüschsessel zusammengerollt hatte und schluchzte, dass sie ihr Leben ruiniert hätte und sie nie wieder jemand lieben würde.

„Nein, ich glaube nicht", sagte Jacob, der ehrfürchtig zusah, wie Brian Sienna sanft aus dem Sessel hob. Er hielt sie in den Armen und flüsterte: „Dir geht's jetzt gut, Sienna. Ich bin hier. Ich werde nicht zulassen, dass dir etwas zustößt. Jetzt kommt alles in Ordnung."

Kälte strömte in Jacobs Inneres. Als er gesagt hatte, sie sei nicht stabil, hatte er sich nicht nur auf einen vorübergehenden Anfall bezogen. Sienna war krank und brauchte eindeutig Hilfe. Er fühlte sich sofort wie der größte Arsch, der je gelebt hatte. „Wann hat das angefangen?"

Brian schaute auf. „Nicht lange, nachdem sie dich verlassen hat. Vermutlich schon vorher, aber da konnte es noch niemand sehen. Ich nicht, und genauso wenig ihre Mutter."

Schuldgefühle nagten an Jacobs Eingeweiden. „Ich wusste es nicht." Er wollte zu Sienna hinübergehen und ihr beruhigend die Hand auflegen, aber sie war in Brians Armen zusammengerollt, ihr Kopf lag an seiner Schulter. Eindeutig schien keiner der beiden Jacobs Hilfe zu brauchen.

„Ich bringe sie zum Heiler", sagte Brian. „Ich komme danach vorbei und erkläre alles."

Jacob wusste nicht, was er tun oder sagen sollte, deshalb

nickte er nur. Aber als Brian schon zur Eingangstür gehen wollte, brach es aus Jacob hervor: „Ist es wahr, dass Skye meine Tochter ist, oder war das auch alles eine Lüge?"

Brian warf einen Blick hinüber zu Yvette und Skye. Schmerz blitzte in seinen gequälten Augen auf, ehe sein Gesicht sich wieder aufhellte. Dann schaute er Jacob direkt in die Augen und sagte: „Sie ist auf jeden Fall von dir, Bruder."

Während Erleichterung durch Jacobs Körper wogte, beobachtete er, wie Brian Sienna stoisch aus dem Laden trug.

„Jacob?", sagte Yvette leise hinter ihm.

„Ja?" Er starrte immer noch die Tür an. Man hatte ihm völlig der Boden unter den Füßen weggerissen, und er war sich überhaupt nicht sicher, wie er zu alledem stehen sollte, was sich gerade ereignet hatte.

„Geht es dir gut?", fragte sie.

Er schüttelte den Kopf. „Nein, überhaupt nicht."

„Das ist in Ordnung. Komm schon. Verschwinden wir von hier." Sie ließ eine Hand in seine gleiten und führte ihn aus dem Laden.

„Wohin gehen wir?", fragte er, verblüfft von den Ereignissen dieses Tages.

„Nach Hause."

Jacob saß auf dem Beifahrersitz von Yvettes Mustang und bewunderte die Frau, die neben ihm saß. Sie hatte irgendwie den Kindersitz aus Siennas Mietwagen geholt, in ihr Auto verfrachtet und Skye hinten sicher eingepackt. Dann hatte sie ihn auf den Beifahrersitz bugsiert, und er konnte sich an nichts davon erinnern. Als er wieder ins Land der Lebenden zurückkehrte, fuhren sie über die Kurven den Berg hinauf zu seinem Haus.

„Danke", sagte er.

„Das ist nicht nötig." Sie lächelte ihn weich an. „Ich tue nur das, was jeder Freund tun würde, wenn du einen solchen Tag hattest."

„Du hast wohl einige ziemlich gute Freunde." Er warf einen Blick auf den Rücksitz zu seiner Tochter und war froh zu sehen, dass sie friedlich schlief.

„Weißt du, die habe ich. Und du hast sie auch."

Er stieß ein trockenes Lachen aus. „Du hast meine Freunde gerade gesehen. Ich brauche vermutlich neue."

„Na, du hast mich." Sie fuhr ihren Mustang in seine

Zufahrt und stellte das Auto in den Parkmodus. „Und obwohl es zwischen dir und Brian wohl etwas holprig läuft, glaube ich, dass er ein besserer Freund ist, als du ihm zugestehst."

„Vielleicht", sagte Jacob widerstrebend. Sienna hatte ihm immerhin erzählt, dass Brian derjenige gewesen war, der darauf bestanden hatte, dass sie wegen Skyes Abstammung für Klarheit sorgte. An der Art, wie er das kleine Mädchen angesehen hatte, hatte man ablesen können, dass das für ihn nicht leicht gewesen sein konnte, wenn er erst gedacht hatte, sie wäre sein Kind.

„Ich schätze, das wirst du herausfinden, wenn er herkommt." Yvette stieg aus dem Auto, und bis sie auf die Beifahrerseite kam, hatte er bereits Skye vom Rücksitz geholt.

Yvette ging voraus in sein Haus, und während er damit beschäftigt war, das Baby in das tragbare Bett zu packen, verschwand sie in die Küche. Nachdem er seine Tochter fertig gewickelt und beruhigt hatte, gesellte er sich in der Küche zu ihr und empfand einen überwältigenden Ansturm der Dankbarkeit, während er zusah, wie Yvette ihnen ein Abendessen machte.

„Ich wusste nicht, ob du Hunger hast, aber ich schätze, so oder so brauchst du etwas im Magen." Sie stellte einen Teller mit einem Sandwich und einem Haufen Chips vor ihm ab, und einen weiteren daneben.

Jacob setzte sich auf den Hocker und zog sie an sich, damit sie auf seinem Schoß saß. „Danke noch mal."

Sie drückte ihm die Hand auf die Wange. „Ich tue nur das, was Freunde halt tun."

„Nein, Yvette. Das ist nicht das, was Freunde tun. Das haben sie nie getan. Ich bin dankbar und überwältigt, und ich will dich jetzt so sehr küssen, dass es wehtut."

Ihre Lippen krümmten sich zu einem schwachen Lächeln. „Dann küss mich.“

Er legte ihr die Hand an die Wange und strich mit dem Daumen über den Wangenknochen. Dann beugte er sich vor und drückte sanft seine Lippen auf ihre. Gefühle strömten über ihn hinweg, und er ließ jedes kleine bisschen seiner selbst in den Kuss einfließen, während er die Arme um sie schlang und sie an sich zog.

Ihre Hände griffen fester nach seinen Schultern, während sie den Kuss gleichermaßen erwiderte, sich ihm völlig überließ. Sie streichelten und küssten sich und hielten einander. Jacob wäre glücklich damit gewesen, so lange in dieser Umarmung zu bleiben, wie sie es zuließ, aber allzu bald klopfte es an der Tür.

„Verdammt. Ich war hier noch nicht fertig“, flüsterte er, während er sich von ihr löste. Sie waren beide ein wenig außer Atem und ziemlich durch den Wind.

„Das muss Brian sein“, sagte sie. Und einfach so war der Bann gebrochen, der sich auf sie gelegt hatte.

„Richtig.“ Er schob sie sanft von seinem Schoß und stand auf, um an die Tür zu gehen.

Brian stand auf der Veranda, seine Schultern hingen herab, und sein Rücken war Jacob zugewandt, während er über den Wald hinweg starrte. Jacob ging nach draußen und gesellte sich zu ihm.

„Wo ist Sienna?“, fragte Jacob.

„Sie ist beim Heiler in der Stadt. Ich hole sie später ab und bringe sie zurück nach L.A., wo ihre Mutter ist“, sagte Brian, immer noch auf die Aussicht fixiert.

„Nicht nach Aspen?“

„Nein. Sie wird warten müssen, bis es wieder einen Platz in der Klinik gibt.“

Jacob runzelte die Stirn. „Was für eine Klinik? Wohnt ihr nicht dort?"

Brian wandte sich zu Jacob, die Stirn verwirrt gerunzelt. „Wie kommst du denn darauf?"

„Sie hat mir erzählt, dass ihr beide einen Flagshipstore von *Enchanted Bliss* eröffnet und dauerhaft dorthin zieht."

„Oh, Mann." Brian fuhr sich mit der Hand durch sein schwarzes Haar und seufzte. „Dieses Mal ist sie wirklich völlig von der Rolle."

„Also gibt es keinen Laden in Aspen, und ihr wohnt definitiv nicht dort?", fragte Jacob.

„Kein Laden. Und wir wohnen nicht dort, oder zumindest ich tue das nicht."

„Ok, ich glaube, du fängst lieber von vorne an, denn ich habe eindeutig keine Ahnung, was los ist", sagte Jacob. „Waren du und Sienna zusammen?"

Brian warf ihm einen Blick zu, das Gesicht verkniffen. „Ja. Einmal, nach einem alkoholisierten Abend, als du nicht in der Stadt warst."

Jacob drehte sich der Magen um. Das war das erste Mal, dass er die Wahrheit direkt aus dem Mund seines besten Freundes hörte. „Nur einmal?"

Er schluckte. „Nur einmal, während ihr noch zusammen wart."

„Ich verstehe. Vielleicht gehen wir besser rein", sagte Jacob. „Ich mache eine Kanne Kaffee, und wir können dann von da aus weitermachen."

Brian nickte, und Jacob ging voraus ins Haus. Jacob setzte einen Pott Kaffee auf, und als Yvette auftauchte, stellte er ihr seinen Freund vor und machte Brian klar, dass er alles, was er zu sagen hatte, vor ihr aussprechen konnte.

„Also gut", sagte Brian.

Nach ein paar unbehaglichen Minuten war der Kaffee fertig, und die drei setzten sich an Jacobs Tisch.

Brian räusperte sich und sah Jacob durchdringend und ohne mit der Wimper zu zucken an. „Ich muss einfach eine Sache wissen – war dir klar, dass sie krank ist?"

„Wer? Sienna?" Jacob runzelte die Stirn. „Was genau meinst du?"

„Ihren geistigen Zustand, Jacob. Wusstest du es?", fragte er.

„Ob ich gewusst habe, dass sie nicht stabil ist? Nein, das habe ich nie geahnt, bis heute, als sie ankam, von dir gebrabbelt und darauf bestanden hat, dass ich durch die Hintertür abhaue. Sie hat sich nie so benommen, als wir zusammen waren. Wie lange geht das schon so?"

Brian zuckte mit den Schultern. „Ich weiß es nicht genau. Sie ist gut darin, es zu verstecken, solange niemand die Lügen hinterfragt, die sie erzählt."

Jacob spürte, wie Schuldgefühle seine Kehle emporstiegen. Er hatte Sienna niemals hinterfragt. Das war nicht das, was er von einem Partner wollte. Sie war frei in ihren Entscheidungen gewesen, überallhin zu gehen, sich mit jedem zu treffen oder alles zu kaufen, was sie wollte, ohne dass er sich einmischte. Es hatte ihn nie gekümmert. Aber vielleicht war genau das das Problem. Es hatte ihn einfach nicht genug gekümmert, um zu erkennen, dass es eines gab.

Brian schlang die Hände um seine Kaffeetasse, und während er in die dunkle Flüssigkeit starrte, sagte er: „Du verdienst eine Entschuldigung, Jacob." Er sah auf, Qualen zeichneten seine Züge. „Diese Nacht mit Sienna war ein riesiger Fehler. Ich wusste es sofort, als sie vorbei war, und ehrlich gesagt wollte ich so tun, als hätte sie sich nie ereignet."

„Aber?", drängte Jacob.

„Sienna, sie kam immer wieder vorbei, erzählte mir, dass

eure Beziehung zerbricht und dass sie meine Hilfe brauchte, um herauszukommen, bevor ihr heiratet. Ich habe ihr immer wieder gesagt, sie solle einfach mit dir reden. Sie meinte, das hätte sie getan, aber es würde einfach immer schlimmer. Sie ließ mich glauben, dass ihr in getrennten Räumen schlaft." Er nippte an einem Kaffee und stellte die Tasse zurück auf den Tisch. „Dann kam sie zu mir und sagte, sie wäre schwanger, und es bestünde keine Möglichkeit, dass es nicht von mir ist."

Yvette, die still wie eine Kirchenmaus gewesen war, seit sie am Tisch Platz genommen hatte, stieß ein leises Keuchen aus.

Brian warf einen Blick auf sie. „Genau. Bis vor sechs Wochen war ich überzeugt, dass Skye meine Tochter ist."

„Heiliger Hexenb…" Jacob schloss die Augen und spürte, wie die Schmerzen des Mannes über ihn hinweg wogten. „Sienna sagte, du wärst derjenige gewesen, der sie gedrängt hat, mit mir Kontakt aufzunehmen. Stimmt das?"

Er nickte, hielt den Blick abgewandt. „Sie ist deine Tochter. Das musstest du erfahren."

Jacob spürte, wie Gefühle in seinen Augen brannten, aber er ließ die Tränen nicht kommen. Seine Stimme war rau und kaum zu hören, als er hervorzwang: „Danke dafür."

Einen langen Moment war Brian still. Dann räusperte er sich erneut und erklärte weiter, was alles passiert war. Nachdem Sienna Brian erzählt hatte, sie sei mit seinem Kind schwanger, hatte er versprochen, für sie da zu sein; dass er ihr alles besorgen würde, was sie brauchte; und dass er während der ganzen Zeit an ihrer Seite sein würde. Anfangs hatte sie völlig normal gewirkt. Aber dann, als die Schwangerschaft fortschritt, war ihr Verhalten zunehmend bizarrer geworden.

„Ich habe ihr gesagt, sie müsse sich Hilfe holen", erklärte Brian. „Also ging sie zu einem Therapeuten in Los Angeles. Eine Zeit lang lief es ganz gut, aber nachdem Skye zur Welt gekommen war, war sie in schlechter Verfassung. Wochenbettdepressionen führten zusammen mit ihren anderen Problemen dazu, dass sie in eine Anstalt in Aspen kam. Deshalb hat sie vermutlich gesagt, dass wir dort einen Laden eröffnet."

„Du meine Güte, die Arme", sagte Yvette. „Das klingt schlimm."

Brian nickte. „Sie kam vor etwa einem Monat zurück nach L.A. Es ging ihr besser, aber sie war nicht ‚geheilt'. Sie macht immer noch eine Therapie und sollte eigentlich Stimmungsaufheller nehmen."

„Ich schätze, dass sie dann also nicht ihre Medikamente nimmt", sagte Jacob.

„Offenbar nicht. Zumindest hat sie das dem Heiler gesagt. Auf jeden Fall, als Sienna nach Hause kam, war mir schon klar geworden, dass Skye nicht von mir ist. Und ich schwöre, ich habe wirklich in Erwägung gezogen, mit dir Kontakt aufzunehmen, aber ich musste zuerst mit Sienna reden. Sie gab zu, dass sie mich angelogen hatte, was dich anging, und bei einer Menge anderer Dinge auch. Als sich der Rauch verzogen hatte, wollte sie diejenige sein, die dir von Skye erzählt. Und weil sie so gute Fortschritte gemacht hatte, hielt es der Therapeut für eine gute Idee. Sie weiß, dass es ihr nicht gut geht, Jacob. Es ist wichtig, dass dir klar ist, dass sie nur das will, was für Skye am besten ist."

„Ist das der Grund, weshalb sie mich dazu bringen wollte, mein Haus zu verkaufen und in eine Stadt zu ziehen, in der ihr beiden nicht wohnt?", fragte er und schaffte es nicht, seinen Ärger zu kontrollieren.

„Ich muss annehmen, dass sie das getan hat, weil sie ihre Tochter liebt und sie nicht verlieren will", sagte er und klang gleichzeitig genervt und defensiv.

„Weil sie Angst hat, dass ich mir das Sorgerecht erklagen werde", sagte Jacob, der aussprach, was Brian angedeutet hatte.

„Nein, Bruder. Das ist nicht alles. Sienna hat ihre Makel, aber wenn es um die Liebe zu ihrer Tochter geht, ist sie hundertprozentig sicher. Sie *will*, dass du in Skyes Leben bist."

„Ok, vielleicht glaubst du das ja, aber sie hat mir nicht einmal erzählt, dass Skye von mir sein könnte. Es hat dich gebraucht, um das herauszufinden. Das ist einfach nur …"

„Jacob", fiel ihm Brian ins Wort. „Sienna war hier, um dir das volle Sorgerecht für deine Tochter anzubieten."

„Was?" Jacob stand auf, konnte nicht länger am Tisch sitzen. Er ging in der Küche auf und ab. „Du kannst mir doch nicht wirklich erzählen, dass sie ihre Tochter aufgeben wollte."

Brian blieb sitzen, während er beobachtete, wie Jacob im Esszimmer auf und ab lief. „Es geht ihr nicht gut, Jacob. Sie will, was für Skye am besten ist."

Jacob wusste nicht, was er mit dieser Information anfangen sollte. Er wusste bereits, dass er seine Tochter mehr brauchte als die Luft zum Atmen. Aber er konnte sich nicht vorstellen, dass Sienna einfach unterschrieb, keine Rechte mehr an ihrem Kind zu haben. Das war völlig irre. Er hielt inne und musterte Brian. Und obwohl ihn die Worte umbrachten, zwang er sie hervor. „Was ist mit dir? Gibt es einen Grund, warum du nicht das Beste für sie bist? Kannst du dich nicht um Skye kümmern, während Sienna in Behandlung ist?"

„Sagst du, dass du das volle Sorgerecht nicht willst?", fragte Brian, die Augen zusammengekniffen.

„Nein, das sage ich überhaupt nicht. Ich will, dass meine Tochter immer hier bei mir ist. Ich will nur verstehen, was für ein Denkprozess und welche Einstellung von Sienna dahinterstecken, dass sie so einen drastischen Schritt unternimmt."

„Du willst, dass alle Karten auf den Tisch kommen?", fragte Brian.

„Ja", sagte Jacob. „Alle."

„Also gut." Brian erhob sich und ging auf und ab, wie es Jacob nur ein paar Augenblicke zuvor getan hatte. „Hier ist die Wahrheit. Sienna und ich sind kein Paar, und das waren wir niemals wirklich. Wir hatten ein gemeinsames Haus wegen Skye, dem kleinen Mädchen, von dem ich *dachte*, sie wäre meine Tochter. Ich habe mein Bestmögliches getan, um Sienna Hilfe zu organisieren, aber trotz meiner größten Bemühungen scheint sie immer wieder abzugleiten. Sie weiß es auch, darum hat sie Anfang dieses Monats Unterlagen aufsetzen lassen, die dir das volle Sorgerecht übertragen." Brian zog einen gefalteten Vertrag aus seiner Jackentasche. „Sie hat die Papiere vor ihrem Therapeuten aufsetzen lassen, der bezeugt hat, dass sie zurechnungsfähig ist. Du musst nur noch unterzeichnen, und du bekommst das volle Sorgerecht. Sie bittet nur darum, dass sie, wenn es ihr wieder gut geht, an Skyes Leben teilhaben kann."

Jacobs Hand zitterte, als er die Papiere von Brian entgegennahm und überflog. Die Sprache war rechtlicher Standard. Sie waren beglaubigt, und es gab einen beigelegten Brief vom Therapeuten, in dem er darlegte, dass zu dem Zeitpunkt, als die Papiere aufgesetzt worden waren, es Siennas Wille war, dass Jacob das volle Sorgerecht bekam. Jacob konnte gar nicht schnell genug unterschreiben.

Aber als er seinen Stift herausholte, erhaschte er abermals einen Blick auf den Schmerz, der in Brians Gesicht stand, und er legte ihn wieder ab. „Hör zu, Mann. Ich weiß, wie schwer das für dich sein muss."

„Ist schon gut", sagte Brian, doch sein Gesichtsausdruck verriet ihn.

„Nein, ist es nicht, Bruder."

„*Bruder*", wiederholte Brian, fast schon vor sich hingemurmelt. Dann hob er den Blick und schaute Jacob an. „Bruder gilt für immer, Mann."

Jacob stand auf und bedeutete Brian, er solle ihm folgen. Sie begaben sich in Skyes Schlafzimmer, wo sie friedlich in ihrem Bettchen schlief.

Brian stand da und beobachtete sie einen Augenblick lang. Dann beugte er sich vor, küsste sie auf den Kopf und flüsterte: „Ich liebe dich, kleines Mädchen. Sei brav bei deinem Dad. Du hast so ein Glück, ihn zu haben."

„Sie hat auch Glück, dass sie dich hatte, Brian", sagte Jacob. Als sein Freund sich umdrehte, um ihn anzuschauen, fügte er hinzu: „Danke, dass du auf sie und Sienna aufgepasst hast. Ich kann mir nicht vorstellen, wo sie jetzt wären, wenn du nicht da gewesen wärst."

Brian verlagerte unbehaglich sein Gewicht und zuckte dann mit der Schulter. „Du hättest dasselbe für mich getan."

Jacob zog seinen Freund in seine Arme und spürte, wie seine ganzen Wutgefühle verflossen. Was immer in der Vergangenheit geschehen war, es spielte jetzt keine Rolle mehr. Obwohl er es nicht gesehen hatte, hatte sein Freund die Grundlagen ihrer Freundschaft niemals aufgegeben, und Jacob würde ihn niemals wieder verlassen.

Als sie die Umarmung lösten, sagte Jacob: „Ich werde diese Unterlagen noch heute unterschreiben."

„Das habe ich mir schon gedacht. Bleibst du hier?"

„Ja." Jacob warf einen Blick auf seine Tochter. „Hier ist ein guter Ort zum Aufwachsen."

Brian nickte. „Ich weiß, dass du diesen Ort immer geliebt hast. Hat die hübsche Braunhaarige im anderen Zimmer irgendetwas mit dieser Entscheidung zu tun?"

„Ja … und nein", sagte Jacob lächelnd. Erst noch heute Vormittag hatte er gedacht, er müsse sie und die Stadt, die er lieben gelernt hatte, verlassen. Aber jetzt … jetzt stand er kurz davor, alles zu bekommen, was er sich je gewünscht hatte. „Hör zu, Brian, wie stehst du dazu, Skyes Taufpate zu sein?"

Brian, der Skye beim Schlafen zugesehen hatte, ließ den Kopf zu Jacob herumfahren. „Meinst du das ernst?"

„Es ist offensichtlich, dass du sie liebst. Ich kann mir nicht vorstellen, wie es gewesen sein muss, zu glauben, dass sie von dir ist, und dann herauszufinden, dass das nicht stimmt."

„Ich glaube, ich wusste es irgendwie immer, wollte es aber nicht wahrhaben." Brian strich ihr die Locken aus dem Gesicht. „Aber dann, als ich es erfuhr … Ich konnte das weder dir noch ihr antun."

Jacob lächelte. „Also, wie sieht's aus?"

„Ich könnte mir nichts Besseres wünschen."

KAPITEL 26

Yvette saß bei Faiths Vorab-Eröffnung ihres Day-Spa *A Touch of Magic* in einem der Behandlungszimmer, Skye ihr gegenüber. Es war Sommer in Keating Hollow, und das kleine Mädchen war nun seit über sechs Monaten in Jacobs Leben. Diese ganze Zeit über war sie niemals etwas anderes als ein glückliches Bündel aus Freude gewesen. Selbst jetzt, während sie spielten, schwenkte sie eine Stoffschildkröte in der Luft und machte glucksende Geräusche, als wäre Yvette der unterhaltsamste Mensch der Welt.

„Da seid ihr ja", sagte Jacob am Eingang. „Ich habe mich schon gefragt, was mit meinen zwei besten Mädchen passiert ist."

„Deinen einzigen Mädchen, hoffe ich", sagte Yvette, die zu ihm hinauf lächelte.

„Na, es gibt euch beide und Ms. Betty."

„Natürlich. Du kannst Ms. Betty nicht vergessen. Ist sie immer noch unten und versucht, Hunter zu einer Hüftmassage zu überreden?"

Jacob erschauerte. „Nach allem, was ich zuletzt gehört habe, ja. Aber lieber er als ich. Zumindest hat sie ihn noch nicht angegrabbelt.“

„*Noch* ist dabei das entscheidende Wort“, sagte Yvette.

Jacob setzte sich auf den Boden und zog Skye auf seinen Schoß. Das Baby stieß einen lauten, aufgeregten Schrei aus. Es drehte sich in den Armen seines Vaters, um ihm die kleinen Hände um den Hals zu schlingen und einen feuchten Kuss auf den Mund zu pflanzen.

Yvettes Herz schmolz, wie es eine Million Mal am Tag passierte, sobald sie die beiden zusammen sah. Jacob war der beste Vater, und die Liebe zwischen ihnen ließ sich nicht leugnen.

„Ich kann nicht glauben, dass ihr drei mich dort unten gelassen habt“, sagte Brian, der ins Zimmer kam. „Aber ich muss zugeben, ein Versteck aufzusuchen, während Ms. Betty einen Lauf hat, ist genial.“ Etwa einen Monat, nachdem Jacob das Sorgerecht für Skye übernommen hatte, hatte Brian ein Haus gemietet und war nach Keating Hollow gezogen. Er verbrachte inzwischen beinahe die Hälfte seiner Zeit in Jacobs Haus, und die beiden standen sich so nahe wie eh und je. Sienna arbeitete immer noch an sich, aber sie war zwei lange Wochenenden zu Besuch hier gewesen, und sie und Jacob bekamen es irgendwie hin.

Skye hörte Brians Stimme und wand sich, um ihn zu erreichen. Er beugte sich hinab und nahm sie Jacob aus den Armen. „Ich glaube, mein Date ist bereit, eine Runde zu drehen.“ Er warf einen Blick auf sie hinab. „Was sagst du, Miss Skye? Bereit, dich von allen Frauen anschmachten zu lassen?“

„Nutz du bloß nicht meine Tochter wieder aus, um Frauen aufzugabeln“, tadelte ihn Jacob, doch die Lachfältchen um seine Augen verrieten ihn.

„Ich benutze sie für gar nichts. Ist es meine Schuld, dass die Damen der Stadt uns unwiderstehlich finden?" Er zwinkerte und marschierte mit Skye auf der Hüfte aus dem Zimmer, während die beiden einander anhimmelten.

„Er ist komplett verloren", sagte Yvette und grinste Jacob an. „Ganz genau wie du. Sie hat euch beide um den Finger gewickelt."

Er schnaubte. „Und was ist mit dir?" Er warf einen Blick auf den beeindruckenden Stapel Spielsachen, die um sie herum verstreut lagen. „Ich weiß, dass mindestens ein halbes Dutzend davon brandneu sind. Was machst du? Hortest du Plüschtiere, nur damit sie Unterhaltung hat?"

„Ja, wie es der Zufall so will, tue ich das", erwiderte sie lachend. „Skye ist hingerissen von Plüschtieren."

„Und ich bin hingerissen von dir." Jacob stand auf und streckte ihr die Hand hin, und als sie sie ergriff, half er ihr beim Aufstehen. „Ich wollte dich etwas fragen."

„Ok, schieß los. Geht es um den Laden?" Nicht lange, nachdem Skye angekommen war, hatte Jacob sich aus dem Laden zurückgezogen, weil er sich lieber darauf konzentrierte, als Vater zu Hause zu bleiben. Er war immer noch ihr Partner, und er und Yvette trafen sich regelmäßig, um ihre Pläne zu besprechen. Aber das Tagesgeschäft lag ganz bei ihr, was ihr nur recht war.

„Nein. Nicht der Laden." Er hob die Hand und schob ihr eine Haarsträhne hinters Ohr. „Ich habe mir einfach gedacht, dass ich dich gerne jede Nacht und jeden Morgen in meinem Bett hätte."

Sie lachte. „Also sind dir fünfundsiebzig Prozent der Zeit nicht gut genug?"

Er schüttelte den Kopf. „Nein, Liebste. Und Skye geht es genauso."

Yvette kniff die Augen in seine Richtung zusammen. „Komm schon. Sie ist ein Jahr alt. Außerdem bezweifle ich, dass es sie auch nur ein Quäntchen interessiert, ob ich in deinem Bett bin."

„Es interessiert sie, wenn du am Morgen nicht da bist. Du hättest sie heute Morgen schreien hören sollen." Er schüttelte den Kopf, als wolle er den Lärm noch immer loswerden. „Ein voller Tobsuchtsanfall, weil ihre Vette nicht da war, um sie mit Bananen zu füttern."

„Hast *du* sie mit Bananen gefüttert?", fragte Yvette.

„Nein." Er schlang ihr einen Arm um die Taille und zog sie an sich. „Sie sind uns ausgegangen."

„Dann hast du es ja schon. Sie mag Bananen am liebsten, und es ist vermutlich das Beste, wenn du einfach dafür sorgt, dass ihr damit immer gut versorgt seid."

Er verdrehte die Augen. „Du hast es echt drauf, einem Mann seinen Plan zu vermiesen."

„Plan?" Sie lachte. „Der einzige Plan, den du derzeit hast, *Dad*, ist es, mit den schmutzigen Windeln den richtigen Eimer zu treffen."

Jacob legte den Kopf in den Nacken und lachte. „Weißt du, darüber könnte ich mich jetzt aufregen, aber es stimmt."

Sie zuckte mit einer Schulter. „Ist schon in Ordnung. Ich finde dich immer noch heiß."

Er warf einen glühenden Blick zu ihr hinab. „Wirklich, hm?"

Yvette nickte. „Auf jeden Fall."

Er verfestigte seinen Griff um ihre Taille und fragte: „Würdest du sagen, heiß genug zum Heiraten?"

Sie erstarrte leicht bei seinen Worten und blinzelte dann. „Was hast du da gerade gesagt?"

Seine Lippen krümmten sich zu einem nervösen Lächeln, während er sich von ihr löste und auf ein Knie ging.

Yvette holte scharf Luft. „Das ist doch nicht, was ich glaube, oder? Du willst doch nicht wirklich …"

Jacob zog eine blaue Samtschachtel heraus und öffnete sie, um ihr einen sehr großen, sehr glänzenden Ring mit einem Diamanten zu zeigen.

„Oh, bei der Göttin", hauchte Yvette, während ihr Herz mit einer Million Stundenkilometern raste. Sie drückte sich die rechte Hand an die Brust, während er die linke nahm und ihr den Ring auf den Finger schob. „Du machst das wirklich."

„Mache ich", sagte er leise und starrte voller Hoffnung zu ihr empor, Vorfreude leuchtete in seinen hinreißenden Augen. „Yvette Townsend, willst du mich heiraten?"

Ihre Kehle schmerzte, und ihre Augen brannten, aber dieses eine Mal versuchte sie nicht, die Tränen zurückzuhalten. Sie starrte den Ring an, dann Jacob. Als ihre Blicke aufeinandertrafen, sah sie den einen und einzigen Mann, der ihr Herz und ihre Seele in die Lüfte hob.

„Äh, Yvette? Eine Antwort wäre schön", sagte er und nahm ihre Finger fester.

Sie lachte durch ihre Tränen und sagte: „Ja, Jacob Burton. Ich werde dich sowas von heiraten. Jederzeit, an jedem Ort. Ich brauche nur dich und Skye."

Er stand auf, hielt sie immer noch an den Händen und sagte: „Glaub bloß nicht, du kommst um die große Hochzeit herum. Wir werden die größte Party aller Zeiten schmeißen."

Sie stöhnte. „Ernsthaft?"

Jacob zuckte mit den Schultern. „Darüber lässt sich streiten. Solange nur unsere Freunde und Familien da sind."

Dieses Mal lachte sie leise. „Dazu gehört ja wohl die ganze Stadt."

„Genau." Er legte ihr beide Hände auf die Wangen und schaute ihr tief in die Augen. „Ich liebe dich, Yvette."

„Ich weiß", sagte sie und lächelte ihn an, während ihr Inneres dahinschmolz. Was hatte sie nur getan, um diesen Mann zu verdienen? Sie wusste es nicht, aber nun, da sie ihn hatte, würde sie ihn nie wieder gehen lassen. „Ich liebe dich auch."

„Den Göttern sei gedankt", murmelte er vor sich hin. Dann nahm er sie in die Arme. „Weißt du noch, was ich darüber gesagt habe, dass Skye dich jede Nacht und jeden Morgen in meinem Bett haben will?"

Sie nickte. „Ja."

„Ich weiß auch aus tadellos sicherer Quelle, dass sie gern ein kleines Brüderchen oder Schwesterchen hätte. Was meinst du?"

Schmetterlinge flatterten in Yvettes Bauch, während sie zu ihm aufschaute und sagte: „Ich glaube, wir sollten daran ab heute Nacht arbeiten", als hätte er sie nicht gerade angesehen wie ein Wolf, der sich über seine Beute hermachen wollte.

„Aber zuerst müssen wir ein paar Neuigkeiten verkünden." Er ging hinüber zur Tür und öffnete sie. „Nach dir, meine Liebe."

Yvette warf einen Blick hinab auf den herrlichen Ring, der an ihrem Finger blitzte, und grinste. Ihr erster Versuch mit der Ehe hatte ein spektakulär schlechtes Ende gefunden, aber diesmal? Diesmal wusste sie, dass es für immer war. Sie spürte es bis hinab in die Zehenspitzen. Sie hatte in Jacob Burton den Ihren gefunden, und er in ihr die Seine. Sie ließ ihre Hand in seine gleiten und sagte: „Ms. Betty wird sich richtig ärgern."

Er nickte ernst. „Weißt du, du hast vermutlich recht. Soll ich meinen Ring zurücknehmen und stattdessen sie fragen?"

„Nö, sie willst du nicht heiraten. Sie ist nicht annähernd so talentiert wie ich im Schlafzimmer.“

Jacob zog beide Augenbrauen hoch. „Und woher willst du das so genau wissen?“

Yvette lächelte ihn unschuldig an. „Ich habe ihre Autobiografie gelesen.“

„Sie hat eine Autobiografie geschrieben?“, fragte er. „Du machst Witze, oder?“

„Nein, kein Witz. Und sie hat sie dir gewidmet. Ich habe sie auf deinen Nachtisch gelegt, damit du vor dem Schlafengehen darin lesen kannst. Sie sagt, sie wird dich später dazu ausfragen“, fügte Yvette an, während sie ihn die Stufen hinabzog, wo ihre Freunde und Familie die Eröffnung von Faiths Wellness-Center feierten.

„Jetzt weiß ich, dass du mir nur Mist erzählst“, sagte er mit einem Lachen.

„Ach ja?“ Yvette winkte der fraglichen Frau zu, die bereits direkt auf sie zulief, und versuchte, nicht zu lachen. „Ich schätze, es gibt nur einen Weg, das herauszufinden.“

„Warum bin ich bloß nach Keating Hollow gezogen?“, murmelte er tonlos.

„Das lässt sich leicht beantworten“, sagte sie, während sie zu ihm aufschaute. „Es liegt daran, dass es ein magischer Ort ist.“

Er sah ihr in die Augen, und Yvette fühlte sich, als wären sie die einzigen zwei Menschen im Raum. Schließlich sagte Jacob: „Du hast recht. Es *ist* magisch, und du bist es auch. Jetzt küss mich, bevor Ms. Betty herkommt.“

„Ich dachte schon, du würdest nie fragen.“